U0897143

诗苑译林

未选择的路

弗　罗　斯　特　诗　选

ROBERT FROST

[美国] 弗罗斯特 (Robert Frost) —— 著
远洋 —— 译

CS 湖南文艺出版社

“我跟这世界有过情人间的争吵”[1]

远洋

弗罗斯特的个人生活充满了悲伤和不幸，早年丧父，长子八岁死亡，中年丧妻，次子自杀，一个女儿出生三天夭折，一个女儿分娩而死，他本人一生多病且患抑郁症；诗歌创作上初期也不顺遂，成名较晚，但他把痛苦与幸福的根子深深扎根于社会与现实的土壤里，超越了个人的苦难和时代局限，写出了达观超脱、睿智深刻的优秀作品，把苦难的人生变成审美的人生、智慧的人生。他的诗是自我与世界的对话甚或“争吵”——对人与自然、人与自我、人与人之间错综复杂的关系甚至矛盾冲突的解析，对过度工业化、过度现代化乃至整个西方文明的现代性反思，是智者对生命存在的领悟，对普遍人性和真理的探求。即便是“争吵”，也是出于爱，也是沟通的一种方式，通过这样的对话达到诗人与世界的和解。艺术上，完美体现了他自己所提出的创作宗旨，“始于愉悦，终于智慧”，幽默

1　引自弗罗斯特的诗《今天这一课》（远洋译）。修订此文时，才从有关英文资料得知，此句原文竟被采用为弗罗斯特的墓志铭。

诙谐，含蓄隽永，不仅给人以美的享受，而且给人以思想的启迪。正如布罗茨基所说，他的诗“看似简单，实则复杂”，数十年来，解读他的诗歌的著作及文章可谓汗牛充栋，众说纷纭，好在“诗无达诂”（董仲舒语），对于诗歌从来都是“仁者见之谓之仁，知者见之谓之知”（《周易·系辞上》）。本文只是翻译过程中的些微体会、一孔之见，愿能以此就教于大方之家。

一、“返璞归真”“正本清源”

我要出去清扫牧场水泉；
我只想停下来耙去落叶
（也许我会等着看泉水清澈）：
我不会去太久——你也来吧。

——罗伯特·弗罗斯特：《牧场》（远洋 译）

这是这本诗选的第一首诗，写的是农村生活常见的场景：清理泉井，照看牛犊。对于土生土长于乡村的我，觉得十分亲切。这首诗跟弗罗斯特的大多数作品一样，语言简洁，形象单纯，却蕴涵着深刻的哲理。译完整部诗选，回头再看，越来越强烈地感觉到这首诗是打开弗罗斯特全部诗歌的钥匙。及至看到有关资料，说《牧场》这首诗是弗罗斯特第一部诗集《波士顿以北》的序诗，从***1930***年版《诗合集》开始，他就一直将此诗作为他诗歌全集各种版本的序诗，似乎印证了我的这一感悟。

这首诗表达了诗人“返璞归真”“正本清源”的意旨：远离城市喧嚣，远离所谓现代化的先进与发展，回归自然怀抱，回归原始的田园生活；诗歌创作上不随波逐流，远离标新立异的现代派，扎根于美国大地和英美诗歌传统，回溯最古老、最清纯的文化源头，诸如希腊神话、古罗马的田园诗传统，从现实生活中汲取诗歌创作的灵感和素材；摒弃引经据典、晦涩而庞杂的学院腔，清理现代派的“枯枝败叶”，另辟蹊径，采用明白如话的日常口语和质朴无华的白描手法，“清水出芙蓉，天然去雕饰”（李白诗句），从而创立了清新质朴的诗风。这首诗也似乎委婉含蓄地表达了作者对当时以庞德、艾略特等人为代表的现代派诗歌的看法。从这首堪称开山之作的诗开始，他通过自己一生的创作实践，独树一帜，确立了又一诗歌标杆，成为美国诗歌两大中心之一。诗中那一声“你也来吧”，也是对其他诗人及广大读者的邀请和召唤。

弗罗斯特并非土生土长于乡村的诗人，他在旧金山出生、长大，因患肺病从哈佛大学休学，二十七岁举家迁往新罕布什尔他祖父为他购买的农场，从此爱上了恬静的田园生活，大自然成为他的诗性栖居地和心灵的归宿，也因此被认为是“新英格兰农民诗人”。这个称号与其他贴在他身上的“地方主义诗人”“自然诗人”等许多标签一样，并不为弗罗斯特本人所认可。他的田园诗富有浓郁的乡土气息和美妙的田园情趣，表面上描写的是农村世界，实际上背后隐含城市世界；表面上描写的是新英格兰地区的人和事，反映的却是非常广阔的内涵，超越了一时一地的限制，有更高意义上的哲学思考，展现了人类生活中最本质的、有普遍意义的东西，同时对内心自我进行了深入的探索和反思。或许，称他为“工业时代的田园诗人”稍微有点靠谱。

二、现代化进程中沦落的乡村

弗罗斯特离开惦念他的亲人，怀着在广袤浩瀚的大自然中“寻找开阔的疆土”“成就自我”的意愿来到乡村。“跟以前比——/ 只是更确信我所想的都很真实。”（《成就自我》）。但乍到乡村，弗罗斯特最初的印象是村舍破败、民生凋敝的荒凉景象。他的第一部诗集《少年的心愿》中《鬼屋》一诗，写的是一座“许多个夏季之前它已消失”的房屋，墙倒屋塌，剩下废墟：

只留下地窖的断壁残垣，
日光在废墟里无遮无拦，
还爬满野生的紫茎覆盆子
………
越过葡萄藤覆盖的毁坏的栅栏，
树木重生在种牧草的田园；

果林变成幼苗老树混杂之处，
啄木鸟在那里啄来啄去；
通往水井的小径被青草遮掩。

简直就是我老家村庄沦为“空心村”的现实写照，令人黯然心惊。深秋时节，放眼望去，满目凄惨：“荒凉的、被遗弃的树林，/ 凋零的大地、沉重的天空”（《我的十一月来客》），所以诗人难免迷惘、懊丧，甚至“悲哀胜于任何言辞”（《暮晚散步》）。第二部诗集《波士顿以北》中的《黑色小屋》，被风雨侵蚀、野草遮掩的小屋，最后一个留守的老人也去世了，孩子们远在大城市工作，留下一堆不愿意变卖的家具，诉说着已被年青一代遗忘的记忆和信念。在《世系》中，“那些姓斯塔克的人聚集在鲍镇，/ 这座岩石遍地的小镇，农业衰落”；人口普查员奉差下乡，“来到 / 一座平板搭建、黑纸盖顶的房子”，“这是方圆一百平方英里 / 砍光的山间荒野上唯一寓所：/ 现在屋里没有男人也没有女人”。“我作为普查员来到这片荒野，/ 统计人口，却没有找到一个，/ 一百英里内没人，这屋里没人”，最后，他只能“统计灵魂的忧郁”（《人口普查员》）。这跟我们当今的很多乡村是惊人的相似！这些诗歌，让我回到多年前创作《空心村及其他》等一系列诗歌之时的心境，又一次次分外痛切地感受到：在现代化、城市化进程中，人类生活家园和精神家园的丧失和沦落，现代人的灵魂已无家可归。看来，这是一个超越国界和时空的普遍性问题。

戴维·M.谢里曼指出："他是一位乡间诗人，但那个时代他的国家正在建设城镇和横贯全国的高速公路。他是一位具有闲情逸致的大祭司，而那个时代他的国家崇拜的是商业快餐；在工业化的高潮时期，他所关注的是农业和田园风光。在一个全世界都在未来的祭坛面前跪拜的时代，他似乎是一位过去的坚定的维护者。在一个弥天谎言被粉饰得完美无瑕的时代，他却道出了天大的事实。"（摘自《弗罗斯特校园谈话录》序言，董洪川、王庆译）

身居乡村，弗罗斯特并非两耳不闻窗外事，既没有停留在田园荒芜的哀叹中，也没有把乡村当作尽善尽美的"桃花源"，躲入艺术的象牙塔里无病呻吟。他直面残酷的现实，正视市场化、现代化带来的种种社会弊端，把很多反田园诗的东西纳入其视野，揭示资本主义工业生产及其发展对自然生态的破坏、人与人之间关系的冷酷无情、人性的扭曲和异化。"这儿来了一群开路的架线工。/ 他们摧毁森林，破坏多过砍伐。/ 他们栽死树替代活树"，"他们带来电话和电报"，但惨重的代价是"荒野化为乌有"（《那伙架线工》），是对自然生态环境的严重破坏；一棵树成了"被剥去皮的幽灵"，"在他的肩上，拖着几股黄色导线，/ 线里携带人们之间的某种东西"（《邂逅》），拟人化的描写，让人痛感自然生命的丧失。

在《圣诞树》中，一个"见识过城市，/ 依旧是乡下做派”的人，前来采购香脂冷杉，在牧场转悠。“稍后他点下头说‘好的’，/ 或是停在一棵可爱的树下，/ 用一个买主的稳健口吻说：‘这还可以。’”从诗中透露的信息看，这个人大概从乡村进城不久，原本可能是一个老实巴交、淳朴厚道的农民，却已在商品经济社会中蜕变成一个唯利是图的拜金主义者，此时表现的完全是商人的精明、苛刻和奸诈，最后竟然一口咬定“三分钱一棵”，如此美丽芬芳的冷杉，在他眼里变成了商品，而且根本不值钱。最后诗人宁愿送给学校做孩子们的圣诞节礼物。诗歌间接地反映了在市场经济中人性的异化，无不表露出鄙夷和讽刺批判的态度。

叙事诗《雇工之死》，通过雇主夫妻二人的对话，把一辈子替人帮工、穷困潦倒的塞拉斯的悲惨境遇栩栩如生展现在读者面前，令人深感心酸；《分工》借对蚂蚁王国的描写，以隐喻、象征的方式，间接地反映了现代化大生产中分工之细，人在这种现代化大生产的分工中，人与人之间关系的冷漠，生命如同蝼蚁；《熄灭吧，熄灭》中，一个“计较工休时间”的童工在事故中丧生，在工人中却没有引起什么波澜，那个孩子一断气，他们“转身去忙各自的事”，“因为他们不是那个死者”；《原则》借一个雇工之口，讲述了一个名叫桑德斯的老板恨不得榨干工人的全部血汗，工人们在前面干活，“他落在后面 / 驱赶”，“在割草时——/ 挨着他们的脚后跟，并威胁要割断他们的腿”，雇工“看够了他挤对的花招”，而且在运草时受到他的督促和侮辱，忍无可忍，“猛地朝他身上推倒十捆”，“他唧唧尖叫，像一只被挤压的老鼠”，差点弄死了他，事后说“大约我要杀他很公平”。读来令人直呼痛快。

这些叙事诗，直面血淋淋的残酷现实，揭示在一个异化的社会中人们之间只是赤裸裸的利害关系、金钱关系，资本对人只有奴役、剥削、压榨和掠夺，让我想起了马克思的著名论断：“资本来到人世间，从头到脚，每个毛孔都滴着血和肮脏的东西。”“资产阶级在它已经取得了统治的地方把一切封建的、宗法的和田园诗般的关系都破坏了。它无情地斩断了把人们束缚于天然尊长的形形色色的封建羁绊，它使人和人之间除了赤裸裸的利害关系，除了冷酷无情的‘现金交易’，就再也没有任何别的联系了。它把宗教虔诚、骑士热忱、小市民伤感这些情感的神圣发作，淹没在利己主义打算的冰水之中。它把人的尊严变成了交换价值，用一种没有良心的贸易自由代替了无数特许的和自力挣得的自由。总而言之，它用公开的、无耻的、直接的、露骨的剥削代替了由宗教幻想和政治幻想掩盖着的剥削”（《共产党宣言》）。这些诗歌，在我们今日的“打工诗歌”中，仍然能听到哀痛悲怆的回响。

三、众生平等、万物有灵的悲悯情怀

诗选中更多的，是对自然万物之美的欣赏和礼赞。如在《玫瑰朱兰》中诗人祈祷：“愿在割草季节，/那地方能

被忘掉；/如果不是都那么可爱，/也望获得一时恩惠，/但愿没人去那儿割草，/将花儿与草混淆。”对花儿的喜爱怜惜之情表露无遗；《一簇野花》里，看到割草人走后，“镰刀留下的小花开得正欢，/在草已割光的芦苇溪畔”，知道“露水里割草的人如此喜爱它们”，浮想联翩，得到“一个来自黎明的启迪”：对花儿的欣赏、对美的热爱，使素不相识的人有了声气相通、血脉相连之感，“觉得一种精神与我血脉相连；/从此之后我劳作不再孤单”。《亭亭白桦》庆幸自己手下留情，留下一棵小白桦：

> 这株白桦开始撑破它的婴儿期
> 绿外套，展现出肌肤的白皙，
> 要是你喜欢这样的纤细幼嫩，
> 可能早已注意到它焕然一新。
> 不久就出落得纯粹洁白，
> 让白昼加倍，把黑暗对半劈开，
> 它将挺立向前，浑身树皮如雪，
> 只在树梢撑着茂盛的绿叶——
> 这唯一竟敢凭它的美依偎天空的树。

小白桦的美丽如此令人赏心悦目！诗篇结尾说，“它是美的化身，被送来度过/它作为一件装饰品的生活”，谁送来的？诗人没有明说，显然是指造物主上帝。它作为一件装饰品，装点了大自然和人类生活。在《窗边的树》里，诗人说，“永远不在你我之间/拉下窗帘”，毫无隔阂，“我看见你被剥夺被摇曳，/而假如你在我睡眠时看见我，/你就看见我被剥夺被劫掠，/失去一切”，诗人与树木同病相怜，彼此也不故作高深，在这里，树木简直成了诗人可以推心置腹交谈的朋友。

诗中动物也几乎个个天真无邪，十分可爱，《熊》的开篇写道：

> 那只熊双臂抱着她上方的树，
> 将它往下拉，仿佛它是情侣，
> 要吻别它野樱桃的嘴唇，
> 然后让它弹回，直立于天空。

寥寥四行，一个笨手笨脚、憨态可掬的形象便跃然纸上；在《白尾大黄蜂》里，即使“他螫得我滚落战场四脚朝天”，诗人也对其“确定性”和错误地击刺钉头表示赞赏，并随后展开一连串的思考和推论。《埃姆斯伯利的一条蓝绶带》详尽地描绘了一只“漂亮的小母鸡”的生活，她“鹤立于平庸的鸡群中间”，“鸡窝是她飞行的范围。/然而一旦她登上高堆，/她就用翅膀推挤，那么强劲/使得整个鸡群移动前进”。虽然是戏谑嘲讽的口吻，但对其特立独行，甚至颇有抱负，也不无赞赏之意。《一只鼓丘土拨鼠》写动物为了防御猎人的袭击挖掘洞穴藏身，“本能地考虑周密”。《睡梦中唱歌的鸟》，“一只半醒的鸟 / 凭它的天赋唱了一半小调”，因为它知道，“要是像那样从睡梦中再唱半曲，/ 它就更容易成为捕获物”，同样是出于生命自我保护的本能。《逃遁》写一匹马驹宁可忍受冬夜的寒冷，也要逃脱厩栏的囚禁。《摘苹果时节的母牛》让人忍俊不禁：

那头唯一的母牛受到某种启示
近来简直把墙当作大门似的，
认为补墙的人全都是傻瓜，
她的脸上沾满了果渣，

她大胆地闯开囚笼，突破禁锢，获得了暂时的解放，“她从一棵树跑到另一棵树，躺在那儿舒舒服服”，甚至“她在小山上朝天空怒吼着”，尽管“她的乳房皱缩，奶水渐渐干涸”，她也要发泄对这充满奴役和束缚的世界的愤懑，发出渴望自由的呐喊，简直就是一位女权主义者。

在《给冬天遇见的一只飞蛾》里，诗人伸出一只没戴手套、暖暖和和的手，让偶然遇见的飞蛾栖息，并通过自问自答的方式展开种种猜测和推断：“什么用虚假的希望把你诱惑，/ 来进行这场来世的冒险，/ 寻求同类在冬天的爱？”，“我确实认为 / 你不辞劳苦地飞行，/ 为了那么虚幻的一位，/ 强撑着把自己耗得精疲力竭。/ 你找不到爱，也不爱自己。/令我同情的是你有某种人性”，并劝告说，“你必须做得比我明智”。

《值得注意的小不点》写“一只活生生的小虫”，“它惊骇地逃跑，而且狡猾地匍匐。/它踌躇：我看得出它犹豫；/然后在摊开的纸片中间/无可奈何地蜷缩着，/唯我是从，听凭发落”。诗人认为它也有自己的意向，有心智，有灵性。不知道弗罗斯特有没有接触过佛学，这些诗歌，不仅表现了诗人的爱美之心，也明显地透露出众生平等、万物有灵的思想和爱护生物、珍惜生命的悲悯情怀。

四、探究人与自然的融合

弗罗斯特对人与自然的关系，有多方面、可以说几乎是全方位的探究。他对大自然的感受也是非常丰富和充满矛盾的。首先是对大自然的恐惧感，如《暴风雪恐惧》生动形象地写了隆冬深夜，暴风雪像野兽般怒吼袭击的可怕场景，人类在大自然的灾难面前是多么渺小和可怜：

我的心被疑问占据——
我们能否随着白昼起身
并拯救无助的自己。

在《一个老人的冬夜》里，“门外的一切都阴郁地盯着他”，老人已力不从心，“不能照料一所房屋，一处农场，/

一片乡野”；《荒野》一诗，抒写了诗人独对荒原的孤独、寂寞、迷惘和空虚；组诗《山妻》中的妻子，随着穷困的丈夫幽居荒凉偏僻的深山，害怕“孤零零的房子”，“偶然入侵者”，害怕卧室外面“黑暗的松树”，苦闷抑郁，最后在徒劳的“冲动”中黯然离世，死于孤寂，死于独自置身于大自然中的恐惧感。在这里，大自然与人的关系是对立的，大自然是恐怖的异己力量，是压迫女性的男权象征。

探索自然、征服自然同样是弗罗斯特很多诗歌的主题。《星星切割器》中的人物布拉德·麦克劳克林“把天上星星与杂乱的农事混为一谈 / 直到把农场搞得乱糟糟，/ 他烧毁自家房屋骗取火灾保险，/ 并花掉这笔钱买了架望远镜，/ 以满足终身的好奇心——/ 探究在无限宇宙中我们的位置”，让人联想起加西亚·马尔克斯的长篇小说《百年孤独》中狂热地痴迷于各种科学实验的荷塞；《美洲难以洞悉》《山》《西流的小溪》《运石橇里的一颗星》等诗，同样表现了探索自然奥秘并力求征服、驾驭大自然的热情。

然而，诗人在另一些诗里对这种征服表示了嘲笑讥讽，甚至自我批判。如《当选佛蒙特州桂冠诗人有感》中：“冬天独自在树林里，/ 我去跟那些树作对。/ 我给一棵枫树打上标记 / 然后将它砍倒在地。”人的力量似乎很强大，似乎可以对大自然肆无忌惮地为所欲为，但是“我看到大自然没有战败 / 在一棵树的翻倒里”，诸如此类的举动，令人觉得在大自然面前，人类所谓征服自然显得特别滑稽，甚至极其荒唐可笑。

大自然的神秘莫测也让人心生敬畏，《仅此一次，那时，某物》描写了诗人跪在井栏边，“上帝一般/从蕨和云朵的花环中探望”，看到水井中瞬间即逝的“一个白色物体”，引起了诗人的猜想，“那种白是什么？真理？一块石英？”《夜晚的彩虹》描写诗人和一位朋友在“一个雾朦胧的晚上”，“摸索着回家”，先是看见“奇异的光”和“月亮出现”，“然后一弯小彩虹像格子门，/一弯非常小的月亮形成七彩弓，/跨越我们头顶，近得能从中走过。/于是我们被赐予一个奇迹，/那从未给另外两个人降临的奇迹”，“我们站在光环中，被温柔地环绕”，诗人惊叹之余，在这种独一无二的神秘体验中感悟到人世间真挚友情的可贵：“在上帝选定的挚友关系里，/时间或敌人都不能使我们分离。”《我们对地球的影响》近乎雄辩地证明大自然对人类的恩惠，得出结论：“它肯定多一点更有利于人，/哪怕是微乎其微的百分之一的量，/否则，我们的生命不会稳定地增多，/我们对地球的影响也不会持续增强。”抒发了对大自然的感恩之情。

《春潭》不仅吟咏了“这些潭水虽被森林深深遮掩/依然映出完美无缺的蓝天”，如深闺少女的幽静之美，而且歌颂它“渗入树根焕发起浓密绿荫”，有着比春雨更加润物无声的美德和生生不息的无穷力量。在《冬日伊甸园》中，桤木沼泽里一块荒芜的土地竟成了野兔和鸟儿温暖的天堂、嬉戏的乐园。在漫长的寒冬之后，诗人敞开怀抱，迎接春天的来临，高声欢呼："带着雨来吧，哦，喧闹的西南风！/带来歌手，带来筑巢者；/给埋藏的花朵一个梦；/让凝固的雪堆蒸汽腾腾" "把诗篇撒在地上，/把诗人赶出家门"（《致解冻的风》），喜悦之情跃然纸上。

在《不情愿》中，则更加突出地体现了诗人认识自然规律之后通达超脱的生命智慧，"温文尔雅地服从理智，/与万物一起顺应潮流，/无论爱情还是季节，/当结局来临，都俯首接受"。《接受》里则借一只流浪的鸟儿之口，表达了诗人"让夜变得更黑暗笼罩我吧。平安！/让夜黑暗得我看不见未来景象。/让它该是怎样就是怎样！"这些诗歌中所表露的思想，颇接近于老庄顺应自然的生死观。

五、揭示人与人沟通之难

弗罗斯特一生中大部分时间离群索居，不太乐于也不善于交际，早年到各个大学演讲的时候，往往起初躁动不安，精神紧张，上台前洗冷水脸，在鞋底放石子以分散注意力缓解情绪。他有首诗的题目就叫"不很适应社会"（也可译为"不很合群"），自述我行我素，无法遵循约定俗成的社会规则，"你们有些人会高兴我做了我做的，/其余人不想对我惩罚得过分严厉"，希望置身于稍微宽松的环境，即便作出有违常规的事情，也不会受到大家残酷的惩罚，彼此能达成谅解与妥协，求同存异，和谐共处；《雇工之死》里，夫妻二人对待雇工塞拉斯的态度一个温情，一个冷酷，对家的理解也截然不同，从而构成戏剧性的心理冲突；《家葬》则探讨了人与人之间沟通的困难，有时甚至比人与动物之间更难以沟通，哪怕是夫妻，也难以相互理解；人类也像动物一样，为了占有生存资料而争夺，如在《蓝莓》中，那些小洛伦，“他们不会太友善——他们会很礼貌——/ 对他们认为在他们采摘的地方 / 无权去采摘的人”，充满戒备和敌意；《补墙》非常值得玩味：

> 在砌墙之处我们不需要有墙：
> 他全是松树，我是苹果园。
> 我的苹果树决不会越界，
> 吃他的松果，我告诉他。
> 他只是说：“好篱笆出好邻居。”

“墙”是安全保护的屏障，也是交往沟通的障碍。在“不需要有墙”的地方筑起壁垒，而那位山那边的邻居，“他不会深究父亲的谚语，/ 他想了又想，如此喜欢，/ 又说一遍：‘好篱笆出好邻居。’”人与人之间的隔阂和防范心理，已代代相传、根深蒂固。但诗歌开篇说“有某种东西不喜欢墙”，某种东西是什么？它为何不喜欢人与人之间有墙？究竟是大自然还是人的心灵，诗中没有点明，留下一个问号，意味深长，发人深省。此诗写于以美苏为代表的资本主义和社会主义两大阵营冷战期间，两者之间不仅筑起了一道有形的墙——柏林墙，还有一道无形的墙——更难逾越、彼此敌对的意识形态壁垒。*1957*年弗罗斯特作为美国“友好使者”访问苏联时，在莫斯科的一个文学之夜上，选择朗诵的就是《补墙》这首诗。诗人的用意不言自明。而且，他自己也曾解释说：“矛盾正是该诗的核心。它本身就存在于人的悖论当中，存在于邻居和竞争对手当中，存在于人类的矛盾本性当中。”

现代社会工业化、机械化带来的分工造成了人与人之间的疏离，即使在农场，收草的劳动分工也十分严格和精细，分成割草、晾晒、运输、堆垛、储藏等若干环节，人们独自干活，彼此难打照面。《一簇野花》表达了现代人劳动生产中的孤独寂寞以及对交流沟通的强烈渴望，割草人留下的“一簇野花”是美的象征、灵魂相通的纽带，翻草者由此“觉得一种精神与我血脉相连；/ 从此之后我劳作不再孤单”，“干活时好像有他帮衬”，“而且梦着，就像兄弟般畅所欲言，/ 将我曾不愿触及的想法谈谈”。甚至希望与割草人畅所欲言、促膝谈心，“‘人们共同劳作’，我真心对他说，/‘无论他们一起还是分开干活’”。共同热爱美好事物使人们达到心灵的共鸣和默契，共同劳作更是把人们紧密结合在一起，诗人希望人与人之间消除距离与隔膜，建立起兄弟般的情谊，团结互助，和谐共处。“刀下留花”也体现了对待自然和生活的态度，意在唤醒麻木不仁的感官，激活天赋的审美直觉，调和现实利益与保留自然之美的矛盾冲突，其中隐含着重建生态文明和社会文明的思想。

六、重建家园，重归完整

诗人主张，应当适当抑制人类的扩张、节制人类的欲望："让人类生育的人口稍减，/把人的地盘归还给大自然"（《乘法表》），"愿有些东西永远不被收获！ /愿很多东西留在我们的规划之外"（《未收获的》），诗人对着野花高喊："给你们，哎，喧闹的野花，/去那里恣肆地怒放撒欢吧！"（《最后一次割草》）。

在《培育土壤》中，借用维吉尔《牧歌》中的两位人物的谈话，从农业的衰败开始，论及选举、体制、自由、革命等重大政治问题，思想庞杂广博，大有纵论古今、捭阖天下之势。显然，乡村的沦落，有着非常复杂的社会政治因素；重建家园，保护和恢复良好自然环境，建立生态文明，本身就是一种政治诉求，也无法离开政治生态的重建。《洪水》开章明义地告诫说："血比水更难堵住。"是"血本身的力量释放鲜血。/它凭借势如洪水之力/渐渐蓄积到如此反常的高度"。"当它席卷之时，峰巅树叶也染上血污。"这些义正词严、慷慨激昂的诗句，仿佛是针对统治者的警世格言，如洪钟大吕、铁绰铜琶，铿锵有力，振聋发聩；对社会痼疾，他毫不讳言，"的确，革命是唯一良药，/但应该用一半就结束为好"。明确主张"半革命"（《半革命》），显然，他指的是改革和改良。

在《曾临太平洋》中，他提醒人们，“似乎有黑暗意图的夜正在到来，/ 不只是一个黑夜，而是一个时代。/ 人们最好为应对狂暴做好准备”。然而，他也对乡村、对未来充满了信心：

哦，一场暴风雪展现了某种东西，
乡村歌唱的力量因而聚集，
思想被压抑，随气候变忧郁，
依然准备着一旦自由，就歌唱
从根和种子里催野花绽放。

——《我们歌唱的力量》

诗人亲自经营过多年农场，曾躬耕田园，勤勉劳作，他希望过一种自己动手、丰衣足食的日子，他赞美的是《采树脂的人》中那样接地气、贴近自然的生活，“我告诉他这是过快活日子，/——让你的胸膛贴着树皮 / 常年都在阴暗的树下，/ 高高举起一把小刀，/ 撬松树脂，把它取下，/ 高兴时就把它带到市场去”。他梦想回到童年，重新成为“荡桦树能手”，从而“逃离尘世片刻”；他有春种秋收、用汗水浇灌土地的深切体验，“务实是最甜美的梦——劳动懂得”（《割草》）；与此呼应的另一首诗《指令》开门见山，提出：“退出眼下对于我们太嘈杂的这一切，/ 回到因失去琐碎而单纯的年代”，回到自己出生地，回到童年重拾童心，回到最初的源头，“从孩子们的游戏室里偷得这酒杯”，“这儿是你的泉水和你的饮水处。/ 喝下去你便超越混乱而重归完整”。现代文明使人类遭受家园和人性的双重丧失，人与人、人与自然的亲密关系在市场扰攘中也近乎崩解断绝。在这里，“重归完整”即实现自我，而回归家园、融入自然是实现自我的必经之路，由此才能从物欲横流、尘世喧嚣中解脱出来，使迷失堕落的灵魂得到拯救，从而达到自我的身心和谐、人与人之间的和谐、人与自然的和谐。

翻译弗罗斯特这部诗选，有时仿佛回到半耕半读、间或打工卖苦力的童年和少年时代，有时仿佛回到栖居过的林区和牧场，有时仿佛回到那些憨厚木讷的伙伴和父老乡亲中间，有时仿佛回到三十年来“十室九空”“夕阳残照”的老家……从中一遍遍重温充满艰辛劳作的乡村生活，重温曾经品尝过的酸甜苦辣。他的诗，对于我是那么亲切感人，时时引起灵魂深处的震颤与共鸣。翻译时，觉得就像在听一位饱经风霜的睿智老人聊家常一样，讲述他一生的所见所闻和所思所想，语言简洁朴素而又生动风趣，其中蕴涵的深奥微妙的哲理却令人深思、耐人寻味。尽管几乎天天宵衣旰食、夙兴夜寐，其中不乏沉痛悲伤的情感体验，但总的来说，仍然是美好愉悦的长途旅行，是精神澡雪的灵魂洗礼。他的诗已经成为不朽的经典，常读常新，而翻译不仅是深入的阅读，更是“辨认”和“刷新”，从中认出自我，“认出风暴而激动如大海”（里尔克诗句，陈敬容译），刷新语言、刷新审美眼光和世界观。目前，弗罗斯特诗歌已有几个中译本，在“抓住作品永恒的生命之火和语言的不断更新”（本雅明《译者的任务》）方面，但愿拙译能贡献微薄之力，或起到抛砖引玉的作用。在这里，衷心感谢耿会芬编辑及湖南文艺出版社对我的信任，同时，也向弗罗斯特的伟大诗魂致以崇高的敬意。

2017.12.18—12.19

目录

✴ 少年的心愿 ✴

牧场 2

成就自我 3

鬼屋 4

我的十一月来客 6

爱与一道难题 8

暮晚散步 10

暴风雪恐惧 11

致解冻的风 12

春日祈祷 13

玫瑰朱兰 14

等待 16

被人忽视 18

有利位置 19

割草 20

启示 21

存在的审判 22

一簇野花 26

造物主的笑 29

十月 31

不情愿 33

✴ 波士顿以北 ✴

补墙 36

雇工之死 39

山 49

一百件衬领 56

家葬 68

黑色小屋 75

蓝莓 82

摘苹果之后 88

原则 91

世系 97

恐惧 111

柴堆 118

美好时光 120

✴ 山间低地 ✴

未选择的路 122

圣诞树 124

一个老人的冬夜 128

电话 130

雨蛙溪 132

灶鸟 133

束缚与自由 134

白桦树 136

播种 139

聊天时间　140

摘苹果时节的母牛　141

邂逅　142

射程测定　144

山妻　145

孤寂　145

房屋恐惧　146

微笑　146

常重复的梦　147

冲动　148

篝火　150

女孩的菜园　156

熄灭吧，熄灭　159

采树脂的人　161

那伙架线工　163

消失的红色　164

树的声音　166

✶ 新罕布什尔 ✶

新罕布什尔　170

运石橇里的一颗星　192

人口普查员　196

星星切割器　200

磨轮　205

保罗的妻子　209

野葡萄　217
两个女巫　223
1. 库斯人女巫　223
2. 格拉夫顿的乞丐女巫　231
空虚的威胁　237
残缺的蓝　241
火与冰　242
在废弃的墓地里　243
雪尘　244
金贵之物难久留　245
逃遁　246
目的是歌　248
暮雪林边逗留　249
仅此一次，那时，某物　250
蓝蝴蝶日　251
袭击　252
面向大地　254
再见，保持寒冷　256
冬天找寻日落之鸟　258
厨房烟囱　260
收集落叶　262
担忧　264
一棵横倒在路上的树　265
我们歌唱的力量　266
没锁的门　269

精通乡下事之必要　271

✴ 西流的小溪 ✴

春潭　274

花园里的萤火虫　275

忠诚　276

悄然离去　277

匆匆一瞥　278

一份黄金　279

接受　280

曾临太平洋　281

倒伏　282

一只小小鸟　283

孤寂　284

窗边的树　285

和平的牧羊人　286

冬日伊甸园　287

洪水　289

熟悉黑夜　290

美人该是挑选者　291

西流的小溪　295

沙丘　300

巨犬座　301

一个士兵　302

移民　303

汉尼拔 304
乘法表 305
投资 307
最后一次割草 308
出生地 309
眼里尘埃 310
艳阳下坐在荆棘旁 311
满抱 313
五十自述 314
骑手 315
偶观星象 316
熊 317

✴ 山外有山 ✴

一石二鸟 320
孤独的罢工 320
泥泞时节两个流浪汉 323
白尾大黄蜂 327
埃姆斯伯利的一条蓝绶带 330
一只鼓丘土拨鼠 334
暴雨时节 336
分工 337
心开始遮蔽头脑 340
在伍德沃德动物园 342
创纪录的一步 344

一花独放　347

迷失在天空　347

荒野　348

随它们相信　349

强者沉默不语　350

最佳速度　351

不远也不深　351

表达方式　353

设计　353

睡梦中唱歌的鸟　354

未收获的　355

大概有些地方　356

不很适应社会　357

准备，准备！　358

十磨　360

预防　360

生命的跨度　360

莱特兄弟的复翼飞机　360

邪恶趋势相互抵消　361

佩蒂纳克斯　361

黄蜂似的　361

一个谜语　362

对账难　362

不太正常　363

在富豪赌场　363

外域　364
复仇　364
夜晚的彩虹　369
培育土壤——一首政治田园诗　371

✴　见证树　✴

山毛榉　388
桑树　389
略知一二　390
丝绸帐篷　390
所有发现　391
幸福以高度弥补长度　392
我可以把一切交给时间　394
及时行乐　395
至多如此　396
鸟儿的歌绝不再会是同样　397
被摧残的花　398
执着回家　401
云影　402
寻找紫边兰　403
器二不匮　405
三道铜墙铁壁　405
我们对地球的影响　406
给一个小坏蛋　407
今天这一课　409

停顿　417

停顿　417

给冬天遇见的一只飞蛾　418

值得注意的小不点　419

迷失的信徒　421

十一月　423

猎兔者　424

临近两千年　425

微乎其微　426

在一首诗里　426

我们对失势者的同情　426

一个问题　427

皮奥夏　427

秘密坐着　427

半革命　428

回答　428

回归　429

非法侵入　429

牧场的卵石　430

轻轻迈出重大一步　431

✶　绒毛绣线菊　✶

亭亭白桦　434

有几分希望　436

退后一步　438

指令　439

致一位古人　442

五首夜曲　444

一、夜灯　444

二、我陷入忧烦　444

三、虚张声势　445

四、查明何事发生　445

五、漫漫长夜里　446

尖塔与钟楼　448

独特心境　448

敬畏上帝　448

惧怕人类　449

房屋上的尖塔　450

更新的勇气　451

艾奥特下加符号　452

远走高飞　453

中途　453

怀疑论者　454

罗杰斯群像　455

有感于成为偶像　455

天气晴好　456

崖居　456

杰斐逊的一个问题　457

余兴杂俎　458

使其微妙　458

为何要等科学　459

设计者们　459

它们没有圣战　460

美国 1946 不玩了　461

欠债的巧妙　461

给正常人　463

✴ 尾声 ✴

选择像星星的事物　466

永远终结　468

✴ 理性假面剧 ✴

✴ 林间空地 ✴

马利筋荚果　506

离去！　509

林间空地上的小屋　511

美洲难以洞悉　514

希望的危险　519

为约翰·肯尼迪的就职典礼而作　520

彻底奉献　524

一束信念　525

永远无用之歌　525

一个自己想出的概念　526

基蒂霍克　527

第一部　527

第二部　536

高谈阔论　544

整体之神圣　547

搅拌工　549

结束　551

探询的表情　552

我们的厄运要开花　552

在伟大成功的前夕沮丧中写下的诗行　554

附言　554

窘境　556

咏铁　556

当选佛蒙特州桂冠诗人有感　557

✳ 少年的心愿 ✳

牧场

我要出去清扫牧场水泉；
我只想停下来耙去落叶
（也许我会等着看泉水清澈）：
我不会去太久——你也来吧。

我要出去牵那头牛犊，
它站在它妈妈身旁，那么幼小
妈妈舔舐时它歪歪倒倒。
我不会去太久——你也来吧。

成就自我

我的希望之一是那些黑暗的树林，
古老而苍劲，几乎不让微风显形，
并非因为它仅仅是昏暗的遮掩，
而是伸展开去，直至末日边缘。

我不该被阻止，而有一天
我将悄悄溜进它们的浩瀚，
永不畏惧地寻找开阔的疆土，
或缓慢车轮倒出沙子的道路。

我看不出有何理由我该返回，
或那些人不应该将我追随
赶上我，惦念我的他们
想知道我是否还珍视亲人。

他们将发现我没变，跟以前比——
只是更确信我所想的都很真实。

鬼屋

我居住在一座孤零零的房屋里，
我知道许多个夏季之前它已消失，
　只留下地窖的断壁残垣，
　日光在废墟里无遮无拦，
还爬满野生的紫茎覆盆子。

越过葡萄藤覆盖的毁坏的栅栏，
树木重生在种牧草的田园；
　果林变成幼苗老树混杂之处，
　啄木鸟在那里啄来啄去；
通往水井的小径被青草遮掩。

我居住在那一度消失的寓所，
地处偏僻，心痛苦落寞；
　在那条荒废的被遗忘的小道，
　再没有扬起灰土给癞蛤蟆洗澡。
夜幕降临，黑蝙蝠飞窜穿梭。

夜鹰正飞来高声地喧嚷，
时静时鸣，拍打着翅膀。
　我听见它起先非常遥远，
　一遍遍聒噪不厌其烦，
未到跟前就已尽诉衷肠。

在微小昏暗的夏夜星星下，
我不知那些人是谁，沉默喑哑，
　跟我分享未被照亮的地方——
　外面低矮树枝下那些墓碑上，
无疑他们的姓名已被苔藓糟蹋。

他们不知疲倦，却悲哀而踌躇，
虽然两个紧紧依偎的，是少男少女——
　在他们中间没什么曾经歌吟，
　然而万事万物在眼前格外分明，
世上何曾有如此甜蜜伴侣。

我的十一月来客

我的悲愁，当她在这里将我伴随，
　认为秋雨连绵的阴郁时光
是一年中最美的季节；
她爱那赤裸，那枯萎的树；
　她漫步在湿透的牧场小路上。

她的快乐不容我阻止。
　她闲聊而我欣然听着：
她高兴鸟儿们都已逃逸，
她高兴她朴素的灰毛衣
　如今带着浓雾的银色。

荒凉的、被遗弃的树林，
　凋零的大地、沉重的天空，
她那么真切地看见这些美，
她以为我没有欣赏的眼睛，
　缠着问我理由何种。

并非昨天我才学会了解
　在雪花飘然降临之前
十一月赤裸裸的爱，
但告诉她也徒然伤怀。
　她的赞美使秋色更娇妍。

爱与一道难题

傍晚一位异乡人来到门前，
　他说新郎很漂亮。
他拄一根绿白色拐杖，
　背负所有重荷和忧伤。
他的眼睛比嘴说得更多
　为请求夜里借宿，
而后他回头看着道路远方
　没有一扇亮灯的窗户。

新郎向前走到门廊里，
　说："让我们看看天色，
异乡人，我和你，
　再看看过夜的问题。"
忍冬叶在庭院落得到处都是，
　忍冬果呈现出蓝色调，
秋天，是的，冬天已在风里，
　　"异乡人，但愿我知道。"

屋内，黄昏里新娘独自一人
　俯身在熊熊炉火旁，
她的脸泛着玫瑰红，因灼烧的煤炭
　和想着心里的欲望。
新郎瞧着令人厌倦的道路，
　却只看见新娘的内心，
希望把她的心在金盒装入，
　并用一把银锁锁紧。

新郎认为给点钱和面包，
　衷心为穷人祈祷，
或给富人一个诅咒，
　这些都无关紧要；
可是否答复这个请求，
　而让俩人的爱被搅扰，
让新房潜伏着惹祸根苗，
　新郎真希望他能知道。

暮晚散步

当我走过收割后的草场，
　断茬上已有幼芽新生，
像露湿的茅屋顶光滑平整，
　半已遮住花园小径。

当我来到花园的土地，
　惊醒的鸟儿们飕飕扑翅，
从乱蓬蓬的枯草里飞起，
　悲哀胜于任何言辞。

一棵光秃秃的树站立墙边，
　只一片枯叶将黄褐色延续着，
无疑，它已被我的思绪惊扰，
　轻轻飘下来，窸窸窣窣。

我没有向前走得更远，
　采摘剩下的最后一朵紫苑，
它有着已褪色的蓝，
　我要再带回向你敬献。

暴风雪恐惧

当风在暗地里损害我们，

并用雪抛掷

矮屋子的东边窗户，

这头野兽，

用一种憋闷的吠声咕哝着，

“出来吧！出来！”——

要经过内心的挣扎才能去，

啊，不！

我估算我们的力量，

俩大人一小孩，

我们全都睡不着，强忍着不去注意

炉火最终熄灭时寒冷怎样匍匐而来——

雪怎样被堆积，

庭院和道路被抹平，

甚至直到给人慰藉的谷仓变得遥远，

我的心被疑问占据——

我们能否随着白昼起身

并拯救无助的自己。

致解冻的风

带着雨来吧，哦，喧闹的西南风！
带来歌手，带来筑巢者；
给埋藏的花朵一个梦；
让凝固的雪堆蒸汽腾腾；
在白雪下面找到黑土；
但今晚无论你做些什么，
都得冲洗我的窗，让它流淌，
融化它正如消逝的冰；
融化玻璃，留下木格格框
就像隐士的十字架一样；
闯进我狭窄的小屋；
使墙上的图画摇晃；
翻开我哗啦作响的书页，
把诗篇撒在地上，
把诗人赶出家门。

春日祈祷

哦，让我们欢乐在今天的花丛里；
别让我们的思想那么无边无际，
如同不确定的收获；让我们在这里，
就在这一年中万物欣欣向荣之时。

哦，让我们欢乐在白色的果园里，
夜晚如梦似幻，白天无与伦比；
让我们幸福在幸福的蜜蜂中，
蜂群越聚越大围绕着完美的树丛。

让我们幸福在疾飞的鸟群里，
蜜蜂上方的鸟鸣蓦然清晰，
忽而用针尖似的鸟喙流星般刺破天穹，
忽而宛如一朵花儿，静静悬停空中。

因为这就是爱，无可替代的爱，
这是为献给上帝而珍藏的爱，
上帝使之神圣，以达成他的宏愿，
但这样的爱必须由我们去实现。

玫瑰朱兰

一片湿透的草场，
　形如太阳，小似珠宝，
一个圆圈的宽度
　没有周围的树高；
风完全被拒之于外，
　空气馥郁令人窒息
散发着许多花朵的芬芳——
　一座炎热的庙宇。

我们在燃烧中鞠躬，
　是对太阳威权的崇拜，
去把谁也不会错失的
　一千朵兰花采摘；
因为虽然兰草星散，
　然而每一枝次生的嫩茎
顶尖上长着色彩的翅膀
　染红那里的气氛。

在离开那里之前

　我们做了个简单祈祷：

愿在割草季节，

　那地方能被忘掉；

如果不是都那么可爱，

　也望获得一时恩惠，

但愿没人去那儿割草，

　将花儿与草混淆。

等待

在黄昏的原野

有些什么在梦中，当我幽灵似的，
飘过匆匆堆起的高高的草垛，
独自进入剩下残茬的原野，
劳动者的声音刚刚从那里消失，
在晚霞的应答吟唱中
升起满月，我坐下
依偎着满月，在第一堆草垛旁边
隐身于许多相似的草垛中间。

我梦见月亮战胜之前，
与她对立的日光阻碍着阴影；
我梦见夜鹰挤满天空，相互环绕
盘旋，发出暧昧的怪异尖叫声，
或带着猛烈的嗖嗖声从高处俯冲；
我梦见蝙蝠表演哑剧的滑稽姿态，它似乎
会模糊地辨认出我的藏身之处，
只是当他快速旋转时失去目标，
然后盲目而匆忙地不停寻找；

我梦见最后一只燕子掠过；以及挫磨
在气味深处，在我背后沙沙响，
因我的出现而沉默，过了一阵子，
再次听见，他拨响乐器，
一声、两声、三声，试探我是否还在这里；
我梦见用旧的《英诗金库》，
我没带到这里读，却似乎捧着，
并在这溢满枯草芳香的空气里焕然一新；
但我最可能梦见一个不在场的人，
为了她，这些诗行将呈献在她眼前。

被人忽视

他们把我俩留在自己选择的路上，
　作为两个已证明是他们错了的人，
因此我们有时坐在路边角落，
扮着淘气鬼、流浪儿、天使般的表情，
　试试我们能否不觉得被人遗弃。

有利位置

如果厌倦了树林，我再去找人，
　我很清楚催我去哪里——黎明，
　到一面山坡，牲畜放牧的草坪，
躺卧于桧柏垂地的浓荫，
别人看不见我，我眺望远处屋村，
　白色的轮廓，更远处，
　对面山上一座座坟墓，
无论生者或死者，都应该留心。

如果到中午我已看够了这些，
　我只消转动下胳膊，瞧，
　太阳炙烤的山坡把我的脸灼烧，
我的呼吸像微风吹动蓝花草叶，
　我闻闻受伤的植物，我闻闻泥土气息，
　我将蚂蚁的火山口窥视。

割草

在树林旁只有一种声音，

是我的长柄镰贴地的低语声，

它低语着什么？我不大清楚；

也许是在抱怨炎炎烈日，

也许是说这里无声无息——

那就是它咕哝而不说话的原因。

它不曾梦见虚度时光的礼物，

或小仙女小精灵手里易得的黄金：

相对于那热切的爱成排铺放沼泽，

凡事超过真实都显得脆弱，

不是没有割掉娇嫩的花穗

（苍白的兰花），还吓跑一条翠绿的蛇。

务实是最甜美的梦——劳动懂得。

我的长柄镰低语着，留下干草成堆。

启示

在冷嘲热讽的轻松言词后
　我们找个地方隐藏自己，
可在有人把我们找出之前
　心啊，却一直激动不已。

遗憾的是如情况需要
　（或我们这么假设）
最终只能实话实说，
　好让朋友无须猜测。

但全都如此，从遥远的上帝
　到那些玩躲猫猫的孩子，
所有人都过于隐藏自己
　必须开口说出他们在哪里。

存在的审判

就连战死的最勇敢的人
　也不会掩饰他们的惊异
醒来发现甚至在天堂之境，
　也跟尘世一样由英勇统治；
他们手无寸铁地找到的地方，
　是常春花开不败的广袤平原，
发现对勇敢的最高奖赏
　结果却依然是勇敢。

天堂之光纯粹而洁白，
　没有分解成五颜六色，
天堂之光永远是晨光；
　群山如牧场碧绿苍翠；
天使们精神抖擞地飞
　笑着寻求勇敢面对的什么——
而所有障碍是寂静的雪
　非常遥远的碎浪泡沫。

从峭壁之巅发出召唤
　灵魂聚集，为了新生，
被称之为存在的审判，
　这尘世之上的费解事情。
歪斜的灵魂如成群蚂蚁
　川流不息，交叉、逆向而行
只能侧耳听那美妙的哭泣
　为了它暗示些什么梦境！

更多游魂会被转过身去
　再次观察那些灵魂的祭献
它们为了某种已知的好处
　放弃天堂心甘情愿。
而白色微光闪烁的众魂
　纷纷攘攘朝御座拥入，
去见证那些虔诚的灵魂
　上帝如何特别眷顾。
被选中的都出于自愿，

　它们第一次听见宣读
那样打开善与恶的尘世间，
　连怀疑的阴影也消去；
上帝把生命小小的梦幻
　描绘得非常美好而温情，
但不存在减弱或暗淡，
　将其置于至高无上之境。

这一群中也不稀缺
　某个灵魂鲁莽地站起，
以赤裸裸的英勇行为，
　面对尘世上极端之事。
尘世上被忽视事物的传闻
　听起来比太阳下更高贵；
于是头脑旋转，心灵歌吟，
　并以喊叫欢呼勇敢者。

但永远是上帝最后开口：
　“想到纷争的悲戚
这位勇士也许有为朋友
　选择生活的记忆；
但你们去面对的纯粹命运

不容许有选择的记忆，
否则不幸就不是尘世的不幸
对此你们并不齐声同意。”

那么选择必须再来一次，
但最后的选择还是同样；
这时候敬畏超过怀疑，
一片肃静替代所有颂扬。
上帝采摘了一朵金花，
并扯碎了它，用花中的
神秘纽带将灵魂与物质
紧紧束缚，一直到死。

这就是生命的本质，
尽管我们极力选择，依然缺乏
完全清晰的持久记忆，
对于我们那遇难船上的生活，
不过是莫名其妙的选择；
因此我们被完全剥夺了自尊，
在只有一种结局的痛苦中，
忍受它被压碎并变得迷惑。

一簇野花

一次我去翻晒已被割下的青草，
有人在日出前露水中把它割倒。

还没等我来观看刈平的草地，
曾使镰刀锋利的露水已经消失。

我在一片树林的小岛后把他找寻；
谛听微风中有无他的磨刀声。

但他已经走了，青草全都割完了，
而我必须跟他刚才一样——形影相吊，

“人人都必须这样”，我在心里说，
“无论他们一起还是分开干活。”

说话间，迅疾一闪掠过我身旁，
那是一只迷惘的蝴蝶悄无声息的翅膀，

凭着隔夜已变模糊的记忆，寻觅着
睡眠的花朵，昨日的欢乐。

一次我留意到，他飞来飞去兜圈子，
因为地上有朵枯萎的花儿躺在那里。

接着，他飞去我目力所及那么远，
然后，又颤动着羽翼回到我跟前。

我想到些问题，一时解不开，
就要转身把青草抖散晾晒；

但他先转向，引着我的目光
落在溪旁一簇高高的野花上，

镰刀留下的小花开得正欢，
在草已割光的芦苇溪畔。

露水里割草的人如此喜爱它们，
留下花儿茂盛绽放，不是为了我们，

也不是吸引我们想着他一些，

只是出于清晨溪畔纯粹的愉悦。

然而，蝴蝶和我偶然获知，
一个来自黎明的启迪，

让我听见周围鸟儿醒来的啭鸣，
听见他的长镰刀对土地的低语声，

而且觉得一种精神与我血脉相连；
从此之后我劳作不再孤单；

但高兴跟他一起，干活时好像有他帮衬，
累了，同他找到歇晌的树荫；

而且梦着，就像兄弟般畅所欲言，
将我曾不愿触及的想法谈谈。

“人们共同劳作”，我真心对他说，
“无论他们一起还是分开干活。”

造物主的笑

那是在远方同样的树林里；
　我欢快地奔跑在魔鬼小径上，
虽然我知道我追寻的不是真神。
　正当光线开始渐渐衰退消失
我突然听见——我需要听见一切：
它已伴随我度过许多年月。

在我身后而不是前面，那声音，
　昏昏欲睡，但半是讥嘲，
就像一个完全不在乎的人。
　魔鬼从泥坑里起来大笑，
离去时擦掉他眼里的污泥；
我很清楚魔鬼是什么意思。

我难以忘记他的笑怎样响起，
　我觉得像已上当的傻子，
于是停住脚步，假装只是
　在搜寻落叶中的什么东西

（但疑心他是否留下窥视我）
然后我就靠着一棵树安坐。

十月

哦，十月的清晨静谧而柔和，
树叶成熟为金秋色调；
明天的风要是变得猛烈，
会把它们全都刮掉。
乌鸦在森林上空聒噪，
也许明天就成群飞跑。
哦，十月的清晨静谧而柔和，
开始今天要让钟点缓慢。
让我们不觉得这一天短暂。
心里都不讨厌被你蒙骗，
就以你擅长的方式蒙骗吧。
破晓时撒下一片树叶，
中午抛掉又一片树叶；
一片从近前树上飘坠，
一片在遥远天边凋落。
用轻云薄雾使太阳流连；
用紫霞蓝霭让土地迷惑。
慢点！慢点！

为了葡萄，假如都还在，

它们的叶子已被霜冻燃烧，

为了那些爬满墙壁的葡萄——

它们成串的果实别也被毁掉。

不情愿

穿过原野和树林，
　翻越那些墙垣；
我爬上视野开阔的峰峦，
　瞭望世界，而后下山；
我已沿着大路回家，
　瞧，这就是终点。

树叶全都凋零在地，
　只有橡树保留着叶子，
等着被一片片解开，
　让它们刮擦着，匍匐着，
散布在凝结的积雪上，
　当其他枯叶安息时。

落叶静悄悄地挤成一团，
　不再被风吹得到处都是；
最后一朵孤零零的紫苑消失，
　金缕梅花儿也枯萎凋谢；

心依然渴望着找寻，

　脚却在问：“到哪儿去？”

哦，温文尔雅地服从理智，

　与万物一起顺应潮流，

无论爱情还是季节，

　当结局来临，都俯首接受。

这样做，对于人心

　何时才不是一种叛逆？

✳ 波士顿以北 ✳

补墙

有某种东西不喜欢墙，
使墙下土地冻得鼓起，
光天化日之下摔掉上面的卵石，
弄开俩人能并肩通过的缺口。
猎人干的是另一码事，
我一直跟在他们身后修理，
他们在那儿丢下一块又一块石头，
他们要把野兔轰出隐藏之处，
迎合那些欢叫的狗。我说的缺口，
怎么搞的，无人看见，也无人听说，
但到春天修补时我们才发现。
我跟山那边的邻居约好；
同一天我们会合去走这地界，
再次把我们之间的隔墙修好。
我们并排走时让墙一直隔在中间，
石头落哪边，哪边就捡。
有些像面包，有些近似球，
要用符咒才能把它们放稳当：

“待在那儿！直到我们转过身去！”
我们搬弄它们，手指磨得粗糙。
噢，不过是另一种户外游戏，
一人一边。我又想了想：
在砌墙之处我们不需要有墙：
他全是松树，我是苹果园。
我的苹果树决不会越界，
吃他的松果，我告诉他。
他只是说：“好篱笆出好邻居。”
春天对我是场恶作剧，我想知道
能否把一个念头放进他的脑子里：
为什么好篱笆出好邻居？是不是
指有牛的地儿？可这儿没牛。
砌墙之前，我得弄明白
把什么围进来，把什么隔出去，
而我像是因此冒犯了谁。
有某种东西不喜欢墙，
想要它垮掉。我可以对他说是“小精灵”，

但恰恰不是它们，我宁愿
他自己这么说。我看见他在那儿，
拿着一块石头，牢牢抓住石头尖
一手一块，像旧石器时代野人手持武器。
在我看来他摸索在黑暗里，
黑暗的不只是树荫和林木。
他不会深究父亲的谚语，
他想了又想，如此喜欢，
又说一遍："好篱笆出好邻居。"

雇工之死

玛丽坐在餐桌上的灯旁，一边想着心事
一边等待沃伦。当她听见他的脚步声，
就踮起脚尖跑过黑幽幽的走廊
在门口迎接，告诉他消息
让他防备。“塞拉斯回来了。”
她推着他一起走到门外，
关上门。“和善点。”她说。
她接过沃伦在市场上买的东西，
放在门廊，然后拉着他
一起在木台阶上坐下。

“我何时没有和善地对待他？
但我不会让这家伙回来。”他说，
“最后一次割草时我不是告诉过他吗？
我说，要是他要走就了结吧。
他有什么好？还有谁会庇护他，
以他这把年龄能干得那点活？
他是靠不住的帮手。

总是在我最需要他时他走了。
他以为他应该挣点薪水，
至少够他买烟草，
这样他就不必讨烟或欠人情。
‘好吧，’我说，‘我希望我能付，
但付不了固定工资。’
‘别人能。’‘那么别人就要付。’
假如真有那样的事情，我不该在乎
他为自己摆好。你可以相信，
当他开始那样说时，是背后有人
想用点零花钱引诱他离开——
在割干草时节，任何帮手都很难找的时候。
冬天他回到我们这里。我的活干完了。”

“嘘！别那么大声：他会听见的。”玛丽说。

“我想要他听见：他迟早得听见。”

“他疲惫不堪。他睡在火炉边。
当我从罗伊家回来时发现了他，
靠着谷仓门缩成一团睡熟了，
样子很悲惨，也让人害怕——

你别笑——我都认不出他了——
我没料到会看见他——他变了。
等会儿你看吧。”

“你说他去了哪里？”

“他没说。我把他拖到家，
给他茶，还想让他抽烟。
我试着让他谈谈他的经历。
什么都不成：他只是打瞌睡。”

“他说了什么？他说了什么事吗？”

“只一点点。”

“什么事？玛丽，说实话
他说过他要来帮我给草场挖水沟。”

“沃伦！”

“可他说了吗？我只是想知道。”

“他当然说了。你想要他说什么?
想必你不会嫌恶这可怜的老人
用某种谦卑方式挽回他的自尊。
他还说，如果你真愿意知道，
他也打算去清理上面的牧场。
这听起来像你以前听过的吗?
沃伦，我倒希望你能听到
他怎样东拉西扯。我停下看
两三次——他让我觉得那么奇怪——
去看他是不是在说梦话。
他老扯到哈罗德·威尔逊[1]——你记得——
四年前你雇来割草的那个小伙子。
他完成学业了，留校教书。
塞拉斯断言你必定让他回来。
他说他俩会结成劳动小组：
有他俩就把这农场弄得妥妥帖帖!
他就这样把这和别的事混为一谈。
他认为年轻的威尔逊是个有出息的小伙子，

1　哈罗德·威尔逊（1916—1995），英国首相（1964—1970，1974—1976）和经济学家。1945年作为工党成员入选议会，成为工党左翼代言人。1963年被选为工党领袖。就任首相后尽力与欧洲大陆保持紧密联系，并努力支撑衰落的英国经济。曾试图解决罗得西亚问题，但未成功。1976年意外地宣布辞职。同年被伊丽莎白女王封为爵士。著有《工党政府》(1964—1970)和《不列颠的管理》(1976)。1983年被封为终身贵族。或许作者故意借用作青年雇工的名字来暗示什么。

虽然痴呆呆地念书——你知道他们
整个七月在炎炎烈日下怎样吵架，
塞拉斯在马车上垛草，
哈罗德在旁边把草往上叉。”

“是的，我当时特意避开争吵声。”

“咳，那些天噩梦似的折磨塞拉斯。
你想不到会这样。有些事情难忘记！
哈罗德年轻大学生的自负伤害了他。
那么多年后他还在不断寻找
他以为本可以用到的好论点。
我同情他。我知道那是什么滋味，
想到正确的话却为时已晚。
他把哈罗德跟拉丁语扯在一起。
他问我哈罗德说的是什么意思
——他学习小提琴一样的拉丁语，
因为他喜欢它——那就是论据！
他说他无法让那个小伙子相信
他能用一把榛木叉找到地下水——
这说明他曾有过多么好的学校。
他想重做那件事。但最重要的

他想能否再有机会
教他怎样垛好一车干草——”

“我知道，那是塞拉斯的看家本领。
他把每一叉干草都在原地捆好，
贴上备查的标签和编号，
所以卸草时他就能很容易找到
并推出来。塞拉斯干得漂亮。
从大鸟巢似的草捆堆中拿出它。
你从没看见他站在干草上，
他竭力把自己的手抬得最高。”

“他想要是能教会威尔逊那样做，
也许他就对世界上某人有用处。
他看不惯一个小伙子是书呆子，
可怜的塞拉斯，那么关心别人，
回顾过去没什么值得自豪，
展望将来也毫无希望，
所以永远不会有任何不同。”

一弯月亮正落下西山，
拖着整个天空随它低垂到群山上。

月光温柔地倾泻在她的下摆里。她看见月光
并向它展开围裙。她把手
伸到竖琴似的牵牛花藤中间，
从花坛爬到屋檐的花藤，被露水绷紧，
仿佛她演奏一首听不见的音乐
——夜里她对身边的他倾泻的柔情。
“沃伦，”她说，“他回家来死：
这次你不用担心他会离你而去。”

“家？”他轻声地讥讽道。

“是的，除了家是什么呢？
这都取决于你所指的家是什么意思。
当然，他跟我们毫无关系，不过
是烦扰——一个外地人，在小径上
疲惫不堪，从森林里来到我们家。”

“家就是当你必须进去时，
他们必须让你进去的地方。”

“我本应该把它叫做
不知何故你还不配拥有的东西。”

沃伦探身向前迈出一两步，
拾起一根小棍，又走回来，
在手里折断它，扔到一旁。
“你认为塞拉斯更有权利找我们
而不是他的兄弟？短短的十三英里，
路上风就能把他吹到他兄弟的家。
今天塞拉斯肯定也走了那么远。
干吗他不去那里？他的兄弟富有，
是个人物——银行经理。”

“他从没给我们说过。”

“可我们知道。”

“当然，我认为他兄弟应该帮他。
如果需要我会出面。按理
该接他去，而且也许很乐意——
说不定他比表面上看起来要好。
但有点可怜塞拉斯。你想想，
要是他对声称有亲戚感到自豪，
或能从他兄弟那里得到任何东西，

他会一直以来闭口不提吗？”

“我弄不清他们之间怎么了。”

　　　　　　　　　　　　“我可以告诉你。
塞拉斯是什么样的人——我们不会注意他——
但他是亲属无法忍受的那种人。
他从未做过很坏的事情。
他不知道为什么不像其他人
一样好。尽管他一文不名，
他也耻于讨好他兄弟。”

“我想不出塞伤害过任何人。”

“是的，但他伤了我的心，那样躺着，
在尖削的椅背上摇晃他苍老的头。
他不让我把他扶到沙发上。
你必须进去看看你能做什么。
今晚我在这里给他铺了床。
你会对他大吃一惊——他多么疲惫不堪。
他干活的日子结束了；这点我敢肯定。”

“我不想急于这样说。”

“我也不想。去，瞧，亲眼看看。
可是，沃伦，请记住这是怎么回事：
他是来帮你给草场开水沟的。
他有个计划。你别笑他。
他可能不会说这事，也可能会。
我还坐在这儿，看那一小朵云帆
是撞上还是擦过月亮。”

它撞上月亮了。
然后三者排成朦胧的一行，
月亮、小小的银色云朵和她。

沃伦回来了——太快，她觉得，
滑到她身边，抓住她的手，等着。

“沃伦，”她问。

“死了。”是他的全部回答。

山

山在阴影里抱着小镇。
睡前我曾看见那么多：
我注意到我错过西方的星，
山的黑色身躯遮住天空。
它似乎挨近我：我觉得它像一道墙
在身后为我挡风。
可是在小镇和山之间我发现，
黎明我向前走去看新事物时，
是田野，一条河，那边，更多的田野。
那时河流消瘦了，
在鹅卵石上发出一片喧哗声；
但这迹象显示春天它曾闹腾过；
大好的草地被冲出沟，草里
积沙成脊，浮木被剥掉皮。
我过了河，绕着山转。
我碰见一个人，他赶着拉重车的
一头白脸公牛移动得很慢，
不让他完全停下似乎也无妨。

“这个镇叫什么？”我问。

“这镇？卢嫩堡。”

那么我弄错了：我逗留的这个镇，
桥那边，不是那座山，
但夜里只是觉得它朦胧的存在。
“你的村子在哪里？离这儿很远吗？”

“没有村子——只有分散的农场。
上次选举我们仅仅六十个选民。
事实上我们不能增长更多：
那东西占据了所有空间！”他动了下刺棒。
指一指矗立在那里的山。
牧场延伸上山坡不远，
而后有道树干构成的林木之墙：
在那后面只有林梢，未完全
隐藏于树叶中的峭壁。
一条干涸的山涧从树枝下露出
进入牧场。

“那看起来像条小路。

那是从这里到顶峰的路吗？——
不是今天早晨，而是其他时间：
现在我必须回去吃早餐。”

“我劝你不要从这面坡上去。
这里没有合适的路，不过，我了解，
那些上去过的人，从莱德家爬的。
往回走五英里。你不能弄错那地方：
去年冬天他们在那儿想上不远处伐木。
我愿意带你，但我的方向跟你相反。”

“你从没爬过它吗？”

“我一直在山坡
猎鹿、钓鳟鱼。有条小溪
发源于山上某处——我听说
正好在山顶，峰巅——怪事。
但这条小溪会让你感兴趣的是，
它总是冬暖夏凉。
最美的景象之一就是看见
它冬天里蒸汽腾腾，像公牛的呼吸，
直到沿岸灌木生成

一英寸深的霜棘和鬃毛——

你知道那类东西。然后让太阳把它照得闪闪发光！”

“应该成为这样一座山里的

世界性景观——若一直到山顶

树木都不繁茂的话。”我透过枝叶的遮蔽

看见阳光和阴影中大片的花岗岩台地，

攀爬时膝盖可以搁上面——

因为身后的深渊绝对上百尺；

或转身坐着，俯瞰，

肘部挨着岩缝里的蕨。

“对这些我不多说。但有山泉

就在顶峰，差不多像喷泉。

那应该值得看。”

　　“要是就在那里，

你从来没见过吗？”

“我认为它就在那里

是毫无疑问的。我从没见过。

它可能不在峰尖上：

水的源头不一定要从上方
流那么远的距离下来，
而一段合适距离流下来
不会被远道而来的人注意。
一次我要求一个爬山的伙计
看看然后告诉我它是怎样。”

“他说了什么？”

　　　　　　“他说有个湖
爱尔兰某地山巅。”

“但一个湖是不同的。春天怎么样？”

“他爬得不够高，看不见。
那就是我劝你不要从这面坡上去的原因。
他试过这面坡。我一直打算亲自去
看一看，但你知道是怎么回事：
你已经在山脚劳动一辈子，
似乎无多少必要去爬一座山。
我要干什么呢？穿着吊带裤，
拿着大棒子，跟挤奶的时候

把牛赶下来进牛栏一样？
或者手持猎枪找迷路的黑熊？
为爬山而爬，这似乎不真实。”

“假如我不想去，就不该爬——
不是为了爬。它的名字叫什么？”

“我们把它叫做何珥：我不知道是否对。”

“一个人能绕着山走吗？不会太远吧？”

“你可以开车转，一直在卢嫩堡，
但你力所能及的也就是如此，
边界线离它很近，
何珥是镇区，镇区是何珥——
几座房屋散布在山脚，
像岩石从上面的悬崖跌落，
比其余的滚得远些。”

“你说，十二月温暖，六月冷？”

“我根本不觉得水变了。

你和我都知道足以了解它的与冷
相比较的温暖，与温暖相比较的冷。
但所有乐趣都在于你如何说一件事情。”

“你一生都住在这里？”

“从何珥
还没大过一个……”什么，我没听清。
他用细刺棒在牛鼻子和后胁上
轻轻触碰，把牛往跟前牵，
发出开拔令，挪动着。

一百件衬领

兰开斯特生养了他——这样一座小镇，
这样一个伟人。近年来不常
见到他，虽然他保留着老宅，
夏天，送孩子们和他们的妈妈
去撒野——有点儿疯。
偶尔他跟他们一起待一两天，
看见他莫名其妙不能接近的老友。
夜晚他们在杂货店遇见他，
埋头于可怕的邮件，边说话
边飞快地翻阅书信。
他们似乎畏惧。他本不想这样：
虽然是大学者，是民主党人，
即便不放在心上，至少也顾点原则。

不久前来兰开斯特时
他的火车晚点，错过了另一班，
夜晚十一点后，要在伍兹维尔中转站
等待四个小时。太疲劳了

想到坐在外面受如此折磨，
便转而到旅馆找张床铺。

“没房间，”夜班服务员说，“除非——”

伍兹维尔这个地方到处是尖叫声、游动灯光
和汽车震动轰轰响——只有一家旅馆。

“你说‘除非’。”

　　　　　　“除非你不介意
跟别人共一间房。”

　　　　　　　　“是谁？”

“一个男人。”

　　　“那么我应该愿意。什么样的男人？”

“我认识他：他好极了。一个男人中的男人。
当然，是分开的床，你懂得的。”
夜班服务员眨着眼，逗他。

“睡在办公椅上的那个人是谁?
他拒绝了我的机会吗？”

“他害怕被抢劫或谋杀。
你说呢？”

“我得要张床。”

夜班服务员领他上了三段楼梯
下到满是房门的狭窄过道，
敲了敲最后那间门，进去了。
“雷福，有个伙计想跟你共房间。”

“就这样让他看吧。我不害怕他。
我还没醉到照顾不了自己。”

夜班服务员用脚踢了下床架。
“这床是你的了。晚安。”他说着，走了。

“我想，雷福是名字吗？”

“是的，雷福耶特。

你听一遍就明白了。你的名字呢？”

“马贡。

马贡博士。”

“博士？”

“嗯，教师。”

“煞费苦心异想天开的教授？

等下，我心里曾有件事情

想问碰到的第一个明白些事理的人，

但我一时想不起来。

待会儿我再问你——别让我忘了。”

博士看着雷福，然后移开目光，

一个男人？莽汉。上身赤裸，

坐在那儿，横肉起皱，在灯光下闪亮，

摸索着浆得硬挺的衬衫上的纽扣。

“我要换件大号衬衫。

近来我觉得不舒服；而且莫名其妙。

今晚我才发现是怎么回事：
我一直透不过气，像一棵长大的苗圃树
不适合于系着标签的铁丝捆绑。
我责怪我们一直有的热天气。
没什么，只怪我愚蠢下垂的背，
不想承认我已增大了一码。
这是十八码。你穿什么码？”

博士痉挛性地卡住喉咙。
“哦——噢——十四——十四。”

“十四！你这样说！
我还能记得我穿十四码的时候。
想一想回到家里我一定还有
超过一百件衬领，十四码的。
全都浪费太糟了。你该拥有它们。
它们是你的了，别客气；让我寄给你。
什么使得你像那样用一条腿站在那儿？
凯克[1]走后你就在原地没动。
你表现得好像你不想进来。
坐下，或是躺下，朋友；你让我紧张。”

---

1 原文 **Kike**，亦是美国俚语中贬义词“犹太佬”。

博士因此弱弱地冲了过去，
窘迫地用枕头支撑着自己。

“不能那样，在凯克的白床单上穿着鞋。
你不能那样休息。让我把你的鞋脱掉吧。”

“请别碰我——我说，请别碰我。
我不会让你帮我上床，先生。”

“就依你言。悉听尊便。
先生是吗？你讲话就像教授。
说到谁怕谁，无论如何，
要是碰巧有什么差错，
我想我损失的比你多。
谁想要割断你十四码的喉咙！
让我们摊牌吧，作为诚意的
证明。这儿是九十美元。
来，要是你不害怕的话。”

“我不害怕。
这是五美元：我携带的就这些。”

"我能搜你身吗?
你要挪到哪里?待着别动。
你最好把钱塞到身下
睡到它上面,夜里跟我不信任的人
一起时,我总是这样做。"

"要是我把它放在床单上
你会相信我吗——我信任你?"

"你会这样说,先生。——我是个收款员。
我的九十美元不是我的——你不会想到。
我在乡村为《新闻周刊》每份
收一美元。它在鲍镇出版。
你知道《新闻周刊》吗?"

"我从小就知道了。"

"那么你就知道我了。
现在我们一起相处——聊聊天。
我是为它在前线工作的那类人。
我的职业是去发现人们的需求:

他们为此付钱，所以他们应该拥有它。
费尔班克斯，他对我说——他是编辑——
摸清楚公众好恶——他说。
归根结底，我的待遇还不错。
唯一烦恼是我们政见
不同：我是佛蒙特州民主党人——
你知道是什么意思，根深蒂固；
《新闻周刊》一直是共和党的。
费尔班克斯，他对我说：‘今年帮帮我们。’
意思是通过我们拉选票。‘不，’我说，
‘我不能也不会。你们已经够久了：
该你转过来宣传我们的时候了。’
要是指望我选举比尔·塔夫脱，
每周你得付给我十多美元。
我想我反正不会这么做。”

“你似乎能调整报纸的政策。”

“你看我跟大家处得好，全都熟。
对他们的农场我也了如指掌。”

“你开车到处转？那一定是份愉快的工作。”

“那是职业，但我不能说没有乐趣。
我最喜欢的是不同农场的位置，
有的出现于伸展的树林里，
有的在山上，有的要绕过一道急拐弯。
我喜欢发现人们春天出门，
耙着庭院，在屋旁劳作。
随后他们便去更远的田野。
有时除了牲口棚，其他的门都关上；
全家人都去了后面牧场里。
装载着的干草正在过来——当时间到了时。
随后他们全都被赶进去：
原野被剥夺成草坪，小块花园
被剥夺成光秃秃的土地，枫树
成了杆和鞭子。四下无人。
烟囱，虽然，继续冒着轻快的烟，
而我仰靠着骑在马上。只是当有人
来到时我才拿起缰绳，牝马愿意
就停下：我看得出她何时要走。
我用多种方式宠坏了杰米玛。
她明白得很，于是每座房屋都拐进去，
好像她有某种曲腿的痼疾，

不管我在那儿有没有差事。
她以为我好交往。我或许是。
虽然除了吃饭我很少下来。
人们从厨房门阶上出来款待我，
全家人从老到小排成队。”

“有人会认为他们看见你可能
不像你看见他们那么高兴。”

“哦，
因为我想要他们的钱。我不想要
他们还没得到的东西。我从不催讨。
我在那里，他们愿意就付我钱。
我不是故意去那里：我只是路过。
对不起没有杯子给你喝。
我直接对着瓶吹——不是你的套路。
要不给你——？”

“不，不，不，谢谢你。”

“就依你言，悉听尊便。——
现在我要离开你一小会儿。

也许，我出去时你容易休息些——
躺下——让自己去睡觉吧。
但首先——让我们看看——我要问你什么来着？
那些衬领——我该把它们寄给谁，
我猜我回来时你还没醒吧？”

“真的，朋友，我不能要你的。你——也许还需要。”

“除非等我缩小，那时它们就过时了。”

“可真的，我——我有很多衬领。”

“我不知道我还可以给谁。
它们只是在那里发黄。
可你是博士，就依你言。
我会关灯。你别等我：
我刚刚开始夜晚。你睡一会儿吧。
我回来时我会这样子敲门，
在门旁现身。你就知道是谁了，
没什么我只是怕吓着人。
我不希望你射爆我的头。
我带走这酒瓶干什么？

好啦，你睡一会儿吧。”

他关上门。

博士从枕头上往下滑了一点点。

家葬

他从楼梯下看见了她
在她看见他之前。她正要下楼，
转过头惊恐地看着后面。
她迈出迟疑的一步，然后收回
踮起身来再看一次。他朝她
趋身说：“你一直在上面
看什么——我想知道。”
她转过身，就那样坐在裙子上，
她的脸由惊恐变得阴郁。
为了节省时间，他说：“你看见什么？”
他爬上去，让她蜷缩在他身下。
“我会发现的——你必须告诉我，亲爱的。”
她，原地不动，用她有点僵硬的脖颈
和沉默拒绝他的帮助。
她让他看，当然他会看见，
盲目的动物；好一会儿了，他还没看见。
但最后他喃喃地说，“哦，”接着，“哦。”

“那是什么——什么？”她问。

“我看见了。”

“你没有，”她挑战说，“告诉我那是什么。”

“奇怪的是我并没有立刻看见。
以前在这里我从没注意过。
我一定司空见惯了——那就是原因。
我家人所在的小小墓地！
那么小，窗口就能把它整个框下。
不比一间卧室大多少，是吗？
有三块板岩，一块大理石，
山坡上阳光下，是肩膀宽的
小木板。我们没有留心那些。
但我明白：那不是石头，
而是孩子的坟堆——”

“不，不，不要！”她喊叫起来。

她在他倚靠在栏杆上的胳膊下
退缩着，滑下楼；

转头看他，表情令人生畏，
他蒙了，连说两遍：
“一个男人不能提他失去的孩子？”

“你不能！哦，我的帽子呢？哦，我用不着它！
我必须从这里出去。我必须透透气。
我真不知道一个男人能不能提。”

“艾米！这次不要到别人那里去。
听我说。我不会下楼的。”
他坐下，用拳头支着下巴。
“有件事我很想问你，亲爱的。”

“你不知道怎样问吧。”

“那么，帮帮我。”

她的手指移动门闩，代替所有回答。

“我的话几乎永远是过错。
我不知道怎样说让你高兴的
事情。但我猜想我或许可以学会。

我不能说我怎样才学会。
跟女人一起，一个男人必须部分地
放弃作为男人。我们可以约定一下，
这样，对你特别在意的事情
我保证连名儿都不会提。
虽然我不喜欢在所爱的人之间如此这般。
没有爱情两个不爱的人没法一起过。
但两个相爱的人这样子也没法过。”
她把门闩移动了一点。“不要——不要走。
这次不要把它带到别人那里去。
如果还有点通情理就告诉我。
让我分担你的悲痛。不是我跟其他人多不一样，
就是你站在一边将我拒之于外。给我一次机会吧。
虽然，我认为，你做得过火了一点儿。
是什么让你去想它，那件
你做妈的失去第一个孩子的事，
这样痛不欲生——面对爱。
你以为想念他就可能得到满足吗？——”

“你就嘲笑好了！”

“我不是，我不是！

你让我生气。我要下来到你跟前。
天哪，什么样的女人！竟至于此，
一个男人都不能提他死去的孩子！”

“你不能，因为你不知道怎样提。
如果你有过任何感情，你就用
你自己的手去挖——你怎能？——他的小小的坟墓；
我从那小窗口看见你，
弄得那砂砾在空中飞扬，跳跃，
跳起来，像那样，像那样，又轻轻落地，
滚回洞穴旁边的坟堆。
我想，那个男人是谁？我不认识你。
而我爬下楼梯又爬上楼梯
再一次看，依然是你举着铁锹。
然后你进来了。我听见你的咕哝声
从厨房里传出来，我不知道为什么，
但我到近前，亲眼看。
你可以坐在那儿，鞋子上沾着
你的婴儿坟墓里的新鲜泥土，
大谈你每天关心的事。
你把铁锹靠在墙上立着，
就在门外，我看见了。”

“我该笑，笑出有生以来最苦的笑。
我真苦。天哪，我真不相信我命苦。”

“我能重复你说过的话。
‘三个有雾的早晨加一个雨天，就会烂掉
一个人建造的最好的桦木栅栏。’
想想看，在那样的时刻那么说!
多长时间使得桦木腐烂，
跟在黑暗客厅里的丧事有什么相干?
你根本不会在乎！最亲近的朋友
能陪伴任何去死的人，那么远地来了，
他们还不如根本不来为好。
不，自从有人病得要死，
就是孤独的，而且更孤独地死去。
亲友们假装跟随去坟墓，
但在人入土之前，他们的心思就变了，
就想方设法回到生活
和活人中间，做他们熟悉的事情。
但世道邪恶，要是我能改变它，
我就不会这样悲痛。哦，不会，决不会！”

“瞧，你都说出来，就感觉好点。
你现在别走，你哭吧。关上门。
心事说出来了，何必还想它。
艾米，路上有人来了！”

“你——哦，你认为说说就完了吗？我得走——
出这房子去任何地方！我怎么能让你——”

“要是——你——做得出！”她把门打得大开。
你要去哪里？那么先告诉我。
我会跟着你，把你拖回来。我会的！——”

黑色小屋

那天下午我们碰巧路过，
瞥见一幅别致的图画，
在刷了煤焦油的老樱桃树中，
路后面，成排倒伏的野草里，
坐落着我们说到的小屋，
正面两窗之间只有一门，阵雨
给它新刷上一遍天鹅绒黑。
牧师和我，停步观望。
他伸长双臂，仿佛要抱住它，
或把枝叶拨到一边，以免被遮住。
“美极了，”他说，“进来，没人会介意。”
小路隐现于草丛里，
引我们到一面风雨侵蚀的窗台。
我们将脸贴到窗格上。“你看，”他说，
“全都跟她逝世时一样。
她的儿子们不愿卖房屋和家什。
他们说想来儿时住过的地方
避暑，今年他们没来。

他们住得那么远——一个在西部——
很难做到说话算数。
至少他们不会让这地方被扰乱。
一把有纽扣的马尾衬躺椅伸开卷毛的扶手
在墙上一幅蜡笔肖像画下边，
肖像是依照旧银版相片画的，很糟。
那就是去当兵时的父亲。
说到战争时，她早晚总是
过来，半跪地倚靠
旁边的躺椅，不过我怀疑
如此不真实的线条还有力量在她心中
唤醒许多年后的任何记忆。
他倒在盖茨堡，或弗雷德里克斯堡，
我应该知道——这会有所不同：
当然，弗雷德里克斯堡不是盖茨堡。
但我要说的是这间小屋
似乎永远都是被遗弃的；
尤其是她走后，但以前——
我不完全是说那些从屋里
走出去的人，父亲最先，
然后是俩儿子，直到剩下她孤零零。
（没什么能吸引她跟随俩儿子而去

她珍视这体谅的忽视——

她付出某种代价多年后才教会他们。)

我是说世界把它抛在身后——

就像今天下午我们几乎错过。

对我来说，它似乎永远是一种标志

衡量五十年把我们带得多么远。

要是你不匆忙，为何不坐下?

这些门阶极少有拜访者。

翘曲的木板拔出它们的老钉子，

无人把它们踏回原位。

她曾有自己的想法，这位老太太。

她喜欢聊天，她见过加里森[1]

和惠蒂埃[2]，对他们她有她的说法。

一个人没多久就会了解，她认为

南北战争还有什么别的目的，

---

1 威廉·劳埃德·加里森（1805—1879），美国废奴主义者，曾对反奴隶制运动起过巨大影响。1831年在波士顿创办《解放者》报，鼓动立即、彻底废除奴隶制。同年创立新英格兰反奴隶制协会。1833年参与建立美国反奴隶制协会，随后任该协会主席(1845—1865)。南北战争后主要致力于禁酒、妇女平权等社会活动。

2 惠蒂埃（1807—1893），诗人。生于马萨诸塞州黑弗里尔镇。自幼务农，曾在一专科学校肄业，但读书甚多，深受英国文学尤其是苏格兰诗人彭斯的影响；1831年出版的诗文集《新英格兰的传说》，描写新英格兰农村淳朴的生活和历史传说，便表现了这种影响。1849年出版散文作品《玛格利特·史密斯日记片段》，以清新的笔法描绘了早期新英格兰的生活及人们的心理状态。诗集《劳工之歌》(1850)，以不加雕琢的语言讴歌美国早期的渔民、农民、鞋匠、伐木工人的劳动。他的另一些诗歌则对社会暴力表示抗议，对被压迫的下层人民寄以同情。1859年左右，惠蒂埃又转而描写新英格兰农村的生活和景色，出版了诗集《包罗万象》(1856)、《家乡民谣》(1860)等。他的著名的长诗《大雪封门》(1866)曾被评论家誉为“一部优美的新英格兰田园诗”。

不仅仅是维护国家统一，

也不仅仅是解放奴隶，尽管两者都实现了。

她不会相信那些结果就足以

使她完全献出她所献出的一切。

她的奉献以某种方式触及

人生来自由平等的原则。

至于听见她那些古怪的话——从今天

对所有那些事的世俗观点看，是那么隔膜。

这就是杰斐逊[1]的难解之谜。

他的意思是什么？当然简单的方法

是简单地判定它不是真理。

也许不是。我听见一个家伙那么说。

但没关系，威尔士人[2]把它种植

在那里将烦恼我们一千年。

每个时代必须重新思考它。

对她宁静的信念，你无法告诉她

西部在说什么，南方说什么。

1　托马斯·杰斐逊（1743—1826），美利坚合众国第三任总统（1801—1809），同时也是《美国独立宣言》主要起草人，美国开国元勋之一，与华盛顿、本杰明·富兰克林并称为美利坚开国三杰。

除了政治事业外，杰斐逊同时也是农业学、园艺学、建筑学、词源学、考古学、数学、密码学、测量学与古生物学等学科的专家；又身兼作家、律师与小提琴手；也是弗吉尼亚大学的创办人。许多人认为他是历任美国总统中智慧最高者。他在任期间保护农业，发展民族资本主义工业。从法国手中购买路易斯安那州，使美国领土近乎增加了一倍。

2　杰斐逊的祖先来自威尔士。

她曾有某种倾听的技巧，但听不见
世界上最新的至理名言。
白人是她了解的唯一种族。
黑人她几乎没见过，黄种人从来没见。
但同样的手，用同样的东西创造
怎么能够把他们造得如此不同？
她猜想这都是战争决定的。
你要拿这样的人干什么呢？
奇怪这样的天真竟然大行其道。
我不应该惊讶，如果在这个世界上
是武力最终占上风。
你知道吗，要不是为了她，有段时间
我会把《信经》稍微改变，
以迎合年轻的教会成员，
或确切地说非教会成员——
我们当今都必须想到的人？
不是她曾要求我不要这样做；
绝没到那个地步；但只要想到
会众中她颤抖的旧软帽，
她的半睡半醒，我就受不了。
哎呀，我也许会惊醒她，吓她一跳。
那就是‘落入地狱’的话——

对于我们自由主义的青年似乎太异端。
你知道它们受到广泛攻击。
而且，如果它们不是真理，为何继续
像异教徒一样谈论它们？我们可以省略它们。
只是——有软帽在会众中。
这样的话对她不会意味着什么。
但想想，她没从《信经》里听到它，
如同一个孩子错过未说出的晚安，
而带着心痛入睡——我该觉得如何？
我很高兴她没让我动手，
因为，哎呀，为何放弃一个信仰
仅仅因为它不再是真理。
只要持久地坚持，无疑它会
再变成真实，因为就这么回事。
我们以为在生活中看见的大多数变化
应归于世人时冷时热的真理。
当我坐在这儿，时常希望
我能够是荒凉土地的君主，
我能够把这片土地奉献并永远
献身于我们不断回归的真理。
它必须那么荒凉，那样
被山脉半围在夏天的雪里，

无人会觊觎它，或以为它值得
受征服之苦并迫使它改变。
星散的绿洲供人们定居，但大多数
沙丘，被柽柳松松地抓住，
在懒散中一再忘却自己。
沙粒在诞生的露水里该形成糖
这诞生于沙漠的婴儿，沙暴
把我畏缩的商队阻止在荒漠中心——”

“这墙里有蜜蜂。”他敲击隔板，
凶猛的蜂头探出来；瘦小身子旋转着。
我们起身就走。夕阳在窗上闪耀。

蓝莓

“你应该见过我今天在去村庄的路上
穿过帕特森的牧场看见的东西：
蓝莓像你的拇指头那么大，
真正的天蓝色，沉甸甸，而且准备好击鼓，
在第一个到来的人提的嗡嗡响的桶中！
它们全都熟了，不是有的青的
有的熟了！你应该见过！”

“我不知道你说的是牧场的哪一块。”

“你知道在他们砍掉森林的地方——让我想想，
那是两年以前——或者，不！不可能比这
更久吧？——而且下年秋天
火灾蔓延，把它彻底烧毁，只剩下围墙。”

“嗨，时间太短灌木还没长出来吧，
虽然，蓝莓一向就是这样：
在松树荫下的任何地方，也许连

它们的鬼影儿都没有，
但只要挪开松树，你可以烧光牧场
直到一棵蕨或草叶都不留下，
更不用说一根树枝，
而转眼间，它们就在你周围长得茂密，
魔术师变戏法一样难以解释。”

“他们一定是用木炭来肥育水果。
有时我在水果中尝到煤烟味。
毕竟它们的果皮真的是黑檀色：
蓝色不过是风吹上去的一层薄雾，
是用手一摸就会消失的晦暗，
不比晒黑的采摘者更黝黑。”

“你认为，帕特森知道他有什么吗？”

“他或许知道而不在乎，因此留给红眼鸟
替他采摘——你知道他是什么样的人。

他不会用他合法拥有它们的事实
作为理由，把我们这些外人赶走。”

“我很惊讶你没看见洛伦在附近。”

“最有趣的是我看见了。你知道吗？
我正好穿过牧场所呈现的东西，
然后翻过那道墙走上大路，
当时他正要路过，拉着一车民主党
——所有叽叽喳喳、活蹦乱跳的小洛伦，
不过洛伦，这当父亲的，在车下赶车。”

“那么，他看见了你？他干了什么？他皱眉头了吗？”

“他只是不停地点头哈腰。
你知道他总是多么礼貌地路过。
但他在转着一个大念头——我可以看出来——
他的眼神表露的，实际上可能是这个：
‘我给那些人留下蓝莓，我有理由怀疑，
熟过头了，我该狠狠受责备。’”

“他比我认识的人都节俭。”

“他似乎很节俭；不是因为他必须
喂所有那些小洛伦的嘴吗?
他把孩子全都带到野莓地里，他们说，
像鸟儿一样。还大量贮藏。
他们整年吃这东西，不吃的
就在商店卖掉，买鞋子穿。”

“谁在乎他们说什么？那是很好的生活方式。
只是拿取大自然乐意赐予的东西，
不用犁耙去强迫她的手。”

“我但愿你见过他不断地鞠躬——
还有孩子们的神气！谁也不掉头，
他们看上去那么忧虑，严肃得滑稽。”

“我但愿知道他们那伙人知道的一半，
他们知道所有浆果之类都长在哪里，
譬如小红莓在沼泽，树莓在
卵石遍布的山顶，还知道何时去收获。
一天我碰见他们，每人把一朵花
插在水灵灵新鲜的浆果里。

某个陌生的品种——他们告诉我还没有名字。”

“我告诉过你我们来后不久，
一次我几乎把可怜的洛伦逗笑了，
地球上那么多人，我偏偏到他跟前，
问他知不知道有什么果子可采。
这无赖，说他要是知道的话
倒很乐意告知。可年景不好。
有过一些浆果——但都没了。
他没说它们原本在哪里。他继续说：
‘我肯定——我肯定——’极尽客套，
他对门里的妻子说：‘让我想想，
曼恩，我们不知道哪里有浆果吗？’
他能做到的就是一直板着脸。”

“要是他认为所有野生的浆果属于他，
他就会发现他错了。瞧，我有个想法，
今年我们就去帕特森的牧场里采摘。
我们早晨就去，就是说，要是天气晴朗，
太阳暖洋洋地照耀着：藤蔓必定湿漉漉。
很久以前我采摘过，几乎忘了
我们过去怎样摘野果：我们摘一颗看看四周，

然后好像精灵滚到地下消失不见了，
彼此再也看不见，也听不见，
除非你说是我正使得一只鸟儿
离开巢，而我说是你。
‘好吧，我俩总有一个人是。’因为抱怨
它绕着我们盘旋。然后有一阵子
我们只顾采摘，直到我担心你已走出一英里，
我以为把你丢了。我提高嗓门
大喊一声，想让远处的你听见，结果，
你回答时声音低得像交谈
——你就站在我旁边，你知道。”

“我们将不会有自己可品尝的地方了——
所有小洛伦一旦展开，就不大可能。
他们明天会去那里，甚至今天晚上。
他们不会太友善——他们会很礼貌——
对他们认为在他们采摘的地方
无权去采摘的人，但我们不会抱怨。
你应该已经看见它在雨中是多么美，
野果与雨点交织在层层绿叶里，
像小偷们窥见两种宝石。”

摘苹果之后

我长长的双尖梯正戳过一棵树
静静地伸向天空，
旁边，有一只桶
未装满，也许还有两三只
没摘的苹果留在枝头。
但此刻我摘苹果的活结束了。
冬眠的精气在夜里，
是苹果的香味：我昏昏欲睡。
我擦不掉视野里的奇异景象
——那是透过今天早晨
从饮水槽揭起的一块玻璃
举起来对着灰白的枯草世界
所看到的。
它融化了，我让它掉落、摔碎。
但在它落下之前
我已齁齁入睡。
而我能够说出
我将要进入什么样的梦境。

放大的苹果时隐时现，
茎尾和萼端，
每个赤褐色斑点清晰地显现。
我的脚弓不只是一直疼痛，
它还承受着梯踏的压力。
我觉得梯子随着压弯的树枝摇晃。
我继续听着从地窖里传来的
咚咚声
一桶又一桶苹果滚动入仓。
因为我已经有太多
采摘的苹果：我疲惫不堪于
我自己曾渴望的大丰收。
有成千上万的苹果要用手
去触摸、抚爱，拿下来，不能掉落。
因为所有
撞击过地面的苹果，
不管有没有碰伤，或被残梗刺破，
肯定要归到造苹果酒的那堆

仿佛一钱不值。

有谁能看出什么会烦扰

我睡的这一觉，管它是什么觉。

是还没离去的土拨鼠，

当我描述睡意来袭时，

他会说，这就像是他的冬眠吗？

或只是某个人类睡觉而已。

原则

三人在溪畔草地上
收拢草料，打桩垛草，
总是抬眼朝西边望——
一块不规则的给太阳镶边的云
威胁地逼近，用一把永恒的短剑
闪烁着穿过它的胸膛。突然间
一个帮手，把干草叉在地上，
从牧场奔回家去。另一个留下没动。
那城里长大的农夫困惑不解。

“出了什么事？”

“你刚才说的事。”

“我说什么了？”

“说我们得加把劲儿。”

“堆干草吗？——因为要下阵雨了？
半个多小时以前我说过。
我对自己和对你们说的差不多。”

“你不知道。但詹姆斯是个大傻瓜。
他以为你挑刺，说他活干得不好。
那是一般农夫会表示的意思。
当然，詹姆斯得花时间回味
才行动：他刚刚回过味来行动了。”

“假如他这样理解我的话，他真是傻瓜。”

“别让这事烦你。你明白了吧。
行家里手不会被指手画脚
让干得好或快——这两件事。
我像任何人一样细致：
很可能我会用同样方式对待你。
但我知道你不懂我们的方式。
你只是说你心里想的，
我们所有人心里想的，你不是在暗示。
告诉你曾经发生的一个故事：
我在塞勒姆一个名叫

桑德斯的人那里，跟四五个人一伙
收干草。没人喜欢那个老板。
有种运动叫作蜘蛛的，他就是那样的人，
驼背的身体几乎像个大圆饼，
铁丝般的胳膊和腿，波浪状从中伸开来。
但说到干活，那人是能干，特别是
如果这样做，他能从雇佣的帮手那里
榨取更多血汗的话。我不否认
他对自己苛刻。我没能发现
他留出任何时间——给他自己。
对他来说，日光和提灯光都一样：
我听见过他整夜在谷仓里砰砰地敲。
但他喜欢的是鞭策别人。
他们，他带不了头，他落在后面
驱赶，这样你能够，你知道，在割草时——
挨着他们的脚后跟，并威胁要割断他们的腿。
我看够了他挤对的花招
（我们叫做挤对）。我一直在注意着他。
他跟我搭档在干草地里
装载时，我想，得提防找麻烦。
我装好又往顶上堆；老桑德斯
用杷子往下梳，说：‘好了。’

一切进展顺利，直到我们送到牲口棚

载着一垛草到厩栏的空地儿。

你懂得，这是轻松的活，

一个人爬到干草顶上往下扔

把干草成批地滚下来，

一个草垛就会慢慢地堆起。

在这种情形下，你不会以为一个伙伴

需要很多催促，不是吗？

可这个老傻瓜双手抓着干草叉，

翘起络腮胡子从坑里往上看，

像陆军上尉一样喊叫：‘让她来！’

想想看，我，你不知这什么意思吗？‘你说什么？’

我大声问，这样就不会弄错，

‘你说，让她来？’‘是的，让她来。’

他重复说，但语气软了些。

你绝对不像那样对一个男人说话，

如果他重视他是什么，天哪，我恨不得

马上杀了他，就像除掉他的中间名。

我垛的草捆我知道在哪里。

我若有所思地在周围轻轻地

叉满两三叉，然后我只是挖进去

猛地朝他身上推倒十捆。

我朝下望尘土飞扬的一边
看见他像踩水似的，
头露在上面。‘该死的你。’我说。
‘你活该！’他唧唧尖叫，像一只被挤压的老鼠。
那就是我最后看见和听见他的样子。
我打扫架子，迫使自己冷静下来。
我坐着擦掉脖子上的干草屑，
而且有点儿等待别人问我这事，
一个小伙子大声喊：‘老家伙在哪里？’
‘我把他留在干草下的谷仓了。
要是你想他，你就去把他挖出来。’
从我擦拭脖子的样子他们意识到
不仅需要而且必须去做。
他们奔向谷仓；我待在原地。
后来他们告诉我。首先他们叉出干草，
很多堆，露出谷仓地板。
人影都没有！他们留神听。没一点动静。
我猜他们以为，在我掩埋他之前
就刺中了他的太阳穴，否则我无法应付。
他们继续挖掘。‘让他的妻子
待在谷仓外面。’有人往一面窗里看，
并咒骂我，那不是他在厨房里吗？

颓然跌坐在一张椅子里，双脚
朝着炉灶，那可是夏季最热的一天。
从背后看上去，他干净得令人厌恶，
谁也不敢搅扰他，
或让他察觉他正在被看着。
显然，我没有埋掉他
（我可能把他打倒了）；但只是
我要埋他的企图伤了他的体面。
他回家了，不想见到我。
整个下午他回避我们大伙。
我们专心于收干草。过了一会儿
我们看见他出来到菜园摘豌豆：
他不干活就待不住。”

“发现他没死你是不是放心了？”

“不！不过我可不知道——这很难说。
大约我要杀他很公平。”

“你采取了一种笨拙的方式。他没解雇你吗？”

“解雇我？没有！他知道我做得对。”

世系

这次，所有来新罕布什尔寻找
祖先记忆的人聚在一起，
宣告产生了一位管事。
那些姓斯塔克的人聚集在鲍镇，
这座岩石遍地的小镇，农业衰落，
斧头离去，林木便欣欣向荣。
有人极其准确地将
所有家族起源追溯到小路上
一个古老的地窖洞里。
他们从那里起家，宗族人数众多
以至于现在镇里留下的所有房屋
都被设法用来庇护他们都不济，只得
在果园和树林里这儿那儿支起帐篷。
他们在鲍镇，但那还不够，
一切都无用，除非他们定下日子
一起站在把他们带到世上的
这个火山口边缘，试图探究
过去，从中得到某种奇异性。

但雨破坏了一切，一大早就反常，
乌云低垂，时而雨雾迷蒙。
年轻人对彼此怀着一些希望
直到临近中午，风暴落定
随着草丛中的嗖嗖声。“假使其他人在那里会如何？”
他们说。“天不会下雨。”
只有一个人从那边不远处的农场
漫步走来，他没指望会发现
别的人，只是由于无所事事。
一个，还有另一个，是的，有两个。
第二个绕着弯曲坡道的
是一个女孩；她踌躇了一会儿
察看四周，然后打定主意
至少走过去，看看他是谁。
也许能听听谈论天气的话。
这是某位她不认识的斯塔克。他点了点头。
“今天没有聚餐。”他说。

“似乎是这样。”

她扫视一下天空，转动着脚后跟。
“我只是下来闲逛。”

"我也是下来闲逛。"

给素不相识的亲戚们聚会
已准备好，一张绘制于某种
通行证上的家谱，佩戴者
所属分支被画得很详细——
某位热心人辛苦绘制的图案。
她突然间抓了一下紧身胸衣，
像勾她的心。他们同时笑了。
"斯塔克？"他询问。"不用证明了。"

"是啊，斯塔克。你呢？"

"我是斯塔克。"他拿出他的护照。

"你知道我们可能不是，但仍然是亲戚：
这城镇里满是姓佘谁子、洛斯和贝勒斯的人，
全都声称先前属于斯塔克姓氏。
我妈妈姓兰恩，然而可以跟地球上
任何人结婚，她的孩子们依旧
会成为斯塔克，今天肯定在这里。"

“你用你的家谱出谜语
像一个薇奥拉[1]。我不懂你的话。”

“我只是想说，我妈妈是一个斯塔克，
过了好几代了，嫁给爸爸
不过是把我们带回到这个姓氏。”

“简单说明一下亲属关系，
不该就把一个人搞糊涂，
但我承认你说的话让我头晕。
你拿着我的卡片——你似乎很擅长这类事情——
看看你能不能算出我们的亲戚关系。
为何不在地窖墙上坐下，
在悬钩子藤中晃晃脚？”

“在家族树的庇护下。”

“正是这样——那样的保护应该够了。”

1　莎士比亚戏剧《第十二夜》中的女主角，也是热恋公爵者。这部作品以抒情的笔调，浪漫喜剧的形式，讴歌了人文主义对爱情和友谊的美好理想，表现了生活之美、爱情之美。薇奥拉对奥西诺公爵的爱，使她女扮男装，天天侍奉着公爵，因为只想追随着她所爱的人。

“下雨就不行了。我想要下雨了。”

“正在下雨。”

“不，是起雾；让我们公正地说。
你觉得雨似乎能让眼睛凉爽？”

情形就像这样：路
在半山腰上向外弯曲
不远就消失，到尽头了。
那条路无人回家。唯一的房屋
在更远处，它们是破碎的种荚。
下面，咆哮着一条隐藏于林中的溪流，
这声音对于这地方就是寂静。
他坐下听，等她给出判断。

“在父亲这方面看起来，我们是——让我看——”

“别太技术化。——你有三张卡片。”

“四张，你一张，我三张，每张属于斯塔克家族每个分支——我是其中一员。”

“你知道一个人这样跟自己关联
会被当作疯子。”

“我也许疯了。”

“你看上去是，坐在雨中
跟以前从未见过的我
一起研究宗谱。我们美国佬，将从
所有这种祖先的骄傲里得出什么？
我以为我们都疯了。告诉我我们为何在这里
被吸引到这个地窖洞附近的小镇
就像暴风雨之前湖上的大雁？
我们在这样一个洞里能看见什么，我怀疑。”

“印第安人有个神话是关于奇卡摩兹托克的，
它的意思是我们从中走出来的七个洞。
这是我们斯塔克家族从中挖掘出来的坑。”

“你一定很博学。那就是你在其中看见的吗？”

“你看见什么？”

“是呀，我看见什么呢？
先让我瞧瞧。我看见悬钩子藤——”

“哦，要是你要用眼看，就先听听
我看见的。那是一个小不点儿的男孩，
苍白、黯淡，像阳光中一根火柴的火焰；
他在地窖里摸索着找果酱，
他以为是黑暗的，其实亮如白昼。”

“他不算什么。听。当我这样斜靠着
我能清楚地想象出老祖先斯塔克——
叼着烟斗，提着棕色陶罐——
祝福你，不是老祖先斯塔克，是老祖奶，
但烟斗在那儿，还有烟雾和陶罐。
她找苹果酒，老姑娘，她很渴；
希望她拿到饮料并平安地出来。”

“给我讲讲她。她看起来像我吗？”

“她应该像，不是吗，你是经过那么多代人

从她那里传下来的。我相信
她看起来像你。你就这样别动。
鼻子一模一样，下巴也是——
谅有差异，应该有差异。”

“你这个可怜的、亲爱的、曾、曾、曾、曾祖母！”

“注意说对她的辈分。别减少她的。”

“对，这很重要，虽然你认为不重要。
我不会被取笑。但看看我湿透了。”

“是啊，你得走了；我们不能永远待在这儿。
不过等着，让我拉你一把。
一颗银色水珠几乎
串在你的头发上，不会损害你夏天的模样。
我想用空谷里小溪发出的
哗哗声来试验一下。
我们已看到了幻象——现在辨析其声音。
我小时候乘火车必定已
学会的东西。我过去常常把轰鸣
当作从它本身说出的声音，

不管是说或唱，以及管弦乐演奏。
也许你有我所说的技能。
我从不在小溪疯狂下降
发出的声响中倾听。
它应该给出一个更纯粹的预言。”

“那就像你在屏幕上投射一个图像：
它所有的意义都出自你；
那声音给你希望听见的东西。”

“奇怪，那是它们愿意给的任何东西。”

“我不知道。它必定够奇怪的了。
我想弄清是不是你假装的。
你认为你今天可能听见什么？”

“从我们一直在一起的感觉——
但为何为我可能听见的东西花时间？
我将告诉你那声音所说的。
你要在你所在的地方
好好待一小会儿。我不能觉得太匆忙，
否则我无法让自己听见那声音。”

“那是你正在退入的恍惚状态吗？”

“你必须非常安静；你不能说话。”

“我会屏住呼吸。”

“那声音似乎说——”

“我等着。”

“别说话！那声音似乎说：
叫她瑙西卡，她不怕
冒险来相识的人。”

“我让你说——考虑之后。”

“我看不出你能如何帮助它。
你想要真相。我不过是通过那声音说话。
你看他们知道我还不知道你的名字，
虽然我们之间名字有什么要紧——”

“我该以为——”

“好好听。那声音说：
叫她瑙西卡，拿一块你在地窖里
会找到的木材。它在悬钩子
当中烧黑了，砍削成门槛
或其他边角料，
在古代地基上的一间新棚屋里。
生活尚未完全从中消失。
来吧，当作你夏天的住所，
也许她会来，依旧不怕，
在敞开的门口坐在你面前，
膝上有鲜花，直到凋谢，
却没有跨进那道神圣的门槛——”

“我想知道你的预言指向哪里。
你能看得出来有些不对劲，
否则它会用方言说话。它打算用
谁的声音说话？当然，不是老祖爷爷的
也不是老祖奶奶的。唤起他们中的一个。
在这地方他们最有权利被听见。”

“你似乎偏向于我们的老祖奶奶
（隔了九代。要是我错了请纠正。）
你将很可能把她说的任何事情
都当作神圣的。但让我提醒你，
在她的时代很喜欢说话直率。
你以为在这样的时刻你最好能把她招来吗？”

“这是因为我们总是打断她。”

“那好，这是祖奶奶说话：‘我不知道！
也许就当我做错了。
虽然今人与古人完全不同，
也决不会符合我的想法。
一个人不必太用力对新人施加影响，
但他们也有点过于贪图安逸。
要是我能够看见更多腌制
他们的盐，我会觉得轻松些。
孩子，照告诉你的去做！你拿木材——
它像当天被砍断一样好——
重新开始——’就在那儿，她最好打住。
虽然，你能看出是什么烦恼着祖奶奶。
但你不认为我们有时过分注重

古老的血统吗？关键在于理想，
那些理想将支撑着一些人继续努力。”

“我能看得出我们将要成为好朋友。”

“我喜欢你的‘将要成为’。你刚才说过
将要下雨。”

　　　　　　“我知道，下雨了。
我让你那样说。但我现在得走。”

“你让我这样说？考虑考虑？
在这样的情形下我们该怎样说再见？”

“我们该怎样？”

　　　　　　　　　　“你会给我留路吗？”

“不，我不信任你的眼睛。你说够了。
现在伸出你的手。——帮我摘那朵花。”

“我们将在哪儿再见面？”

“除了这里我们还在
哪里再见，在我们会面于别处之前。”

“在雨中？”

“应该是在雨中。在雨中的某个时刻。
明天我们将在雨里吗，如果下雨的话？
但要是我们必须再见，就在阳光下。”于是她走了。

恐惧

一盏提灯从畜棚深处
照亮门口的男人和女人
把他俩摇晃的影子投射在邻近
房屋上，每扇光滑的窗里都黑洞洞的。
一只马蹄刨了一下空洞的地板，
那辆轻便双轮马车稍微移动了
一点，他们站在旁边。男人抓住一只轮子，
女人尖厉地叫道：“吁，站着别动！”
“我看见它，就像白盘子一样清楚，”
她说，“当挡泥板上的光晃过
路边灌木丛时——一张男人的脸。
你肯定也看见了。”

“我没看见。

你肯定——”

“对，我肯定！”

——“那是一张脸？”

“乔尔，我必须看一下。我不能进去，
我不能，留下一个未解开的疑问。
门都锁了，窗帘都拉下了，不会有什么不同。
每当我们长时间外出后
回到这黑暗的房屋，
我总是觉得奇怪，
钥匙在锁孔里发出响亮的咔嗒声，
似乎警告某人，当我们进这道门时
他要从另一道门出去。
要是我说对了会怎样，而有人一直——
别抓住我的胳膊！”

“我说那是有人路过。”

“你说得好像这是一条旅游的路。
你忘了我们在哪里。在夜晚的这样一个钟点
他到哪里去，或从哪里来，
而且靠步行，是为了什么。
他在灌木丛里站着不动为了什么？”

“没那么晚——只是天黑了。
这事比你想要说的复杂得多。
他看上去像？——”

“他看上去像任何人。
今晚我决不休息，除非我搞清楚了。
把提灯给我。”

“你不要拿提灯。”

她挤开他，自己拿过提灯。

“你不要来，”她说。“这是我的事。
如果到了面对它的时候，我是一个
能正确处理的人。他绝不敢——
听！他踢到一块石头。听那，听那！
他在朝我们走来。乔尔，请——进去。
听着！——现在我听不见他了。不过请进去。”

“首先你不能让我相信那是——”

“那是——或是他派了别人来观察。

现在是跟他弄个水落石出的时候了，
我们清楚地知道他在那里。
让他脱身，他就可能在我们周围的
每个地方，从树林和灌木丛里窥视
搞得我不敢在门外搁一只脚。
我受不了啦。乔尔，让我去！”

“简直是胡说，他哪有那么上心。”

“你是说你弄不懂他为什么上心吧。
哦，但你看，他还没有个够——
乔尔，我不会——我不会——我向你保证。
我们不必说难听话。你也不必。”

“如果一定要有人去，也该是我！
但你提着这盏灯对他有利。
他不能对站在这里的我们做什么！
而假如他想要的是细看，
他看到可以看见的一切，就走了。”

他好像忘了保持他的位置，
当她穿过草地时跟着她往前走。

"你想要什么？"她冲黑暗里的一切叫喊。
她高高地向上伸展，俯身于提灯之上，
提灯挂在双手上，灼热地挨着裙子。

"没有人；你错了。"他说。

"有。——
你想要什么？"她叫喊，然后她自己
被吓了一跳，当一声回答真的传来。

"什么都不要。"那声音沿着大路传来。

她伸出一只手向乔尔寻求扶持：
毛织品烤焦的气味让她头晕。
"夜里你在这房屋周围干什么？"

"没干什么。"一阵踌躇：似乎没有更多要说的。

然后那声音又说："你们似乎害怕。
我在路上看见你们鞭打马。
我就要朝前走到灯光里来，

让你看见。”

“好，来吧。——乔尔，回来！”

她站在原地，迎着杂沓的
脚步声，但她的身体有点儿摇晃。

“你们看，”那声音说。

“哦。”她看了又看。

“你没看见吗？——我手上牵着一个孩子。”

“夜里的这个时候带一个孩子来干什么？——”

“出来散步。每个孩子至少应该有一次
这样的记忆，上床时间过了很久之后的散步。
什么，儿子？”

“那么我该认为你在寻找
散步的地方——”

“这条公路正好碰到——
我们要在迪恩家逗留两个星期。”

“但要是仅此而已——乔尔——你明白吗？——
你不会思考任何事情。你懂得吗？
你懂得我们必须小心。
这是一个非常非常偏僻的地方。
乔尔！”她说道，仿佛她无法转身。
那摇摆的提灯延伸到地面，
触碰着，撞击着，发出哐啷声，熄灭了。

柴堆

灰蒙蒙的一天，出门在冰冻的沼泽里散步，
我停下说："我要从这里转身回去。
不，我要往前走——而且我们该看看。"
冻硬的积雪让我寸步难行，偶尔才有
能踏进一只脚的地方。视野里都是
又高又瘦的树木上下笔直的线条，
如此类似，简直无法标记或命名一个地方，
以便确切地说我在这里
或别处：我只是离家遥远。
一只小鸟在我前面飞。他小心翼翼，
落下时让一棵树挡在我们之间，
没有一句话告诉我他是谁，
谁这么傻，想着他想什么。
他以为我追他是为了一根羽毛——
他尾巴上那白色的一根；就像一个
说一切都归他所有的人。
一只从旁边飞出的鸟就会让他醒悟。
当时有一堆木柴，因此

我忘记了他，让小小的恐惧
带着他飞离我可能去的路，
甚至不希望给他道晚安。
他飞到柴堆后面，作为他的最后一站。
那是一考得[1]枫树，砍好、劈好、
堆好——还量过，四乘四乘八。
我能见到的，没有另一堆像它这样。
今年积雪上没有绕着它的滑板轨迹。
它的确比今年砍得更旧些，
甚至比去年或前年的还早。
木材是灰色的，树皮翘起脱落，
柴堆有几分下陷。铁线莲
曾用藤蔓一圈圈缠得它像包裹。
虽然，在一边支撑它的是仍在
生长的树，另一边是柱和桩，
很快就要倒了。我想只有
改行干新差事以谋生的人，
才会忘掉他的手工艺品。
他精疲力竭，挥舞斧头的劳动，
而把它留在这里，远离有用的壁炉，
用腐烂那缓慢、无烟的燃烧
尽其所能温暖冰冻的沼泽。

1　木材的层积单位。

美好时光

我漫步在冬日傍晚，
无一人可以交谈，
但却有一排村舍相迎，
向我闪烁雪中的眼睛。

我想屋里有我的乡亲，
我听见了小提琴声；
我透过窗帘花边瞥见
青春的身影和笑脸。

在外面竟有这样的陪伴，
走上前去却无村舍发现。
我转身，后悔，但回来
不见窗户只有一团漆黑。

我嘎吱的脚步走过积雪，
惊扰了沉睡着的村街。
像亵渎，蒙你恩准，
在冬日晚上十点时分。

✳ 山间低地 ✳

未选择的路

两条路分岔于黄色树林里，
可惜我不能都踏上脚步，
作为旅行者，我久久伫立
沿着一条路眺望，尽目力所及
直到它在灌木丛中蜿蜒而去。

于是走上另一条同样美的路径，
或许是有着更好的原因，
它需要踩踏，因为杂草丛生；
虽然经过那里的往来行人
其实曾几乎同样磨损它们。

那天早晨，两条路同样躺在
草叶里，尚未被脚步踩得发黑。
哦，第一条我留给改日再来！
但我知晓路跟路如何连接，
我怀疑是否还会返回。

我将一边叹息一边讲述这经过：

在许多年后，在某个地方：

两条路分岔于树林里，而我——

我选择了一条更少人走的路，

这使得一切都不一样。

圣诞树

（一封圣诞节通函）

城里人撤回城里
终于把乡村留给乡下人；
在旋转的雪花还未降落、
旋转的树叶还未躺下的当儿，开着车
一个陌生人来到我们的院子，他见识过城市，
依旧是乡下做派，在那儿
坐着，直到引我们出来，
边扣外套，边问他是谁。
他证明是城市又来
寻找它落在身后、没有它
就无法过圣诞节的东西。
他问我卖不卖我的圣诞树；
我的树木——这些香脂冷杉，
就像一个地方所有房屋
都是有神灵的尖顶教堂。
我没想过把它们当作圣诞树。
我怀疑是否有一小会儿受到诱惑
要把它们砍掉脚卖了，装进车里，

剩下屋后山坡，全都光秃秃，
太阳照耀，也不比月亮温暖。
要是这么想过，我不愿让它们知道。
然而我会更不愿留下树，
除非别人留下或拒绝卖掉，
过了有利可图的生长期，
一切都必须通过市场检验。
我浪费那么多时间考虑出售。
然后不知是出于弄错的礼貌，
担心显得笨嘴笨舌，还是
希望人家夸奖我的东西，我说：
“没多少，不值得费事。”

“我马上就能告诉你要砍多少，
你让我看一遍。”

“你可以看。
但别指望我打算把它们卖给你。”

他们跳进牧场，一些树簇拥得太近，
以致枝条互相垂压，而不少
完全孤独的树，枝条匀称
一圈又一圈。稍后他点下头说“好的”，
或是停在一棵可爱的树下，
用一个买主的稳健口吻说：“这还可以。”
我也那么认为，但没有那么说。
我们爬上南坡牧场，横穿过去，
又从北坡下来。

他说：“一千棵。”

“一千棵圣诞树！——每棵多少钱？”

他觉得需要对我软和些：
“一千棵树共计三十元。”

于是我确信，我决不会打算
卖给他。决不表现出惊讶！
但三十元显得那么少，而且
还要砍光我的整个牧场，三分钱
（那就是他们给出的单价），

三分钱那么少，我会在一小时内
写信给城里的朋友们——
掏一块钱买这样好的树，像那些
所有主日学校的整齐的教室树，
够挂孩子们摘取的够多礼物。

我不知道我有一千棵圣诞树！
简单地计算就一清二楚，
卖三分钱一棵还不如送人，
很遗憾我无法在信里放一棵。
我真希望能寄你一棵，
借此祝你圣诞快乐。

一个老人的冬夜

门外的一切都阴郁地盯着他
透过那些薄霜，它们近乎零散的星星，
凝结于空房间的窗玻璃上。
阻止他的目光往回看那盯视的
是灯，它在手中倾斜着凑近眼睛。
阻止他的记忆的是年龄，他想不起来
是什么带他到嘎吱响的房间。
他站在木桶中间——困惑不解。
橐橐地来到这里，已惊动
脚下地窖，橐橐地离开
又把它吓到；——也吓着屋外的夜，
夜有它的声响，很熟悉，像林涛
和树枝的嘎吱声，平平常常，
但没什么这么像敲击木箱。
他是一盏只照亮他自己的灯，
只照亮此刻在那儿坐着的、
与他所知有关的自己，
一盏安静的灯，然后连灯也不是。

他将屋顶积雪和墙头冰锥
托付给月亮照管，虽然她这样，
姗姗来迟，而且残缺不全，
但无论如何，承担这样的
责任也胜过太阳；然后睡去。
一旦木头在炉中摇晃掉落，
惊醒他，他会翻身，呼出
沉重的一口气，但仍然睡去。
一个老年人——一个男人——
不能照料一所房屋，一处农场，
一片乡野，假使他能，也不过
就是他在冬夜所做的这样。

电话

“今天，我从这里出发
走到再也走不动时，
有一小时
万籁俱寂
当我把头挨着一朵花
我听见你说话。
别说我没听见，因为我听见你说——
你从窗台上的花里说的——
你记得你说了什么吗？”

“先告诉我你以为你听见了什么。”

“发现了那朵花，赶走一只蜜蜂，
我低下头，
托着那茎秆，
我谛听，我想我听见了那个词——
是什么？你喊我的名字吗？
或者你说——

有人叫‘来’——我低头时听见了。”

“我也许想过，但没大声说。”

“对啊，所以我来了。”

雨蛙溪

六月，溪流不再歌唱、奔腾。
在那之后寻找，你将会发现
它不是去了地下摸索着前行
（携带着它喂养的所有雨蛙
——一个月前它们还在雾中嗡鸣，
像幻影似的雪里幻影似的雪橇铃声）——
就是在凤仙花丛里潺潺涌现，
疲软的叶子随风抬起又垂弯，
甚至逆着流水的方向飘拂。
溪底留下一张褪色的纸片，
那曾被炎热粘住的枯叶几片——
对于牢记它的人它才是条小溪。
这条小溪，正如你将目睹，
远远比不上歌中唱的别处的小溪。
我们爱所爱之物是由于其本来面目。

灶鸟

有一位歌手人人都听过他唱，
是仲夏的一只林中鸟，歌喉嘹亮，
他让结实的树干再发出声音。
他说树叶老了，而花朵
春天开十成，仲夏只有一成。
他说早落的花瓣是往事
当梨子和樱桃花在阵雨中凋落，
阳光灿烂的日子，片刻阴翳；
而另一种降落来临，我们称之为秋天。
他说大路上尘土弥漫。
这鸟会停息，像其他鸟儿，
要不是他知道在百鸟歌唱时沉默不语。
他那个并非用言语提的问题
是如何利用衰退的事物。

束缚与自由

在山峦和环绕的臂弯里
爱有土地能让她依附——
墙里有墙，隔离恐惧。
但思想不需要这样的东西，
因为思想有一双无畏的羽翼。

在雪上，在沙上，在草地上，
我看见爱留下一行印迹
紧紧被世界拥在怀里。
而这就是爱，爱乐于这样。
但思想已把自由的足踝摇晃。

思想劈开星际的昏暗
整夜坐在天狼星盘里，
直到白昼让他的飞行折返，
每根羽毛都带着烧焦的气息，
经过太阳回到地球空间。

他在天空的收获是事物真相。

但有人说爱被束缚，而且

只不过停留于占有一切

在各自之美中——思想高飞

才发现融合在另一颗星里。

白桦树

当我看见白桦树或左或右地弯下
与一排排更直更黑的树木交叉，
我喜欢想象有个男孩在晃荡它们。
但晃荡不像冰暴那样把它们
压弯不动。一场雨后，阳光明媚的冬晨，
你必定常常看见它们披着冰凌，
当微风吹拂，它们便滴答在自己身上，
当风吹得它们嘎吱作响，使表面的
瓷釉破裂，就变得色彩纷呈。
很快太阳的温暖让它们脱掉水晶外壳，
雪崩般撒落在冻硬的雪地上——
要清除这样一堆堆碎玻璃，
你会以为是天堂的内部圆顶坠落。
它们被重负拖向枯萎的欧洲蕨，
看上去没有折断；虽然它们
曾经被久久压低，从未复原：
多年以后，你会看见它们的躯干
在森林中成弓形，树叶拖到地上，

像姑娘们手膝撑地，把头发甩过头去
披散在前面，让太阳晒干。
可我要说，当真相揭开时，
即使她所有的事实都与冰暴有关，
我还是更喜欢有某个男孩压弯它们
当他进出树林牵奶牛时——
那男孩离城镇太远学不了棒球，
只能玩他自己找到的、夏天
或冬天可以独个儿玩的东西。
一棵接一棵，他制服他父亲的树，
骑着它们上上下下，
直到他攻克它们的坚硬顽固，
没有一棵不垂软，不剩一棵
未征服。他学会不跳开太快
就不会把树带得完全垂到地上的
所有技能。他一直保持平衡
到最顶端的树枝，小心翼翼地攀爬
怀着同样痛苦，就像你常常倒满一杯，
一直到杯沿，甚至溢出杯沿。
然后他向外一跳，脚在先，嗖的一声，
踢着双脚从半空中落到地上。
我自己曾经也是个荡桦树能手。

所以我梦见回去逞能。

那是当我厌倦思考的时候，

而生活太像无路的森林。

你的脸因穿过蛛网把它挂破

而发烧发痒，而一只眼睛在流泪，

由于睁开时被小树枝抽了一鞭。

我想要逃离尘世片刻，

然后再回来从头开始。

但愿命运没有故意曲解我，

满足我所希望的一半，又将我夺去

不再归还。尘世是适合爱的地方：

我不知道还有更好的去处。

我喜欢经由攀爬白桦树而去，

爬到雪白的树干之上黑色的树枝，

登上天堂，直到那棵树再也无法承受我的重量，

但低下树梢，把我再放下。

离去和归来都是好事。

人会干比做荡桦树能手更坏的勾当。

播种

当晚餐摆上桌时，你来叫我
放下今晚劳作，我们会看出
我能否停止埋葬苹果树
落下的洁白柔软的花瓣。
（柔软的花瓣，是啊，但不很瘠薄，
跟这些光豆子和皱豌豆混合）
跟你一起回家之前，你忘记
来此的目的，变得像我，
成为一个春天热爱土地的奴隶。
这爱燃烧着——当你播下种子
并守望它们早春萌芽，
正是地里野草丛生的时候，
茁壮的幼苗躬身拱出来，
用肩膀开路，抖落土屑。

聊天时间

当一位朋友从路上喊我，
并有意放慢他的马儿时，
在那片我还没挖完的山上，
我没站起来四下张望，
我从原地喊："什么啊？"
不，不是有时间聊天。
我将锄把倒戳进松软的土里，
锄头朝上有五尺高，
重重地拖着脚步：为友善的造访
我爬上石墙。

摘苹果时节的母牛

那头唯一的母牛受到某种启示
近来简直把墙当作大门似的，
认为补墙的人全都是傻瓜，
她的脸上沾满了果渣，
她的嘴流淌着苹果汁，尝过苹果味，
对连根枯萎的草场充满轻蔑。
她从一棵树跑到另一棵树，躺在那儿舒舒服服。
风吹落的苹果被残茬刺破又遭了虫蛀。
她飞奔而去，丢下咬过的苹果。
她在小山上朝天空怒吼着。
她的乳房皱缩，奶水渐渐干涸。

邂逅

曾经，在那被叫做“暴风雨孕育者”的
一天，炎热渐渐蒸腾，太阳
似乎要被它自己的力量毁灭，
我半钻半爬地穿过
长着雪松的沼泽地。松油和草木皮屑
令人窒息，又疲惫又恼火，
后悔离开我熟悉的路，
我停下，在某个树钩上歇息——
垫上外套和坐着一样舒适，
既然没有什么别的可看，
就仰望天空，只见映衬着蔚蓝
耸立在我上方的，是一棵复活的树，
一棵倒下重新站起来的树——
一个被剥去皮的幽灵。他也停顿了，
仿佛害怕踩到我。
我看见他的手姿势很奇怪——
在他的肩上，拖着几股黄色导线，
线里携带人们之间的某种东西。

“你在这儿？”我说，“现如今哪里没有你，
你传输什么新闻——要是你知道的话？
告诉我你去哪里——蒙特利尔？
我？我哪里都不去。
有时我离开踩烂的路漫游，
半为寻找匙唇兰[1]。”

1　匙唇兰（orchid Calypso）：一种生于海拔 250—2000 米的山地林中树干上的兰花。其名称或许与希腊神话中海之女神卡吕普索有关。卡吕普索古希腊语（Καλύψω）词义为“我将隐藏”。她是希腊神话中的海之女神，是扛起天穹的巨人阿特拉斯的女儿。据说是被自己的父亲阿特拉斯囚禁在岛上。卡吕普索所受到的惩罚就是：命运女神每过一段时间就送一个需要帮助的英雄，但送来的英雄都不可能留下，卡吕普索偏偏陷入爱河。她将奥德修斯困在她的奥杰吉厄岛上七年。英文 Calypso 也用来称呼土星的天然卫星，是该行星的第十四颗卫星。

射程测定

战争租借一张系着钻石的蛛网，
将地上鸟巢旁一枝鲜花砍断，
在它玷污一个人的胸口之前。
伤残的花儿深深弯下，低垂飘荡。
鸟儿仍再来把它的幼雏探望。
一只蝴蝶降落即被赶走，
一会儿在空中寻它栖息的花儿，然后
轻盈地向它俯身、贴近，扇动着翅膀。

昨晚，在光秃秃的高地牧场，
在毛蕊花茎秆之间有线盘一张，
银色露珠沾湿拉紧的电缆。
一颗突然穿过的子弹把它抖干。
住在网中的蜘蛛跑去把苍蝇迎接，
却什么也没发现，悻悻而退。

山妻

孤寂

她的话

一个人不应该
　像你我这么忧虑
鸟儿绕着房子旋飞，
　就好像要告别离去；

或在意它们回来时
　唱着什么样的歌；
实际上由于一件事情
我们多么快乐；

也为另一件事情难过——
　装满鸟儿胸中的是
只有他们彼此和自己，
　筑巢，或被赶走的窝。

房屋恐惧

我告诉你他们学会的恐惧——
每当夜晚他们从远处
回到这孤零零的房子，
灯未点亮，炉火已熄，
他们学会把锁和钥匙弄得
咔嗒咔嗒响，以警告偶然入侵者，
让它们趁机飞也似的逃窜：
更喜欢外面而不是屋里的夜晚，
他们学会让屋门大敞
直到在屋里把灯点亮。

微笑

她的话

我不喜欢他那样走的样子。
那种微笑！那绝不是欢喜。
你看见他了吗？我肯定，他还在微笑。
也许因为我们给了他唯一的面包，
这可怜人知道我们也穷困潦倒。

也许因为他让我们施舍，

免得有可能把我们抢劫。

也许他嘲笑我们结婚。

或太年轻（而他很高兴

看见我们变老并死去的情形），

我想知道他沿着这条路走了多远。

很可能他正从森林里把我们窥探。

常重复的梦

黑暗得让她说不出话来

　因为这棵黑暗的松树

总是试图将他们的卧室

　那窗户的插销拔去。

那手乐此不疲白费劲儿

　每次拂动都是徒劳的，

使得大树看起来像鸟儿

　隔着玻璃的神秘！

它从来没进房间里，

俩人中只有一个
害怕在常重复的梦里
那棵树会做出什么。

冲动

那里对她来说太孤寂，
也太偏僻，
因为那里只有他们俩，
也没有孩子，

她很闲，活计
只是一点家务，
便相跟着到他耕作的田地，
或采伐树木之处。

她倚靠着一根原木，
抛甩新鲜的木片，
唇上哼着一首歌，
只有自己能听见。

一次她去折断
　黑桤树的枝干。
她竟然走了那么远，
　几乎听不见他呼唤——

没回答——没说话——
　没返回。
她站着，而后跑去藏入
　一丛蕨。

他没找到她，虽然
　他到处寻找，
于是去她娘家询问，
　她是否来到。

突然、迅疾而随便，
　如施舍不值钱的物件，
而他终于获悉结果
　在她的坟墓旁边。

篝火

“喂，让我们上山去吓吓自己，
像他们最棒的那样今晚毫无顾忌，
用黑漆漆的手点燃我们堆积的
所有柴火，等着下雨或下雪。
喂，让我们别为安全等下雨。
柴堆是我们的：是我们一根根拖来
——沿着松林间黑暗会聚的小径。
让我们别在乎今晚用它做什么。
分开它？不！放在一堆烧，
就像堆起它那样。让我们被谈论吧
——人们都被吸引到窗户旁，
火光从那里投射到他们的墙纸上。
把他们都惊醒吧，自由或不那么自由的，
说他们要如何为这件事处置我们，
但最好等我们把它完成。
让我们使这古老的火山苏醒，
假如这山曾经是火山——
也吓吓我们。让野火放纵，我们要……”

“也吓到你吗？”孩子们齐声问。

“怎么吓不到我？让一场火
从熏烟火堆[1]开始冒着股股浓烟，
我知道，如果后悔，我还会想起它，
但不是在此刻：哪怕是熊熊燃烧的
一点儿喷发，也只有火本身
才能扑灭它，而那靠
全部烧光，在它烧光之前，
它将呼啸怒吼，夹杂着火花和火星，
用一把燃烧的火剑横扫周围，
使昏暗的树林在更大圆圈里后退——
它干了这么多，我不知道超过
我不想要它做的多少，即使我能约束它。
好啦，但愿它不用气流招致
一阵从某地区认真吹来的大风，
就像有年四月它加害于我那样。

1 用于驱蚊、防农作物霜冻的焖烧火堆。

微风在冬日吹拂中这样消磨，
似乎忽视了风里的蓝知更鸟
飞不到栖枝就已倦怠；
当我绕着盘踞的火堆漫步，
我的火焰形成一座通天塔。
可门外有风——你知道这谚语。
狂风骤起。你过去常常以为
是树木扇动，因为你决不知道
风在吹，除非看见树木摇动。
某物或某人注视形成风。
风压下火焰的头，火焰用最尖细的火舌
轻轻舔舐越冬的枯草
就像你用舌头舔舐手上的盐或糖。
它所到之处霎时变黑。
白天黑色就是那里的一切，
还有袅袅青烟，如抽烟卷的烟缕——
而火焰细长如雪割草，
血根草，很快就像紫罗兰。
但黑色如黑死病在地上蔓延，
我以为是天空因乌云变暗，
像冬日和傍晚一起降临。
有够多的事情要马上考虑。

在那原野向北方伸展的地方，
在太阳落向雨蛙溪的地方，我没有掂量
就让给了火焰，让它靠近道路
边缘，尽管也害怕火焰
会在那里找到燃料——在枯萎的灌木丛，
高高的野草，古银色的金穗花、
桤木以及缠绕的葡萄藤中，
——跳过尘土的死线。为我自己
我选择了面前大火的一侧。我跪下
双手插入，扭脸避开。
与这样一场火搏斗靠摩擦而不是扑打。
要是有块木板就是最好的武器。
我有外套。哦，我知道，我知道，
并大声喊叫，我受不了窒息
和这么迫近的高温；但一想到所有
森林和小镇因我着火，而且全镇人
倾巢出动为我而战——我就挺住。
我相信小溪能阻挡，但担心
道路失败；在另一边火
熄灭，发出木头的哔剥声——
不仅仅是火绒草和野草——
这使得我跑到那边阻止火，

向后斜身，仿佛缰绳
绕在我的脖子上，而我在拉犁。
我赢了！但我确信，跟我花那段时间
扩展的煤黑色空间相比，无人
能涂另一种颜色超过
十分之一。从镇里回家的邻居们
无法相信，他们刚刚转身，
那么大范围黑色就出现在那儿，
约一小时前绕另一条路走时
还不曾有，他们也没看见过。
他们到处寻找扑灭大火的人，
但四下无人。我在某处纳闷
我的疲劳消失在哪儿了，为何
我穿着笨重的鞋轻飘飘走在空中，
尽管有种焦头烂额的独立日心情。
想起那件事我怎么会不害怕？”

“如果你害怕火，我们会如何？”

“害怕。但如果你们由于害怕退缩，
如果战争来临你们会怎么办？
那就是我有理由想知道的——

你们是否能用任何回答安慰我。”

“哦，但战争与孩子不相干——是大人的事。”

“现在我们差不多往下挖到了中国。
我亲爱的，亲爱的，你们那样想过——
我们都那样想过。所以你们的错误
就是我们的。不过，难道你们
没听说，那些船舶被战争击沉
在海里，那些城镇，战争
在夜里穿云破雾轰隆隆来临
高过头顶的一切，除了星星和天使——
你们没听说船上和城镇还有很多孩子？
你们没听说我们幸存下来才学会的教训？
没什么新鲜的——我们早已遗忘：
战争人人有份，孩子也一样。
我不打算也不必告诉你们。
最好的办法是跟我上山
生起我们的火，笑，害怕。”

女孩的菜园

我的一位村邻喜欢讲
　她还是小女孩时
在农场，一个春天，
　做了件孩子气的事。

一天她向爸爸
　要一小块菜园地
自种、自管、自收，
　他答道："为什么不呢？"

他寻思着找犄角旮旯
　想到一小块闲地
有围墙，开过一家商店，
　他说："就是那儿。"

他说："这应该让你建成
　理想的女孩子农场，
给你个机会，好让你的

　瘦胳膊长些力气。”

它做一块菜园不够大，
　他爸爸说，没法犁；
那么她必须全靠双手干，
　如今她毫不介意。

沿着一段路
　她推车运粪肥；
但她总是跑开并丢下
　脏兮兮的装载物。

她躲避所有过路人，
　然后她讨要种子。
她说，她认为除了杂草
　所有的她都种下一点。

一片山坡上，土豆，
　萝卜，莴苣，豌豆，
番茄，甜菜，南瓜，玉米，
　样样都有，甚至有果树。

是的，她一直不相信

　那棵正在结果的

西打苹果树[1]归她，

　或至少可能是的。

她的收获杂七杂八，

　所有的都说过、收完了，

每样东西一点点，

　没有一样产量多。

如今她在村里看见

　怎样做农事，

就在看起来不错时，

　她说："我晓得！"

"就像我做农民时……"

　哦，决不要当成建议！

她从不犯对同一个人

　把这故事讲两遍的过失。

1　原文 **cider apple tree**。一种果实专用来造酒的苹果树。

熄灭吧，熄灭

圆锯在场院里怒吼并嘎嘎作响，
木屑飞扬，掉下炉一般长的木条，
微风被牵过时散发出甜香。
从这里抬眼望去，可以数得出
逶迤起伏、重峦叠嶂的五座山脉
在落日下远远地延伸到佛蒙特。
圆锯怒吼并嘎嘎作响，怒吼并嘎嘎作响，
像空转，或不得不负载重荷。
平安无事：白天所有活就要干完。
把它叫一天，我希望他们可能说过
给这孩子半小时让他高兴，既然
一个男孩那么计较工休时间。
他姐姐站在他身边，系着围裙，
叫他们“吃晚饭”。应着话音，圆锯，
仿佛要证明锯子知晓晚饭的意思，
就跳到男孩手上，或看上去要跳——
他必定伸了手。无论如何，
双方都没拒绝相遇。可那手啊！

男孩第一声尖叫是惨笑，

当他摇摇晃晃向他们举起那只手，

半是呼救，但半是像要阻止生命

从鲜血迸溅中丧失。此时男孩明白了一切——

因为他已长大懂事，大男孩

干大人的活，虽然实际上还是个孩子——

他明白全都毁了。“别让他切掉我的手——

医生来了，别让他切，姐姐！”

真的。可他的手已经失去。

医生把他放进乙醚的黑暗里。

他躺着，鼓起嘴唇呼呼喘气。

后来——摸脉的人受到惊吓。

谁也不信。他们听他的心跳。

微弱——更弱——没了！——而且结束了。

不再有指望了。而他们，因为他们

不是那个死者，转身去忙各自的事。

采树脂的人

在那儿超过我，引我走上
他的下坡路，一早就大步流星，
让我做伴走五英里路程，
比骑马坐车还要舒心。
这人拎着口袋晃晃荡荡，
把一半口袋缠绕在手上。
沿着水声哗哗的溪边行走，
我俩说话就像汪汪狗叫。
因为我告诉他我要去哪里，
我住在山里什么地方，
他就对我说了点自己的事。
他从更高的山口上来，
那里新涌现的溪流冲刷的谷粉，
是山体脱落的一块块岩石——
看上去足以令人绝望的谷粉
永不会磨成长草的土壤。
（如此这般它要生苔藓。）
他在那里偷偷搭了间棚屋。

那必须是偷偷搭的棚屋，
因为对火灾和丧失的恐惧
会惊扰睡着的伐木工们：
幻觉中半个世界被烧得焦黑，
太阳在烟雾中缩小变黄。
我们知道他们来到镇上时
马车座位下塞着些浆果，
或双脚之间放着篮鸡蛋；
这人棉布袋装的是树脂，
从山上云杉采的树脂。
他给我看散发芳香的块状物，
像未雕琢的宝石，暗淡而粗糙，
它到市场上是金棕色；
但在牙齿间变成粉红。

我告诉他这是过快活日子，
——让你的胸膛贴着树皮
常年都在阴暗的树下，
高高举起一把小刀，
撬松树脂，把它取下，
高兴时就把它带到市场去。

那伙架线工

这儿来了一群开路的架线工。
他们摧毁森林，破坏多过砍伐。
他们栽死树替代活树，而死树
他们用一根活线串在一起。
他们串起一台仪器朝着天空
在其中打出或说出的话
会跟它们是思想时那样肃静地飞奔。
但他们架线并不肃静：他们走过去
远远地叫喊，把缆绳拉紧，
使劲地拉住直到使它牢固，
才慢慢放松——完成了。随着笑，
随着镇民们对荒野化为乌有的咒骂，
他们带来电话和电报。

消失的红色

据说他是阿克顿最后一个
红种人。据说那磨坊主一直在笑——
若你愿把这样的声音叫笑的话。
但他没给别人的笑发许可证。
因为他突然板起脸，像在说：
“关谁的事——要是我揽在身上，
关谁的事——可干吗在牲口棚周围谈？——
我不过是同意把一件事了结。”
你不能回去目击他所看见的。
这故事太漫长，现在没法深究。
除非你一直在那里经历了一切。
然后你就不会把它看作
两个种族之间谁先动手的事。

红种人在磨坊里闲逛，俯身于
砰砰响慢悠悠转的巨大磨盘上，
从喉咙里发出惊讶的感叹，
这个无权发出声音的人，

激起磨坊主生理上的厌恶，
“来，约翰，”他说，“你想看看轮坑吗？”

他把他带到一根吊着的横梁下，
让他看，透过地板上的人孔，
水流在绝望的通道像狂乱的鱼，
鲑鱼和鲟鱼，抽打着尾巴。而他
关上这道里面有圆环的活板门，
那刺耳响声甚至盖过通常的噪音，
然后独自上楼——发出那笑声，
对一个拿玉米粉袋的人说了些
什么，那人当时没有听清。
哦，是的，他确实让约翰看了轮坑。

树的声音

我很奇怪那些树。
为何我们愿意永远
去忍受它们的喧响，
远远超过我们
住所附近别的噪音？
我们天天忍受它们
直到失去步伐的节奏
和不变的欢乐，
而获得倾听的气氛。
它们是那种口口声声要走
却从来没有挪脚的人；
那种说法居然是为了长见识，
当它们变得更老更聪明，
它们就打算留下来。
我从窗户和门口
看着树摇晃的时候，
我的脚蹬动地板，
我的头摆向两肩。

有一天当它们发出声音
并抖动着好像要恐吓
它们头顶的白云时，
我将出发去某个地方，
我将作出义无反顾的抉择。
我将无话可说，
但我会离去。

✳ 新罕布什尔 ✳

新罕布什尔

我遇见一位南方来的女士，她说：
（你不会相信她说的，但她说了）
“我家里谁也不干活，也没有
东西卖。”我不认为干活
有多重要。你可以替我干所有活。
我知道自己必须干活的时间。
至于有任何东西要卖，那就是
一个人或一个州、一个国家的耻辱。

我遇见一位阿肯色来的旅客，
他夸夸其谈说他的州多么美
因为有钻石和苹果。“有商业价值的
钻石和苹果吗？”我警觉地问。
“哦，是的。”他回答，撇开话题。
当时是晚上，在卧铺车厢。“我看见
服务生给你铺了床。”我告诉他。

我遇见一位加利福尼亚人，他会

炫耀加州——一个多么幸福的州，
他说，气候温和，没有人病死在那里，
都是自然死亡，治安委员会
不得不组织起来贮备墓地，
维护本州的人道。“就像斯蒂芬森[1]
那样胡吹神侃，”我嘀咕着，
“英国的北极圈。那就是
把气候跟市场胡扯八道。”

我遇见来自另一个州的诗人，
一个灵感喷涌的狂热分子，
他以喷涌灵感的名义，
却用最糟推销术的最佳方式，
愤怒地要我雄起写一个抗议
（我想是诗体）反对禁酒法案。
他不曾给我买杯酒喝，
直到我要一杯让他镇静点。

---

1 斯蒂芬森（**Stefansson，1879—1962**），英国的北极圈探险家和人种学者。

这就叫做有个可出卖的主意。

这些在新罕布什尔绝不可能发生。

实际上只有一个人被买卖弄脏，
在古老的新罕布什尔我曾偶然碰到
有个在加州做生意的家伙，
恰巧羞愧地返回这里。
他建了一幢君士坦丁堡式房屋，
双斜坡屋顶，塔楼上有圆球，
在森林深处，离火车站数十英里，
正如我们所说，好像在心中
永远放弃了被接纳的希望。
黄昏时，我发现他站在
敞开的牲口棚门槛里面，
就像昏暗舞台上孤独的演员——
他的脸昏暗中只剩下眼睛，
透过那铁灰色，我认出他，
童年时代的老友，曾经
跟我一路把牛赶到布莱顿。
他的农场不是农场，而是“庭园”；
他的房屋在当地棚屋中间

矗起，就像交易站的楼房。
他已成富翁，我还是穷光蛋。
我禁不住唐突无礼地问他，
在哪儿呆过？都干了些啥？
怎样发达的？（明白说是有钱。）
他答，在旧金山经营“破烂”。
啊，那是要多可怕就有多可怕。
我俩在坟墓里也要翻身爬起。

新罕布什尔拥有的都是样品，
陈列柜里每样一件，
这些当然她不愿出卖。

她曾有一位总统。（把他叫做钱包，
不管好坏充分利用它。
他是你们击败那个州的机会。）
她曾有一个丹尼尔·韦伯斯特[1]，
过去和将来他都是丹尼尔·韦伯斯特。
她有造就他所必需的达特茅斯学院。

1　丹尼尔·韦伯斯特（Daniel Webster，1782—1852），美国著名的政治家、法学家和律师，曾三次担任美国国务卿，并长期担任美国参议员。一生政治观点多变灵活。1957年，美国参议院将韦伯斯特评选为“最伟大的五位参议员”之一。

我称她古老。她有一个家族
在开拓殖民地之前，甚至
在探险时代之前就已到来，
他们要求定居这里合情合理。
约翰·史密斯沿岸航行时注意到他们，
摇晃着双腿，在肖尔斯群岛的
码头外钓鱼，这让他满意，
他们不是红种印第安人，而是真正的
白种人的祖先，远古的祖先，
像给亚当的子孙娶妻的那些祖先；
在我们的历史中最早在此，
然而他们可能是不清白的。
当时他们在那里已一百多年。
在那个码头已经建造的日子，
可惜他没问他们还要干什么，
也没问名字。后来他们把名字告诉了我——
一个受尊敬的人如今在诺丁汉。
至于他们从事什么行当胜过钓鱼——
料想他们表现得不像清教徒，
那时刻尚未为成为上流而战，
人类也尚未去度公休假日。
不要太深入探究别人的事情，

才能成为一个深刻的探险者。

你除了知道他，新罕布什尔
有位真正的改革家，他要改变世界
以便它被两个阶级接受，
一类是刚刚自称艺术家的艺术家，
那就是说在他们自己被公认之前，
一类是刚刚逃出大学的小伙子们。
我禁不住认为那些人是应遵循的标准。

她还有一个我叫不上名字的人，
他每年从费城来，
带着一大群品种稀有的小鸡，
他想给予教育优势——
在鹰和隼警惕的目光下
差不多长成野鸡。
诸如乔叟[1]提到过的多津鸡[2]，

---

1 杰弗雷·乔叟（1343—1400），英国小说家、诗人。主要作品有小说集《坎特伯雷故事集》。乔叟是第一位使用英语创作的宫廷作家。他的作品对现代英语的形成做出了巨大贡献。他的实验和探索开辟了英国文学的新时代，特别是为伊丽莎白时代英语文学的全面繁荣奠定了基础，莎士比亚等后来者是乔叟时代的探索与创新的最大受益者。被尊为“英国诗歌之父”。

2 英国多津地方出产的肉用种五趾鸡。

赫里克[1]提到过的苏塞克斯鸡[2]。

她有一点黄金。新罕布什尔黄金——
你也许已经听说过。我有座不久前
到手的农场，位于柏林北边，
农场上有座可开采黄金的矿山；
但蕴藏量没有商业价值，
只够给拥有农场的那些人
制造订婚和结婚的戒指。
一个人还能找到比这更清白的黄金吗？
最近从安多弗和迦南运回我家
一些矿石，一个孩子从中
筛选出一块含微量镭的
绿宝石样品。我知道含镭的
痕量[3]肯定是最微小的量，
低于商业开采的临界值；
但相信新罕布什尔不会有

---

1 罗伯特·赫里克（**Robert Herrick, 1591—1674**），英国资产阶级时期和复辟时期的所谓“骑士派”诗人之一。“骑士派”诗主要写宫廷中的调情作乐和好战骑士为君杀敌的荣誉感，宣扬及时行乐。不过赫里克也写有不少清新的田园抒情诗和爱情诗，如《樱桃熟了》《快摘玫瑰花苞》《致水仙》《疯姑娘之歌》等诗篇成为英国诗歌中的名作而永久流传。他的许多诗被谱曲传唱。赫里克传世的约 **1400** 首诗分别收在《雅歌》**(1647)** 和《西方乐土》**(1648)** 中。

2 英格兰东南部旧郡苏塞克斯出产的蛋肉兼用鸡。

3 化学概念，指物质中含量在百万分之一以下的组分。

足够的镭或任何可卖的东西。

每种东西一个样品，我说。
她有个巫婆——老式的。她住在科尔布鲁克。
我遇见过的唯一另一个巫婆
是最近在波士顿一家雕花玻璃餐厅。
有四支蜡烛和四个人在场。
那巫婆年轻貌美（新式的），
思想开放。她坦然质疑自己
阅读锁在箱里的信件的天赋
为何在金属箱胜过在木箱里时？
这使世界显得那么神秘。
心灵研究学会确认过的。
她的丈夫身价百万。
我猜他在哈佛学院拥有股份。

新罕布什尔过去在塞伦
有家我们把它叫做白血球的公司，
其责任是在夜里的任何钟点
冲洗他们哪怕闻到一丁点
可疑气味的床单和傻瓜帽，

并让某人坐艾尔森船长[1]的大车。

每种东西有一件样品在陈列柜里。
你会说，对于样品她拥有的土地
绰绰有余，但还有
别的东西保护她自己。
那就是品质弥补数量。
甚至没有多的农场出售。
我安家在那座山上的农场，
与其说是买的不如说是抢的。

我抓住跟在冬天后面耙着
门口落叶的农场主，我说：
“我要把你从这座农场打发走：我想要。”
“你要把我打发到哪里去？路上？”
“我要把你打发到邻近的那座农场。”
“你干吗不去邻近的那座农场？”
“我更喜欢这座。”这座确实更好。
苹果？新罕布什尔有苹果，但不喷农药，
在它的茎杆末梢和花萼末端

1 《艾尔森船长》是一首美国民谣，讲述艾尔森船长因抛弃沉船上的旅客而受惩罚的故事。美国诗人惠蒂埃（1807—1893）曾据此民谣片断创作叙事诗《艾尔森船长的大车》（1857），但后来事实证明艾尔森船长是无辜受罚。

无疑没有硫酸盐和砷酸铅，
除了造苹果酒没任何用处。
她未修剪的葡萄藤像挥舞的套马索
高高爬上伸手够不着的白桦树。

一个出产贵重金属、宝石的州，
——还有著作；也许只有
量多质优的文学珍品
让生产者发愁，愁的是
如何处理它。你知道吗?
考虑到市场，那里诗歌
比别的东西生产得更多。
难怪诗人有时显得似乎
比生意人更像生意人。
处理这类商品要困难得多。

它是联邦中最好的两个州之一。
佛蒙特州是另一个。自古以来
它俩就像很多三月里担槭汁的
两只桶。又像木楔子，
大头对小头，宽端对窄端，
就像一个人物以这样的方式表明，

应该把健全头脑和强壮四肢集于一身，
你粗的地方我细，反之亦然。

在靠近加拿大的鳟鱼孵化处
新罕布什尔哺育了康涅狄克河，
但不久把这河流分一半给佛蒙特州。
两个州都可爱，因为它们荒谬的
小镇——失去的国家、棒球戏、泥泞的呸，
府稠、静悄悄的角落[1]（这么叫不是说
这地方整天都很安静，也不是
它夸耀还有种威士忌——而是因为
它曾经被规划成一座城市，但依旧
只是偏僻旮旯，森林中的交叉路口）。
我记得，弗兰科尼亚大选之夜
在电影屏幕上的图画之间
曾经出现一个名字，
当共和党已经完成一切，
民主党痛得需要安慰时：
伊斯顿镇倒向民主党，威尔逊四票
休斯两票。于是人人朝着最难过的人
放声大笑，大地方笑小地方。

1　以上五个均为小镇的名字。

纽约（五百万人）笑曼彻斯特，
曼彻斯特（六七万人）笑
利特尔顿（四千人），利特尔顿
笑弗兰科尼亚（七百人），而
弗兰科尼亚笑，我担心——那一夜笑的——
是伊斯顿。有什么让伊斯顿去笑呢，
就像女演员惊叫“啊，我的上帝”吗？
那儿有棒球戏，因为棒球戏有些镇区，
所有镇区只有名字而没有人口。

我能说的新罕布什尔的任何事
几乎也同样适合于佛蒙特州，
除了山脉不一样之外。
佛蒙特州山脉直线地伸延，
新罕布什尔山脉蜷成一圈。

我曾一直谈论新罕布什尔山脉。
而在这里我说什么呢？
首先我的主题变得令人尴尬。
爱默生说：“上帝造就了新罕布什尔
奚落高地上有小人物。”
另一位马萨诸塞州诗人说：

“我不再在新罕布什尔避暑。
我已放弃在都柏林的夏日别墅。”
但当我问她新罕布什尔有啥毛病时，
她说她受不了那里的人。
小人物们（那是马萨诸塞州的说法）。
而当我问她那儿的人有啥毛病时，
她说：“在你自己的书里找答案吧。”
我最好承认是那几本书的作者，
我的书概括来说，是与全世界为敌。
若把它们看作是反对某个州
乃至国家，就局限了我的意思。
我是一个特别敏感的人，
或相反，一个环保人士。
我拒绝让自己适应哪怕是
极微小的——从热到冷、从湿润
到干燥、从贫到富的改变，或复原。
从发生在我身边的一切，
我把忍受痛苦当作美德。
也就是说，无论我在哪里，
即便我是文学动物，我都不会
缺乏让我保持清醒的痛苦。

基特·马洛[1]教我怎样祈祷：

“哎呀，这是地狱，我也不出去。”[2]

我抱怨萨摩亚、俄罗斯、爱尔兰，

不比英格兰、法兰西和意大利少。

因为在新罕布什尔我写了些小说

没有证据我用它们针对新罕布什尔。

多年前当我夜里离开

马萨诸塞州时，为何我寻找

新罕布什尔，而不是康涅狄克、

罗德岛、纽约，或佛蒙特，这就是缘由：

在我当时居住的地方，新罕布什尔

最近的边界可让我越境逃走。

我不曾把幻想装在手提包里，

不认为那儿的人比抛在身后的人

更好。我想他们不是。

我想他们不可能是。然而他们是。

我确信在马萨诸塞州没有这样的朋友，

譬如温德姆的霍尔，阿特金森的盖，

雷蒙德（现在的科罗拉多）的巴特勒特，

德里的哈里斯，伯利恒的林奇。

---

1 基特·马洛（1564—1593）又名克里斯托弗·马洛，是伊丽莎白时代的英国剧作家、诗人和翻译家。对莎士比亚有极大影响。

2 出自马洛著作《浮士德博士的悲剧》。

马萨诸塞州光荣的吟游诗人们
似乎想要使新罕布什尔人翻身。
他们奚落高地上有小人物。
我不知道如何说这里的人。
出于艺术目的，一个人几乎希望他们更坏
而不是更好。在美国我们
怎样去写俄罗斯小说
如果一生不那么可怕地度过?
迄今为止，我们的文学作品里
唯一的呐喊只是出自匮乏。
我们因毫无理由悲苦
而获得仅有的一点悲苦。
没有比幸运和舒适更糟的事，
就此而言，让小说家协会厌恶
被期待成为陀思妥耶夫斯基。
虽然这不是悲伤，这只是忧郁，
而在新政权下俄罗斯本身
也这么认为，于是就禁止忧郁。

假如这对俄罗斯很好，那就自由地
这么说，或靠墙站着被枪决。

现在不是波丽安娜[1]就是死亡。
那么，这就是我们听说的新自由，
很合情理。没有国家能在
安逸康乐的地基上建造
既合情理又令人悲痛的文学。

要展现我们的智力水平：
就以沃伦镇一个农夫为例。
有天在路上，他的马直接把他
拉到我这个陌生人身边。
不过由于窘迫，也无更多的
交往的事可说，他便讲了这番话：
你听见莫塞劳克山上那些猎狗唱歌吗？
咳，它们让我想起我们听过的
反对维多利亚王朝中期的呐喊和哭泣，
等到布赖恩[2]退出政界加入合唱团，
人们才正确理解抗议目的。
维多利亚中期所面临的问题似乎是

1　美国作家埃利诺·波特（1868—1920）小说中的女主角。指遇事老是过分乐观的人；以主观善良愿望看待事物的人。

2　威廉·詹宁斯·布赖恩（William Jennings Bryan, 1860—1925），美国政治家，民主党和平民党领袖。颇有吸引力的演说家。1896 年、1900 年、1908 年 3 次竞选总统均未成功。1913 年被任命为国务卿，1915 年辞职，成了在宗教集会上的巡回演讲者，颇受欢迎。支持照字面意思理解《圣经》，主张立法禁止宣传达尔文的进化论。在 1925 年著名的猿猴诉讼案中，布赖恩作为检察官出庭。

一个名叫约翰·L.达尔文的人。
“走吧。”我对他说，他对他的马说。

我认识一个失败的农民，
烧毁自己农舍骗取火灾保险金，
并花掉这笔钱买了架望远镜，
以满足终身的好奇心——
探究在无限宇宙中我们的位置。
痴迷于超现实世界竟至于此?

假如我必须选择我愿意抬高的——
是人还是已经高耸的山脉，
我将抬高已经高耸的山脉，
我发现古老的新罕布什尔唯一瑕疵
是她的山脉还不够巍峨。
我并非一直这样觉得；而是后来形成的看法。
哈，令我悲哀，我怎么达到
这个高度，以至挑剔地
俯瞰群山?什么给了我底气，
让我说什么高度才与新罕布什尔山脉
或任何山脉相称?我觉得这可能是
某种力量，在我背后发生大地震时，

把它们抬高到与晨星齐平?
难道这是在阿尔卑斯山旅行?
或是因为在可怜的真实的
林肯峰、拉菲特峰和自由女神后面,
曾经一瞬间看见并相信
模塑固体形态的浩瀚云峰?
或是由于这样的感觉,就是说
泉水该喷多高才与水池形成比例?
不,不是这些让我
理性的不满登上王座,
而是因为那不幸的意外,目睹
我们真实的山脉屈服于
早期地图,把高度提升两倍——
一万英尺代替仅有的五千英尺——
这表明一次意外会多么令人悲哀!
五千英尺不再足够高。
既然对于改善世上的人们,
我从未有过好主意。
但在改造山上我异想天开,
不眠不休地设想规划,
我要将夏日雪峰刺戳得多么高
才能叩击上苍,把夜晚的霜寒气流

从星星引入下面的溪谷
才能让露珠凝结为点点繁星。

我越是敏感，就似乎
越是想要我的山脉野蛮；
就像那个瘦长结实的工头喜欢河道上
木材堵塞。在他拉起水闸让它出发之后，
他躲开一根像一条胳膊举到天空
要砸断他脊背的原木，
接着搏命地舞蹈着、跳跃着
越过咆哮和混浊，我们看见
他沿着“之”字形河道喊叫的话
无疑就是他漂近时我们
所听见的：“她不是个理想的
混血儿吗？当然她就是理想！”

因为她所有的山脉稍微有点矮，
所以她的人民的艺术水平并不低，
她是静静的新罕布什尔；一个最安静的州。

最近我跟一位纽约的亚历克
聊到拟生殖崇拜的新学派，

我发觉自己在封闭的角落，
不得不做出几乎可笑的选择。
“请你选择——故作正经或令人恶心，
在公众怀抱里啜泣、呕吐。”
“我属于山，我别无选择。”
“可要是你必须选择，你成为哪种人？”
我不会成为害怕自然的故作正经者。
我认识一个人，带着双刃斧，
独自朝一片树林走去；
但他的心气馁了，他丢下斧头，
跑去找庇护，念叨着马修·阿诺德[1]的诗：
“‘自然是残酷的，人厌恶鲜血。’
没有我流血就已流了够多的血。
记住伯南森林！森林流动莫测！”

他对流动有一种特别的恐惧，
这表明那恐惧本身是恐树症。
唯一正派的树到过工厂，
被训练成木板，他说。
至于人间的用途，他太清楚

1 马修·阿诺德（**Matthew Arnold, 1822—1888**），**19** 世纪英国著名诗人、批评家。被视为西方现代文学批评之父。

那条人止步而自然开始的界线。
从未超越它保存在梦想里的限度。
他在界线安全的一侧说话——
这是绝对的马修·阿诺德特征，
他拥有自己的祭礼，一个用叶子装饰的
迂回行进的漫游者，而且“沮丧地接受
他的理性王座上的位置”——
同意“不赞成这些临时祭坛
布满今天的森林”，
就像当初亚哈斯[1]犯下罪孽
公然在绿树下崇拜邪魔外道。
几乎不到一英里我就碰上一座，
一块黑脸碑和一根被雨淋成木炭的棍子。
为安全起见，甚至说树林是上帝最初的
寺庙，但也太接近亚哈斯的罪孽。
由双手创造的当然都是神圣之物。
但这里不是关于什么是神圣的问题；
而是面对或逃避什么。
我会讨厌成为一个逃避自然的人。
两者我都不愿选择，一个令人恶心的人，

1 亚哈斯（希伯来语：אחז；Ahaz，前8世纪—前716年），据《圣经》中《列王纪下》第16章《历代志下》第28章，他是古代中东国家南犹大王国的第十二任君主，其父亲是约坦。

他不在乎当众做什么，以及
他不能做任何事时，退而靠
语言，设法使坏用语言说话
比行为更响亮，偶尔达到目的。
这似乎是时代所强调的狭隘选择，
例如，成为一个优秀的希腊人如何？
他们告诉我，今年不开设那些科目。
“来吧，但这不是选择——
你是故作正经还是令人恶心？”
好吧，要是必须选择一个或另一个，
我选择做一个平凡的新罕布什尔农民，
有点现金收入，比方说，一千
（比方说，来自纽约的版税）。
决定下来就安生了。
而安生只是要想想新罕布什尔。
眼下我住在佛蒙特州。

运石橇里的一颗星

献给林肯·麦克维奇[1]

千万别对我说，那些划破夜空
轻轻坠地的星星，竟无一颗
被捡起砌入石墙中

有个工人发现一块石头又黑又冷
只是它的重量使人联想到黄金
然后拖走了它，出于最初的断定

他注意到它没什么值得谈论
他还不习惯接触被抛入黑暗的星星
在夜空划一段弧线后死气沉沉

他没有认出在那光滑的煤炭里
除灵魂外唯一可感知的东西
渗透我们晃动的空气

1　林肯·麦克维奇（1890—1972）是美国著名士兵，外交官，商人和考古学家。他在困难时期担任美国驻几个国家的大使。

他也没有看出如何像飞鸟一样
它孵出蚂蚁蛋，有一双翅膀
大小不等，用于转圈飞翔

还有一条天堂鸟的长尾
（虽然这些当它不用于飞行和拖曳
就像蜗牛似的缩回体内）

也不知道会把它移出现场——
已造成伤害：由于放射星光
土壤很自然地变得灼热滚烫

以致出产野花而不是谷物
他祈祷老天倾泻所有的暴雨
却对怒放的野花毫无用处

他粗暴地搬走它，套上铁条
把这颗星星装上古老的运石橇

啊不，一辆飞行车，正如你所料

诸如连诗人们也会赞同
比神马珀伽索斯[1]更加实用
若可能把一颗星放回它的轨道中

他拖着它一步跨越犁过的田地
却隐隐约约地联想起
星际空间滚石头的赛事

那是为了建筑石料，而我仿佛
在梦里被驱使，永远去
纠正本该如此的错误

但要问能够让它去别处
我不知道——我不停地答复：
他可能把它留在坠落之处

我从未从下面的墙里抬起目光
除了夜晚朝天空仰望

1　珀伽索斯：希腊神话中生有双翼的神马，被其足蹄踩过的地方有泉水涌出，诗人饮之可获灵感。

星图标出的喷射流星雨的地方

有人也许知道上学校和教堂寻求什么
为何在那里寻求；而为了我的探索
我必须去测量石墙，一杆也不能放过

确信那不是一颗死亡与诞生之星
也许，就价值而言，它不能
与生命胜地火星和地球相提并论

虽然不是一颗死亡与罪孽之星，
它还是有极点，只需自转
来显露它尘世的本性

开始在我长满老茧的手掌摩擦滚转
随着我的胳膊跑出奇怪的切线
像鱼儿初次扯动钓线

尽管不过如此，它承诺给予奖品
一个完整的世界，无论尺寸
我愿意围绕着它，无论明智或愚蠢

人口普查员

一个云雾缭绕的傍晚，我奉差来到
一座平板搭建、黑纸盖顶的房子，
它只有一门一窗和一个房间，
这是方圆一百平方英里
砍光的山间荒野上唯一寓所：
现在屋里没有男人也没有女人。
（虽然从来没有住过女人，
那么是什么让我感到难过？）
我作为普查员来到这片荒野，
统计人口，却没有找到一个，
一百英里内没人，这屋里没人，
我来到这里，怀着最后一线希望，
我已长时间从悬崖俯瞰
这片被剥光到石头的空地。
我没有发现敢露头的人，
无人不躲避外界的眼睛。
当时是秋天，但谁能
辨认出这个时节，每棵树

本可能自己落下一叶，

现在只剩下残桩

在糖状树脂中显露其年轮；

而每棵竖立着腐烂树干的树，

没有一片可在秋天花费的叶子，

也没有花费后吹口哨的树枝。

也许风更缺少活树的帮助，

说不出季节或某天的时刻，

看它摇晃一扇永远

虚掩着的门，仿佛粗鲁的男人们

鱼贯而入，每个人砰地关上身后的门，

下一个又自己推开。

我统计了九个我无权统计的人

（但这是做梦似的非官方统计）

在我让第十个跨过门槛之前。

我的晚餐在哪里？哪里有晚餐？

没有灯点亮。桌上空荡荡。

炉灶冰冷——烟囱脱落——

在歪倒的一边它缺一条腿。
那些高声大嗓进门的人，
是耳朵听到而不是眼睛看见的人。
他们没有在桌上支着胳膊肘。
也没有睡在架子床上。
我没看见人，也没看见人骷髅。
我武装自己，以对付可能出现的骷髅，
我从稻草灰覆盖的地板上
捡起半截树脂发黑的斧柄。
咔嗒作响的不是骷髅，而是关不严的窗。
门静悄悄，因为我把它关了，
那会儿我在想做点力所能及的——
既然这房子已空无一人。
它一年内就衰败不堪，
跟一万年变成废墟的房屋
令我充满同样的悲伤，后者
在亚洲把非洲挤开欧洲的地方。
我看不出还有什么可做，
除了发现那里无人之外，
然后对遥远得无回应的悬崖宣告：
“这地方是荒漠，让人隐藏于
寂静里，如果他在此受到侵害，

现在请打破沉默，否则就永远沉默。

请他说为何不该发布此告。”

不得不统计灵魂的忧郁

在人口逐年减少的地方，

在缩减为零之地忧郁至极。

这肯定是因为我希望生活继续。

星星切割器

“你知道猎户座总是在天边上升。
抬起一条腿越过我们的群山栅栏，
并举手探望，他看见我
在屋外提灯旁忙碌着
我白天该干完的活，的确，
地面结冰后，我本应在结冰前
干完，而一阵狂风
将废弃的落叶抛在冒烟的灯罩上
以取笑我干活的样子，
不然就是取笑猎户座让我着迷。
我倒想问问，一个人，难道没有权利
去关心这些不得不关心的力量吗？”
布拉德·麦克劳克林这么草率地
把天上星星与杂乱的农事混为一谈，
直到把农场搞得乱糟糟，
他烧毁自家房屋骗取火灾保险，
并花掉这笔钱买了架望远镜，
以满足终身的好奇心——

探究在无限宇宙中我们的位置。

“你要那混蛋玩意儿干什么呢？”
事前我曾问他。“别要那玩意儿！”
“别叫它混蛋玩意儿；只要它不是人类
战斗的武器，就不该受责备。”他说。
“如果我卖掉农场我就买一架。”
在那他搬开岩石才能耕地、只能在
搬不开的岩石之间耕作的地方，
农场无法转手；所以他不是耗费数年
千方百计卖农场而又卖不出去，
而是烧毁自己房屋骗取火灾保险，
用这一整笔钱买了望远镜。
有几个人曾听他说过：
“我们在世上最有趣的事情是观看；
让我们看得最远的东西就是
望远镜。在我看来，应该每个镇
有人拥有一架，达到一镇一架。
在利特尔顿，最好就是我。”
如此信口开河之后，他干出烧毁
自家房屋的事情也不足为奇。

那天小镇到处都是卑劣的笑声，
让他知道我们丝毫没有被蒙骗，
他就等着吧——明天我们会照看他。
但第二天早晨我们首先想到
假如我们逐一清算人们所犯下的
小小罪过，那么要不了多久
就没有一个人留下共同生活。
因为要社交就得互相宽恕。
我们的小偷，那个偷窃我们的人，
我们不阻止他来参加教堂晚餐会，
而是找他讨回被偷的东西。
他立即物归原主，如果东西
还没吃掉、穿坏或未卖出的话。
为一架望远镜不会对布拉德
做得太冷酷。毕竟上了年纪
收不到这样一份圣诞礼物，他
不得不采取他知道的最好办法
为自己弄一份。唉，我们所说的是
他以为这件怪事已蒙混过关。
有人在这幢房子上浪费同情。
一幢追溯日期年代久远的好房子。
但房子没有知觉，这幢房子

感觉不到任何事情。要是它有感觉，
为什么不把它看作是一种祭品，
一种老式的火坛上的祭品，
而不是新式的拍卖的东西？

一根火柴一划，就划掉了房屋，
也划掉了农场，布拉德不得不
改行到康拉德铁路上谋生，
在一个车站当售票员，
当他不在卖票的时候，
就开始到处追踪，不是农场的
作物，而是行星[1]，晚上的星星
它们的色彩从红到绿五颜六色。

他花六百美元买了一架好望远镜。
他的新工作让他有闲暇观星。
他常常邀请我来，用那
内衬天鹅绒的黄铜镜筒仰望，
战栗在另一端的一颗星星。
我回想起一个满天碎云的夜晚
脚下的雪融化后结成冰，

---

1 作物为 **palnt**，行星为 **planet**。

继而在风中融化形成泥泞。
布拉德福德和我搬出望远镜，
它撑开三支腿时，我们伸展双腿，
把我们的思想对准它瞄准的方向，
悠闲地站着，直到天亮，
说了些从未说过的最有趣的事。
那架望远镜被命名为星星切割器，
因为它没做一件事，除了
把一颗星一分为二，或一分为三，
就像你分割手中一颗水银球
用你的手指在中间一划。
假如有星星切割器的话，它就是一个，
假如切割星星可与劈柴相比，
那么也应该算做一件好事。

我们看了又看，但我们究竟在哪里？
我们更清楚地知道我们在哪里吗，
今晚它怎样站立在夜晚和一个
提着冒烟的灯罩的男人之间？
与它以前站立的架势多么不同？

磨轮

有自己的一只轮子和四条腿，
却从未有助于这块笨重的磨轮
让它移动到我能看见的任何地方。
但这些手帮它走过，甚至赛跑；
虽然，它们所有动作曾经借力，
它以为它走过的所有里程，
都没有让它从出发点移动一步。
它站立在同一棵老苹果树旁边。
现在苹果树的影子在它身上
是稀疏的；它的脚在雪中加快。
其他农机具全都进屋了，
其中有的腿和轮子不比磨轮多，
却能为站立或走动而自夸。
（我首先想到独轮车。）
几个月来，它没有尝过
铁罐里的锈水冲洗钢铁的滋味。
但站在屋外，寒冷中饥饿难挨，
除了在夜里的城镇，不是罪孽。

而且，不管怎样，它站在院子里，
一棵衰败的活苹果树下，
跟我不再有任何关系，
除非我想起过去的一个夏日
我曾怎样整天冷酷地役使它，
还有个人冷酷地爬到它身上骑着它，
而他和我在我们之间磨刀。

我让它预先旋转，
而且浇上水（也许是眼泪）；
当它几乎欢快地跳跃和转动时，
一个像时光老人的男人上去骑着，
用闪光的大镰刀和眼镜武装起来。
他发动意志力施加重负
并使我减速——我蓦地慢了，
像开向突然出现的火车站。
我无可奈何地换着手。
我想知道这台老掉牙的机器
是否以此表现出改进。
就我所知，它可能磨尖过长矛
和箭头。多年来许多次使用
已渐渐把它磨成一个扁圆形

球体，踢踏挣扎在它的步态里，
似乎要用憎恨回报我的憎恨
（但我现在原谅了它，像轻易地
原谅任何一个童年的敌人，
他们的骄傲使其一无所成）。
我想知道这个认为磨好的人是谁——
是那个阻碍轮子的人，还是
那个拼命使它不停转动的人？
我想知道是不是他真以为这很公平
——由他来说何时我们完工。
这就是我为此转过的苦涩念头。

我那么关心的并不是我自己。
啊，是的！——不过，当然，我本来
可以找到更好方式度过那个下午，
胜过磨轮发出的研磨噪音，
按它们有沙砾的声调拍打昆虫。
也不是我对那个人多么关心。
有次磨轮几乎使轴承跳起时，
看起来他可能被很厉害地摔下
被镰刀割伤。非但不关心，
我反而暗笑，只是把曲柄转得更快

（它转动时好像加的不是润滑油而是胶水）；
我倒欢迎不大不小的灾祸，
那样可能适合于延缓
显然没什么能使之结束的东西。
那使我越来越害怕的事情
是我们已把刀磨快却不曾察觉，
现在只是白白磨掉珍贵的刀刃。
一次当他举起滴水的镰刀时
以小心翼翼的触摸试一试
那令人毛骨悚然的刀锋，
越过他滑稽可笑的眼镜查看，
只是毫无偏见地断定
它需要再磨一转，我本可以叫喊
再磨一转没有太多的危险吗？
我们会不会把它磨得更糟而不是更好？
我是给那个磨刀人留点余地。
假使这不是一切又该是什么？
要是他满意我也会心满意足。

保罗的妻子

要把保罗赶出任何伐木营地
所需要的只是对他说：
“你妻子好吗，保罗？”——他马上消失。
有人说这是因为他没有妻子，
讨厌在这个话题上被人挖苦；
有人说因为他曾经在一天前后
有个妻子，而后被她甩了；
有人说因为他曾经有个漂亮妻子，
跟别人跑了，丢下他；
还有人说因为他现在有个妻子
他只需要被人提醒——
他立刻对她负起所有责任：
他必须马上跑去看望她，
好像是说：“是啊，我妻子好吗？
我希望她不在捣蛋胡闹。”
无人急于除掉保罗。
迄今为止，他一直是山间营地的
英雄，只是要向他们露一手，他曾

完全脱下一整棵落叶松树皮，
像男孩们为做柳哨剥光
一根柳条那么干净——在四月里
一个星期天，凹陷的草地溪畔。
他们问他似乎只是要看他离去，
“你妻子好吗，保罗？”而他总是离去。
他从未停下来谋杀任何一个
问这问题的人。他只是消失——
无人知道去了何方，
虽然通常不需要多久
他们就听说他在某个新营地，
保罗同样干着伐木老本行。
每个地方的问题都是，为什么保罗
反感被问一个礼节性问题——
除了挑衅之外，对一个男人
你几乎可以说任何话。你有答案。
还有一个说法对保罗更不公平：
说保罗娶了个配不上他的妻子。
保罗为她感到羞耻。要配得上英雄，
她就得是个女英雄；与此
相反，她是一个混血儿女人。
但要是墨菲讲的故事是真的，

她压根儿就不令人羞耻。

你知道保罗能创造奇迹。大伙
都听见他鞭笞被重负压得
挪不动一步的马，直到它们只是
把生牛皮挽具拉长，从装载物延伸到营地。
保罗告诉老板货物将完好无损，
“太阳将会把货物送回”——果然不假——
就凭着生牛皮收缩到自然长度。
那就是所谓延伸器。但还有个故事
说他双脚一跳立刻蹬到天花板上，
而后又头朝上安全着地，
我认为是事实或相当接近事实。
好啦，下面是件奇闻。说保罗
从一根五针松木里锯出他妻子。墨菲在场，
而且，可以这么说，看见了那女士出生。
伐木场里的活保罗样样都干。
他卖力地搬运木板
因为——我忘了——那最后一个
爱炫耀的锯工想看看能否用
堆积如山的木材压得保罗求饶。
他们锯下大桩木的第一块平板，

那锯工砰地一下把支架放回
让支架末端又撞上锯齿。
当顺便评判木质他们屏住呼吸时
发现那根原木出了事，
想必怀着内疚期待
某种后果将随着砰砰猛撞来临。
在整根新锯开的木材上，
留下一道又宽又长的黑油渍。
也许，两头各一英尺除外。
但当保罗把手指放在油渍上，
它根本不是油渍，而是狭缝。
原木是空的。他们在锯松树。
“我平生头次看见一棵空心松。
就因为这个地方有保罗。
给我搬到地狱里去吧。”锯工说。
每个人不由得看它一眼，
并告诉保罗该怎么做。
（他们把它看成他的。）“你拿把大折刀，
削宽那狭缝，你就可以得到一条
整个凿空的独木舟去钓鱼。”对于保罗
这空洞看上去太完好干净了，
甚至不可能是鸟或野兽、蜜蜂的巢。

没有让它们进去的入口。
据他看像某个新型的空洞，
他想最好带着折刀去。
所以收工后那天傍晚他回到那里，
用刀削宽，好让足够的光亮照进去，
看看它是否空无一物。他辨认出里面
有一截纤细的木髓，还真是木髓吗?
也可能是一条蛇脱落的皮
留下一直竖在树心，
这棵树必定已有百年树龄。
再削宽些，他用两手拿着这东西，
看看它再看看近旁池塘，
保罗想知道它对水有什么反应。
不是起了轻风，而只是他慢慢地
向塘边走引起的一阵微风
一度把它从手上吹掉，几乎吹断了。
他把它放在塘边，让它饮水。
第一口它窸窣作响，而且渐渐变软。
第二口它变得无影无形。
保罗用手指吃力地搜寻浅滩，
以为它定已溶化。它消失了。
接着在开阔的水面那边，蚊蠓聚集而昏暗，

在漂流的原木挤压着水栅的地方，
慢慢地浮起一个人，浮起一个姑娘，
她湿漉漉的头发沉甸甸，像戴在头上的头盔。
她倚靠在原木上，回头望保罗。
这使得保罗也扭过头去张望，
看看是否有人在他身后，
她瞅着的是那个人而不是他。
（墨菲一直在那里窥视，
但躲在他俩看不见他的棚屋里。）
有过诞生时令人担心的一刻，
那姑娘似乎进水过多难以成活，
在她随着喘气屏住第一次呼吸并发出
笑声之前。然后她慢慢站起身，
走开，对她自己或保罗说话，
跨过鳄鱼似的一根根原木，
保罗在池塘周围追着她。

第二天傍晚墨菲和另一些伙伴
喝醉了，追踪那对新人上野猫山，
从那座光秃秃的山顶，望见
一道壶形山谷对面的群山。
在那里，天黑透后，如墨菲所说，

他们看见保罗和他的造物在忙家务。
那是自从墨菲透过池塘暮色
看见他们坠入爱河以来，所有人
看见保罗和她的唯一一瞥。
越过荒野走了一英里多，
在一道峭壁半腰的小小凹洞里
他们坐在一起，那姑娘
光彩照人，仿佛在那地方演出的明星，
保罗黯淡模糊，像她的影子。所有的光芒
是从那虽然不是明星的姑娘身上发出的，
就像后来发生的事情一样明显。
那些大流氓一起放开喉咙，
发出大声叫喊，并甩出一只酒瓶，
当作向美人致敬的粗鲁赞颂。
当然这只酒瓶落不到一英里远，
但叫喊触动那姑娘，扑灭她的光芒。
像一只萤火虫飞去了，这就是一切。

于是有目击者证明保罗已经结婚，
他在任何人面前都不感到羞耻。
所有人对保罗的评判全都错了。
墨菲告诉我，保罗放出所有那些空气

好让他的妻子只归他所有。

保罗是人们说的那种可怕的占有者。

拥有妻子就意味着控制她。

她跟别的任何人都不相干。

既不能赞赏她也不能提她名字，

他会感谢人们不去想她。

墨菲的想法是保罗这样的男人

不能用世上已知的任何方式

对他说到他的妻子。

野葡萄

从什么树上可能摘不到无花果？
从白桦树上可能摘不到葡萄？
你对葡萄或白桦树就知道这些。
秋天挂在葡萄之间，我同样沉甸甸，
作为一个从白桦树上被摘下的姑娘，
我应该知道葡萄是什么树的果实。
我想，我像任何人一样出生，
渐渐长成一个男孩似的姑娘，
我哥哥无法把我总是丢在家里。
但开头因为害怕而筋疲力尽，
那天我跟葡萄一起悬空摇晃，
紧接着就像欧律狄克[1]
从天国平安地被接下来；
而我如今过的生活是额外的人生，
我喜欢谁就情愿为谁消磨一生。
所以要是你看见我庆祝两次生日，

1 希腊神话中人物，歌手俄耳甫斯之妻，新婚之夜被蟒蛇咬死，其夫以歌喉打动冥王，冥王准她返回阳世，但要求其夫在走出冥界前不得回头看她，不得与她说话，其夫未能遵守禁令，最后她仍被抓回阴间。

宣布自己有两个不同年龄，
其中一个比我看起来年轻五岁——

一天我哥哥让我去一块林间空地，
他知道那里有棵孤零零的白桦树，
戴着尖角叶编织的薄纱巾，
把浓密的秀发披在身后，
颈脖上挂一串葡萄装饰品。
葡萄，从去年见过我就认得葡萄。
一串葡萄，在那儿开始成为无数串，
全都围绕着我长在白桦树上，
就像曾在莱夫那幸运的德国人[1]周围生长；
虽然，大多在我伸手够不着的地方，
就像我更小时月亮常常显的那样，
要随心所欲拥有它只能爬上去。
我哥哥爬上去了；起初他
把葡萄抛下给我，都撒在地上，
我不得不在香蕨和绣线菊里寻找；
这给了他点时间自己吃，

1 莱夫·埃里克松（古冰岛语：Leifr Eiríksson；挪威语：Leiv Eiriksson）著名的北欧维京人，可能是在西元1000年时，第一个发现北美洲的欧洲探险家。莱夫的跟随者Tyrkir（有可能来自德国），他们在文兰岛（Vinland，莱夫的命名；位于美国东北角新英格兰地区和加拿大拉布拉多半岛之间）发现了葡萄。

但也许不够一个男孩需要的那么多，
那么，就让我完全自食其力，
他爬得更高，把树压弯到地上，
并把它放在我手里，让我自己摘葡萄。
“嘿，抓住这树梢，我要爬下到另一枝。
我放开时你尽力压住它。”
我说我抓住了这棵树。那不是真的。
反过来说倒是真的。树抓住了我。
一旦剩下我一个人
它就钓起我，仿佛我是一条鱼
而它是鱼竿。因此我哥哥“放手！
你啥也不懂，傻妞，放手！”的喊声
转变成我的大声哭叫。
可是我，或多或少用婴儿的抓握
那是在这样的树上返祖获得的——
古时候比如今最野蛮的母亲更野蛮的母亲们
把婴儿们双手吊挂在树枝上
来晾干、洗澡或晒黑，我不知道这些，
（你得去问一位进化论者）——
为活命我毫无怨言地挂在上面。
我哥哥设法逗我笑来帮我。
“你在天上那些葡萄中间做什么？

别害怕。几个葡萄伤不着你。
我是说，你不摘它们它们也不会摘你。”
我摘什么都有许多危险！
事已至此我乖乖地缩减成
一种“吊和让吊”的哲学。
“现在晓得是什么滋味了吧。”我哥哥说，
“正如人们所说的是一串狐狸葡萄，
它以为它已经逃避了狐狸，
因为它长在本不该长的白桦树上，
在狐狸想不到来寻找它的地方——
即使他发现了它，也够不着——
恰巧那时你和我来摘它。
只是你有几分胜过那些葡萄：
你多一个可以紧贴的树干，
而且对采摘者有更多抵抗的可能。”

我的帽子和鞋子先后掉了，
我依旧坚持着。我让头朝后，
闭上眼睛对着太阳，哥哥的废话
很不顺耳；“落下，”他说，
“我会用双臂接住你。这不高。”
（依他的身高可能不算高。）

“落下，要不我摇树把你摇下来。”
可我倔犟地默不作声，更往下坠，
一双小手腕拉长得好似班卓琴弦。
“哎呀，要是她不这么倔犟多好！
那就紧抓一会儿，等我想办法。
我会压弯这棵树让你下来。”
我搞不清楚怎么下来的；
可一旦我穿着长袜的脚感觉到地面，
世界便旋转着回到我身边，
我知道我久久地瞅着我蜷缩的手指，
直到终于伸直并把树皮擦掉。
我哥哥说：“你什么东西都不掂量吗？
下次得掂量掂量，那你就不会
被白桦树拐跑到外太空了。”

那不是因为我什么东西都不掂量
甚至于连什么事都不懂——
以前我哥哥一直比较正确。
而我还未迈出求知的第一步；
那时我还未学会放开双手，
就像迄今我还没有学会用心，
我不想要心也不需要的，

这些我明白。头脑不是心。
我也许还活着，正如我知道别人活着，
徒劳地希望放松头脑——
夜里无忧无虑，安然睡去；
但没有什么事情告诉我
我需要学会敞开心扉。

两个女巫

1. 库斯人[1]女巫

那晚我在山后边一座农场
借宿，主人是娘儿俩，
两个老迷信。他们聊个没完。

母亲：人们认为一个熟悉精灵的女巫
能把它们召唤来共度冬夜，却不会，
就应该在火刑柱或别的柱子上烧死。
召唤精灵不是喊“纽扣，纽扣，
谁拿到了纽扣”，我本该让他们知道。

儿子：妈妈能让一张普通的桌子竖起来
像军队的骡子一样用两条腿尥蹶子。

母亲：我这样做了有什么好处呢？
与其让我给你翻倒桌子，不如让我

1 居住在美国俄勒冈州西部的印第安人。

讲苏族[1]管理者拉勒有次怎么对我说的。

他说死人有灵魂，但当我问他

那怎么会呢——我认为死人就是灵魂，

他打破我的恍惚。难道不让你怀疑

有某种东西死人保留着吗？

是的，有某种东西死人保留着。

儿子：妈妈，你不想告诉他

我们在阁楼上有什么吗？

母亲：尸骨。一具骷髅。

儿子：可是妈妈那张床的床头板

抵着阁楼门：那门被钉住了。

它是无害的。妈妈夜里听见它

不知所措地停在门和床头板

这道屏障后面。它想要的是

返回地窖，它是从地窖出来的。

母亲：我们决不会让它们回去的，

1　苏族（英语：Sioux，苏语：Očhéti Šakówį），是北美印第安人中的一个民族。广义的苏族可以指任何语言属于印第安语群苏语族的人。

是吗，儿子？我们决不会！

儿子：四十年前它离开地窖，
向上搬运它自己像一摞碟子，
第一次飞行从地窖到厨房，
第二次飞行从厨房到卧室，
正好经过爸爸和妈妈面前，
你俩谁也没有阻止它。
当时爸爸上楼了；妈妈在楼下。
我还是婴儿：我不知道我在哪里。

母亲：我丈夫觉得我唯一的毛病——
是我还没上床就睡着了，
特别是在冬天，当床比冰
还冷、衣服雪一样寒的时候。
尸骨从地窖台阶上来的那天夜里，
托费勒早已独自上床，丢下我，
但让一扇门敞开使房间变冷，
以便按顺序把我赶出房间。
我正在慢慢醒来，醒到足以
想弄明白寒冷来自哪里，
我听见托费勒在楼上卧室，

我以为他在楼下的地窖。
春天地窖里有积水时，
我们放下木板，走在上面不湿鞋，
敲击着地窖的硬底。而后有人
开始上楼梯，每步两下脚步声，
就像个男人有一条腿、一根拐杖，
或带个小孩，走近。不是托费勒：
不是可能在那里的任何人。
盖板双开门上了两道锁，
受潮胀紧而且埋在雪下。
那是尸骨。我知晓它们——有充足理由。
我的第一个冲动是抓住把手，
撑住门。但尸骨没有试着
推门；它们茫然地在地上停住，
等着对它们有利的事情发生。
它们全都发出不安的瑟瑟声。
要是我想看它们这次行走是
怎样爬上来的愿望还不太强烈，
我决不可能做完接下来的事情。
我想象它们拼装在一起
不像一个人，而像一盏枝形吊灯。
于是我突然猛地打开他头上的盖板门。

他一时间激动得摇摇晃晃地站着，
几乎忘掉自己。（一条火焰的舌头，
忽然闪出，舔他的上排牙齿。
两只眼窝的凹穴里翻滚着烟雾。）
然后他伸出一只手来攻击我，
他活着时这样做过一次；但这次
我把那只手打碎在地板上，
我自己也往后一退，跌倒在地板上。
那些手指碎片滑得七零八落。
（最近我在哪里见过其中一块？
递给我纽扣盒——肯定在盒里。）
我在地板上坐起来，喊叫：“托费勒，
它要上楼到你那儿来了。” 从门到
地窖还是门厅，它有它的选择。
它图新奇进了厅门，由于我
刚才给它手上的一击，这样
一个慢腾腾的家伙却动作轻快，
在玄关里向四面八方乱窜，
它看起来像闪电或一笔狂草。
我听见它从门厅到那间唯一
装修完工的卧室，差不多爬上
楼梯时，我才从地板上站起来；

然后边跑边喊：“关卧室，
托费勒，为了我！”“有客人？”他说，
“别让我起来；我在床上太暖和了。”
于是我虚弱地趴在楼梯栏杆上
费劲地上了楼，而在灯光下
（厨房一直黑乎乎）我必须承认
我什么也没能看见，“托费勒，我看不见它。
但它跟我们一起在这房间里。它是尸骨”。
“什么尸骨？”“地窖里的尸骨——钻出坟墓。”
那让他把两条光腿伸出床铺
在我身边坐起来，抓住我。
我想吹熄灯，看看是否能看见
它，或挥舞镰刀似的砍割房间，
用我们蹲下时和膝盖齐平的胳膊，
把那堆白垩击倒。“我要告诉你——
它正在找另外一道门试试。
罕见的深雪让他想起
他的老歌《殖民地的野孩子》，
他过去常常在拖运道边唱。
他找一扇敞开的门好逃出去。
让我们打开阁楼上一扇门诱捕他。”
托费勒同意那么做，果真，

几乎在他动手开门的同时，
那脚步声开始登上阁楼楼梯。
我听见它们的声音。托费勒似乎没听见。
“快！”我砰的一声撞上门并抓住把手。
“托费勒，拿钉子。”我让他把门钉上，
并推床，用床头板来抵住门。
然后我们问阁楼上还有什么
我们又想到的东西。
阁楼跟地窖比对我们没那么要紧。
要是骷髅喜欢阁楼，让它们喜欢它吧，
让它们待在阁楼里。当它们有时
夜里走下楼梯，不知所措地
站在门和那张床的床头板后，
用白垩般的手指搔着白垩般的头盖骨，
听起来像百叶窗干燥的咔嗒声，
我在黑暗里坐起来说——
自从托费勒死后就无人可说了。
让它们待在阁楼里，既然它们去了那里。
我答应过托费勒对它们毫不留情，
因为帮它们就是对托费勒无情。

儿子：我们认为它们有座坟墓在地窖下面。

母亲：我们知道它们有座坟墓在地窖下面。

儿子：我们从来没有查明它们是谁的尸骨。

母亲：是的，我们也能，儿子。就这一次说实话吧。
它们是一个男人的，他父亲为我杀了他。
我是说他杀了一个男人，而不是我。
我能做的只是帮它们掘墓。
有天晚上我们在地窖里挖了墓。
儿子知道这事：但假使时候
已到，也不是由他来说出真相。
看我终结谎言，儿子看上去很惊讶，
这么多年来在我们之间保守着秘密
以至随时都准备对外人撒谎。
但今晚我不大愿意撒谎——
我不记得为什么我曾经愿意。
托费勒，要是他在这儿，我不相信
他能够告诉你为什么他撒谎……

她把纽扣都倒在膝盖上，
没找出她想要的手指骨。

第二天早上我核实了这个名字：托费勒。
乡村信箱上写着托费勒·拉维。

2. 格拉夫顿的乞丐女巫

既然他们已弄清楚我是谁家的人，
我将要说些他们不喜欢听的话：
他们弄错了，我能证明这一点。
有两个镇争着把我当作礼物
互相赠送，我肯定感到荣幸。
这两个镇都不能使我乐意给它们
消除灾祸。不管怎样，
雪上加霜永远是女巫的格言。
我会让它俩都雪上加霜——
你就看着我吧。他们将发现
他们已使一切都要重来，
那就是，假如事实是他们想要忽略的话。
他们凭借一份关于阿瑟·艾米
在沃伦镇三月集会上
投过奥格·里夫一票的记录，
就决定一个人的命运（不是吗？）。

今年我本可以随时告诉他们
跟我结婚的阿瑟·艾米不可能是
他们说的沃伦镇三月会上的
那个人，因为在他们说的
那个时候他还不满十五岁。
跟我结婚的阿瑟·艾米
只投过他曾经投过的几次票，
次数不多，在温特沃斯镇。
其中一次是受委托时，
来看看这个镇是不是想要接收
通往我们所住空地的拖运道。
我告诉你们谁记得——希曼·拉皮士。
他们的阿瑟·艾米是我的阿瑟的父亲。
所以现在他们已把这事拖上过法庭一次，
我想他们最好再拖上法庭一次。
温特沃斯和沃伦都是居住的好城镇，
只是碰巧我更喜欢从现在起
住在温特沃斯；说到底
对的就是对的，当我通过这样做
能够伤害某个人时，做得对的诱惑
对我来说总是过分，已经这样了。
我知道有些人会得意于

在他们镇上有一位著名女巫：
但大多数人将不得不考虑开销，
连我的也在内。他们应该知道，
作为一个女巫我得经常挤蝙蝠奶，
而且那要够持续好几天。
这会让我的地位更牢固，想想看，
是不是我要答应提供某种证据，
让人更确信我是一个女巫？
不是没有证据，我猜，当迈勒斯·休斯
说在他年老时我带他出去，
并骑在他驮着的所有东西上，
直到我把他折磨得只剩皮包骨，
要是我在一个镇公所前面让他抱怨
没盖毛毯，我就会让他在格拉夫顿郡
每个镇公所前面都抱怨。
有人责备我不给他盖毛毯，
这可怜的老头子。这本来很好，
假如有人不曾说他啃咬拴马桩，
他站在旁边并留下他的标志，
以便他们能够一眼认出来。
他们能听说的所有拴马桩都被啃咬过。
他们让他不停啃咬直到他发牢骚。

然后那同一个自作聪明的家伙说，
瞧，敢打赌休斯有啃槽癖，啃咬过
他出生时睡的婴儿床。
他们发现他啃咬过四根床柱子，
四根床柱子都成了碎片。那证明了什么？
并不证明他没啃咬过拴马桩，
而且他说他干过。因为，一匹
在马厩里啃咬的马对我并非没有证据，
他也不啃咬树木、拴马桩和栅栏。
可大伙都把这当作证据。
那时我是个二十岁的健壮姑娘。
这个自作聪明、弄糟一切的家伙
是阿瑟·艾米。你知道他是谁。
就那样他开始向我献殷勤。
我们结婚后他从不多说，
但我不相信，对他干涉休斯的事情
他一点也不感到得意。
我猜他觉得凭着拥有我这个巫婆，
从我身上得到了更多东西。或是什么事
碰巧让他转变了。他开始说着些
要抹掉他以前所为并把它纠正的话，
譬如，“不，她还没从飞升中回来。

昨晚是她外出的一晚。她在飞升。
她认为风能狂欢一夜
她也能同样痛快地玩”。但他最喜欢
透露他被我折磨得要死：
要是任何人见过我跨坐着
扫帚把，翻过屋脊回家，
像他在黑夜将尽时经常所见那样，
他想他们就会知道他不得不忍受的东西。
好了，我显示给阿瑟·艾米的证据够多了，
从我们能够尽力维持的房屋，
从用七年的全部雨雪都冲洗不掉
耕地的牲口棚气味里；
我不是说只是穆西牢克山上罗杰斯
游骑兵的头骨，而是女人给男人的证据，
只有着魔我才会让他更持久。
在树木变得矮小、苔藓很高的地方，
我让他给我采摘湿漉漉的雪果，
在瀑布旁滑溜溜的岩石上。
我让他为我在黑暗中做这事。
而他喜欢我让他做的一切。
假如此刻他在看见我的地方，我希望
他离远些，看不见我变成什么模样。

你能从拥有一切落到一无所有。
只是，当我年轻并朝气蓬勃时
我是否会知道这就是结局，
看来好像我不会有勇气
那么放肆并踢人们的脸。
我可能有过，但看起来好像没有。

空虚的威胁

我留下；
但这好像不是
永远没有哈得逊湾
和毛皮贸易，
一叶小艇
和一只桨板。

我能看见我的帐篷钉桩了，
我在地上，
盘着腿，
一个捕猎者在门口朝里张望
要卖毛皮。

他名叫乔，
别名约翰，
他不知道
或不愿说
亨利・哈得逊的去向，

我不能说他很有帮助；
但我们继续买卖。

海豹尖叫
在一块浮冰上。
不是把人错当作海豹吧？

不，
连个魂儿也没有
在我和北极之间
为我挡挡风——

永远只有约翰-乔，
我的法国人印第安人爱斯基摩人，
而他去设陷阱
也许在一个他的自我中。

摇摇头吧
面对完全被抛弃
在雪和雾中

几乎不存在的海湾，

我就要说话，

为了上帝、人或野兽，

不过也许是为了这三者。

别问乔

这对他意味着什么。

对我它意味着的东西

有时模糊，

除非它是

指老船长黑暗的命运，

在两千英里的海滨

他未能发现或闯过一道海峡；

而船员们把他丢在失败的地方，

他的航行一无所获。

对这样一个幽灵，

它要说："你和我——"

"你和我

离开这里

随着绝种的大海鸦！”
而且，“要是洞明世事，
失败几乎就比
有疑问的人生成功好，
那种需要没完没了地说，说
来声称的成功”。

残缺的蓝

为什么让这么多残缺的蓝
在鸟、蝴蝶、花朵、宝石上，
以及睁开的眼里，随处可见，
当天堂以纯色成片地呈现?

也许，因为尘世是尘世，不是天堂——
虽然一些学者说地球包括蓝天；
迄今为止在我们头顶蓝是那么高，
它只能磨砺我们追求蓝的心愿。

火与冰

有人说世界将终结于火，

有人说终结于冰。

从我已尝过的欲望来说

我站在偏向火者一边。

但如果世界不得不毁灭两次，

我想我对恨很了解，

可以说用于破坏

冰就够了

也同样厉害。

在废弃的墓地里

生者来到荒草覆盖的石阶
阅读山上林立的墓碑；
墓地依旧吸引着生者，
但永远不再吸引死者。

念了又念墓碑上的诗：
“活着的人们今天到来
读读碑文然后走开
明天死者会留下来。”

大理石韵对死神确信无疑，
却情不自禁总是注意
为何没有一个死者来呢。
人们畏缩的是什么东西？

要点小聪明非常容易
告诉墓碑：人们讨厌去死，
现在永远不再有死亡。
我认为它们会相信这个谎。

雪尘

一只乌鸦
把雪尘
从铁杉树上
抖落我一身。

让我的心情
蓦然一变，
部分地挽回了
我懊悔的一天。

金贵之物难久留

大自然的初绿是金色，
最难保持她的色泽。
她的新叶是花朵；
不过转眼就衰落。
然后叶子消退成叶子。
伊甸园沦陷于悲伤里，
黎明坠落成白昼。
金贵之物难久留。

逃遁

那年当雪开始降落时，一次，
我们停在山上牧场边，问："谁的小马？"
一匹小摩根[1]把一只前脚搁在墙上，
另一只蜷在胸前，他将头一低
冲我们喷响鼻，然后惊慌地逃走。
我们听见他逃去的地方雷声隐隐，
我们看见他，或以为看见他，模糊而灰暗，
像一道影子映在飘雪的帘幕上。
我以为这小家伙害怕雪。
他不曾过冬。这小家伙
根本不是闹着玩的。他正在逃跑。
我猜即使他妈妈能告诉他："哎呀，
这只是天气变化。"他会以为她不懂！
他妈妈在哪儿？他不能独自在野外。
现在他回来了，伴随着石头的咔嗒声，
又爬上墙，眼睛、整条尾巴
除直竖的短毛都变白了。

---

1 摩根（**Morgan**）：即摩根马，美国佛蒙特州一种轻型马。

他抖着他的毛发，像要抖掉苍蝇。
“无论是谁把他丢在野外这么晚，
当别的动物已回栏归棚时，
都应该被叫来带他进去。”

目的是歌

在人来教它吹以前
　风曾自己吹，未经训练，
夜以继日竭尽全力
　在它遇到的任何粗糙之地。

人来告诉它什么是错误：
　它没找到可吹之处；
它吹得太费劲——目的是歌。
　听着——它应该如何！

他吸了一口气在他嘴里，
　用足够长的时间把它控制
为将北风转变为南风，
　然后按分量吹出口中。

按分量。那是音符和词，
　风，是风原本要成为的样子——
通过嘴唇和喉咙一点点吹出。
　目的是歌——风能够领悟。

暮雪林边逗留

我想我知晓这是谁的树林，
他家就住在附近的乡村；
他不会看见我逗留这儿，
观赏他白雪皑皑的树林。

我的小马必定觉得疑难：
驻足的地方杳无人烟，
在树林与冰湖之间，
一年中最黑的傍晚。

它摇了一下挽套上的马铃，
对有没有弄错表示询问。
除此之外唯一的声音，
是微风和雪片掠过头顶。

树林是可爱的，深邃而幽暗。
而我要遵守我的诺言，
在睡觉之前还有几里路要赶，
在睡觉之前还有几里路要赶。

仅此一次，那时，某物

别人嘲笑我跪在井栏边
总是错对光，所以从来看不见
井里更深处，只看见水返还
给我，一幅闪闪发光的画面。
我，在夏日天空里，上帝一般
从蕨和云朵的花环中探望。
一次，我试着用下巴靠在井栏时，
我看出了，如我所想，画面另一边，
透过画面，一个白色物体，不确定的，
更多属于深渊的东西——然后消失了。
水涌来以制止太清澈的水。
一滴从蕨上落下，瞧，一圈涟漪
晃动井底的东西，无论它是什么，
使其模糊，将其抹去。那种白是什么？
真理？一块石英？仅此一次，那时，某物。

蓝蝴蝶日

这是春天里的蓝蝴蝶日，
而随着这些天上的雪花纷纷飘落，
翅膀上的色彩更纯粹，胜过
若不匆忙将连日展现的花朵。

但这些是飞翔而不歌唱的花儿：
此刻已从欲望里解脱超越，
它们在风中翕翅栖息，依恋于
新近划破四月泥潭的车辙。

袭击

一向如此，在命中注定的夜里
积聚的雪终于倾泻，在黑暗的森林中
或许显得分外洁白，携带着
一首一整冬都不会再唱的歌
在还未覆盖的地面嘘嘘地吹。
我上下察看，几乎张口结舌，
像一个被末日压倒
放弃使命的人，在他所在的地方
让死亡降临身上，他没做过
任何坏事，也没赢得重要胜利，
简直就像人生从未曾开始。

可是所有的先例在我一边：
我知道冬天的死神从未试探
大地，但它已失败：雪将堆积
在漫长的暴风雪里，不会漂移，
将枫、桦和橡树掩四英尺深，
但无法击退小鸟银亮的呱呱叫声；

我将看到所有积雪从山上滑落
在四月小溪的涓涓细流里
闪动着尾巴，穿过去年枯萎的灌木丛
和死草，像一条消失的蛇。
将没什么白色留下，除了这儿一株白桦，
还有那儿一座教堂和几户人家。

面向大地

唇上的爱曾是我
能够承受的甜蜜接触；
而一旦甜蜜似乎过多
我就靠空气来活

那从甜蜜物里透过我的空气，
流的——是麝香？
从隐秘的葡萄藤里涌出，
黄昏时流下山岗？

我感到眩晕而疼痛，
由于金银花的喷雾。
它们被采摘时摇落
在关节上的露珠。

我渴望强烈的甜蜜，但那些
在我年轻时似乎强烈；
玫瑰的花瓣

曾使我痛入骨髓。

此刻没有快乐但缺乏刺激
——不曾掺入痛苦、
厌倦和错误；
我渴望污点般的

眼泪，近乎
太多爱的痕迹，
苦涩的树皮和燃烧的
丁香的甜蜜。

僵硬、疼痛、伤痕累累时
我就把我的手收起
重重地倚靠
在草和沙里，

伤痛不够：
我渴望重与力
以感觉大地之粗野
以我整个身体。

再见，保持寒冷

在黑暗与寒冷的边缘，对
树皮青嫩的果园说再见。
让我想起，在农场尽头
可能伤害果园的一切。
整个冬天，被山丘从房屋隔断。
我不想让它被兔子和老鼠围绕，
我不想让它被吃草小鹿做梦似的
啃咬，我不想让它被松鸡啄掉嫩芽。
（要是能确定叫喊不是徒劳，
我会把松鸡、兔子和小鹿叫到墙边来
然后用棍棒代替枪，警告它们离开。）
我不想让它被太阳的炎热搅扰。
（我希望，把它摆放在山坡上，
让它没有生命危险。）
果园不会因极寒风暴而更糟；
但有一件事，就是决不能变暖。
“年轻的果园，已经说过多少次了，
保持寒冷。再见，保持寒冷。

担心五十度以上而不是五十度以下。”
我得离开大约一个季节。
一会儿我就忙于另外的树木，
不必这么小心照料，结的果也不多，
就这样成了，用一把斧头对付——
那些枫树、桦树和落叶松。
希望我能够保证夜里躺下，
想到果园树木的困境
此时缓慢地（无人提灯前来）
它的心更低地沉入泥土。
可有些事情不得不留给上帝。

冬天找寻日落之鸟

西边的金色晚霞正在消逝，
空气的流动已因寒冷而凝滞，
漫步回家时从白茫茫雪原穿过，
我想我看见一只鸟儿飞落。

夏日里当我经过此地，
我得停下把脸抬起；
一只鸟儿携带天国的礼物
是歌唱，甜美而又疾速。

现在没有鸟儿在歌唱。
一片孤叶挂在树枝上，
而那就是绕树转了两圈
我在这里的全部所见。

在山上凭借有利地势，
我断定如此水晶似的寒意
不过是雪上加霜，

如金子镀金不会增光。

画笔曾留一道弯曲的笔触，
那是缥缈的云彩或烟雾
横跨蔚蓝天空从北向南；
一颗穿过的小星倏忽不见。

厨房烟囱

建造者，盖这栋小房子时，
各方面你都可以随你喜欢；
但厨房烟囱得让我称心如意：
别给我把烟囱盖搁板上面。

不管多远你都必须去运砖，
无论它们要一磅还是一块，
但给我买够，一整根长烟囱，
烟囱要完全从地面建起来。

这不是因为我很害怕火，
但我从未听说房屋兴旺过
（我知道不兴旺的有一座）
在那儿烟囱在火炉上面开始做。

我害怕焦油不祥的污点
总是粘在贴壁纸的墙面，
还有雨水里下沉的烟火味

——烟囱盖错时总难免。

放钟表、花瓶或图画的搁板，
我不懂为什么它该将烟囱承受
——只会有助于让我想起
我曾在空中建造的城楼。

收集落叶

用锹铲落叶
不比用勺更好，
装满一袋袋
轻如气球飘。

整天我弄出
沙沙的大声响，
像兔子和小鹿
逃窜一样。

但我举起的山
挣脱我的拥抱，
溢出我的胳膊
把我的脸扎到。

我会装装卸卸
无数次忙活，
直到塞满棚子，

那时我所得几何？

几乎没有重量，
几乎失去光泽，
因为与土地接触，
变得更黯然失色。

几乎没有用处。
但收获是收获，
谁能说在哪里
该停止收获？

担忧

都在喊：“啊，风，我们要跟你走！”
这棵植物追随他，从茎秆到叶子；
但一阵睡意在走动时压迫它们，
于是停止，请求风跟它们待在一起。

自从春天它们萌芽迸发以来，
叶子们曾对自己许诺做这次飞翔，
现在却乐意寻找避风墙
或灌木丛或过夜的坑凼。

而此刻它们对疾风的召唤
答以越来越暧昧的滚翻，
或至多一点儿不情愿的旋转，
落下处离它们的原地不远。

我只是希望当我像它们
一样自由时，去寻找
超越生活局限的知识，
对我也许不歇息更好。

一棵横倒在路上的树

（为听我们说话）

这棵树，带着树木咔嚓声的暴风雨
将它吹倒在我们面前，并非
永久挡道，阻拦我们抵达行程终点处，
而只是质问我们，以为自己是谁

总是这样坚持在自己的路上。
她喜欢把我们阻止在跑步者的足迹里，
让我们下来在一英尺深的雪中
争论没有斧头能做什么呢。

然而她知道阻挡徒劳无益：
我们不达到最终目的决不会罢休。
我们已把它藏在心里，
不是必须通过极点来抓住地球。

而且，厌倦了无目的地原地打转，
直接追随某个东西驶入空间。

我们歌唱的力量

雪落在春天干燥而温暖的土地上，
雪花找不到能落脚成形的地方。
为使土地又冷又湿，纷纷耗尽自己，
还是失去最后的容身之地。
没有在黑色上留下白色印记。
仿佛土地把它们送回，转瞬消失。
直到夜里，零星的雪花
变成碎块细条的褴褛白大褂，
才使得草地和花园承认下雪，
除了道路全都返回隆冬季节。
第二天是积雪蓬松、死寂的风景。
青草在巨大的践踏下已被夷平。
高瘦的枝条沉甸甸耷拉，
几乎生根，盼望着果实垂挂，
把雪球盛在所有绽放的花骨朵里。
道路孤零零，在泥泞里维护自己，
无论它的秘密是来自地火，还是
过往脚步的摩擦有更大的热力。

春天，向死而生的歌手们
在很多地方用歌声补偿我们。
画眉、蓝鸟、燕八哥、麻雀和知更鸟成群；
有些再往北飞到哈得逊湾，
有些已飞得太北了就此回返，
实际上极少筑巢逗留。
让这些鸟如何喜欢这场迟来的雪：
原野没留下任何地方让它们安歇；
它们很快会在飞翔中疲惫不堪；
那些树，它们试一下就够险，
触发的雪尘几乎将它们掩埋。

它们会发现只有道路敞开。
于是在那里它们收窄生活范围，
坏天气使千万只鸟儿成了同类。
路变成小河，流动的鸟儿三五成群，
羽毛光鲜，如翻过石头的波纹。
我的脚步把它们赶得惊惶逃逸

却不离地面，执意留在原地，
简直就像跟我争夺路权一样，
叽叽喳喳地说它们必须歌唱。
有几只必定被我已赶得绝望
飞闪到一旁，但腾空而上
只在大大小小白色枝条间转一圈，
就温顺地回到我这驱赶者面前，
宁愿忍受噩梦似的再被驱赶。
仿佛树林是有太多雕刻的大理石厅，
拍错翅膀就会让一切碎为齑粉，
这样一场风暴一辈子教不会它们：
若是退到追赶者背后就追不到它们；
没一只飞我身后变得孤零零。

哦，一场暴风雪展现了某种东西，
乡村歌唱的力量因而聚集，
思想被压抑，随气候变忧郁，
依然准备着一旦自由，就歌唱
从根和种子里催野花绽放。

没锁的门

许多年过去了，
终于响起叩门声，
而我却想到
无锁可锁的门。

我吹灭灯，
脚尖踮得高高，
举起双手
对着门祷告。

但敲门声又响起，
我的窗户敞开；
我爬上窗台
跳到窗外。

再回头翻过窗台，
我吩咐一声“请进”
无论那是谁

在敲我的门。

于是在一记敲门声里
腾空我的小巢
隐身于尘世
逐年变老。

精通乡下事之必要

那座房屋已经灰飞烟灭，
再带给午夜落日余晖。
现在烟囱是它留下的一切，
像花瓣落光后独剩花蕊。

谷仓与烟囱隔路相对，
倘若依了风的意志，就会
跟房屋一道烧毁，留下
且将遗弃的地名承接。

它不再把一面全部敞开
迎着石子路上一队队人马奔来，
以急促的蹄脚把地面敲打
随着夏日装载擦过草堆。

鸟儿掠过空中向它飞去
从扇扇破窗飞进飞出，
它们的呢喃与我们的叹息何其相似，

都是因为太久地栖居于某处。

但为了它们丁香萌发新叶，
还有老榆树，虽然曾被火伤及；
干涸的水泵扬起一只笨拙的手臂；
篱笆桩被系上一条铁丝。

对于它们真的没什么悲伤。
虽然在留下的巢里欢欢喜喜，
一个人必须精通乡下事
才不相信燕雀会哭泣。

✴ 西流的小溪 ✴

春潭

这些潭水虽被森林深深遮掩，
依然映出完美无缺的蓝天，
像潭边野花瑟瑟战栗，
也跟野花一样转瞬即逝，
但未随小溪与河流走出森林，
却渗入树根焕发起浓密绿荫。

将清泉汲入幽闭苞蕾里的树木
夏季遮天蔽日葱葱郁郁——
让它们好好思量吧，思量两遍，
在用力饮尽潭水、扫落花儿之前，
这些花儿似的水，水似的花儿
都是出自昨日才融化的雪。

花园里的萤火虫

真正的星星缀满头顶天空，
地上闪现仿效的昆虫，
虽然它们的大小从来比不上星星，
（它们本来就不是真正的星星）
有时开始酷似星星，简直让人难以分辨，
不过，当然，它们无法将这角色扮演。

忠诚

心想不出有何种忠诚
比得上海岸之于海洋——
守着始终如一的曲线，
数着永远重复的波浪。

悄然离去

在高处树叶自由的喧闹里，
叫喊如同叹息一样徒劳无益。
你高高在上，究竟是何方神圣，
跟阳光和微风嬉戏于树林的阴影？

你深知你还不如珊瑚兰，
它满足于低处有微弱光线，
而它自己根本没有叶子；
有斑纹的花朵谦卑地垂低。

你抓住树皮，其褶皱粗糙，
从森林脚下查阅渺小。
一片孤叶舒展开来，轻轻落地，
两面都没有写你的名字。

你消磨一小会儿然后离去，
树木依旧在上面把叶子掸拂，
甚至也不思念那朵珊瑚兰——
你曾将它当作这时光的纪念。

匆匆一瞥

给里奇利·托伦斯[1]

最近读其诗集《金苹果园》有感

我常从飞奔的车厢里望见野花灿烂，
还没等我辨认出就已消逝不见。

我想下火车，回到望见野花的地方，
看看究竟是什么花开在铁轨旁。

我叫那些花，用明知不对的花名；
因为火龙草不喜爱烧过的树林——

不是风信子，它常常装点隧道口；
也不是生长在沙里耐旱的羽扇豆。

难道是某种掠过我脑海的
地球上永远无人发现的东西？

一瞥里瞬间闪现的天堂，只让
观者远望而不能近前欣赏。

1　里奇利·托伦斯（1874—1950）美国诗人，编辑。

一份黄金

尘土总是在镇上到处飞扬，
除了海雾将它压下的时光，
我曾是那些孩子中的一个，听信
有些扬起的尘土是黄金。

所有尘土被风吹上高空
像黄金出现于日落的天穹，
我曾是那些孩子中的一个，听信
有些尘土是真正的黄金。

这就是在金门海峡的生活：
吃的喝的全都是黄金粉末，
我曾是那些孩子中的一个，听信
“我们必须吃自己的一份黄金”。

接受

当耗竭的太阳在云上吐出光线
将燃烧降落到下面的海湾，
大自然一片沉寂，没有声音叫喊
这发生的一切。至少鸟儿们
一定知道天空变成黑暗。
某只鸟悄悄地在肚子里咕哝，
她开始闭上一只暗淡的眼睛；
某个流浪者发觉离巢太远，
便匆匆低飞到果园，及时
扑向他记得的树枝。
他顶多思忖着，或轻柔地啼唤：
“让夜变得更黑暗笼罩我吧。平安！
让夜黑暗得我看不见未来景象。
让它该是怎样就是怎样！”

曾临太平洋

碎浪发出模糊的喧嚣，
巨浪看波涛高过波涛，
思索着对海岸做一些事，
那是水从未对陆地做的。
天空云朵低垂，毛茸茸的，
像吹到眼前的几绺发丝。
你难以言喻，然而看似
岸很幸运地背靠海边峭壁，
而海边峭壁又背靠大陆；
似乎有黑暗意图的夜正在到来，
不只是一个黑夜，而是一个时代。
人们最好为应对狂暴做好准备。
这里将有比海啸更大的灾难，
在上帝最终说出“熄灭光”之前。

倒伏

雨对风讲：
“你推，我猛降。”
它们就这么袭击花床——
那些花儿实已跪在地上，
而且倒伏了——虽然没死亡。
我知道花儿们感觉怎样。

一只小小鸟

我希望一只鸟飞走，
别整天在我屋旁唱个不休；

我从门里冲他拍手，
当我近乎忍无可忍的时候。

必定有部分错误在我这边。
鸟儿不该为他的音调受责难。

当然，准是哪里出了问题
——想要使任何歌声沉寂。

孤寂

从前我在哪里听过这风
变得这样像更深沉的吼鸣?
是什么要我伫立在那儿,
一直敞开着不安的门,
俯瞰山下泡沫翻卷的海滨?
夏日过去了,白昼过去了。
西边聚集起阴郁的乌云。
外面门廊下垂的地板上,
落叶卷成团嘶嘶地飞升,
盲目袭击我的膝盖,擦边而过。
音调里有种不祥的东西
告诉我我的秘密定为人知:
莫名其妙必已传开消息,
说我独个儿待着不出家门,
说我独个儿过一辈子,
说我除了上帝没留下一人。

窗边的树

窗边的树，窗树，
夜幕降临时关上窗户；
但让我永远不在你我之间
拉下窗帘。

模糊的梦之头从地面抬起，
最靠近的物体弥漫成云，
你轻灵的舌头高声谈论
所言并非都很高深。

但是树，我看见你被剥夺被摇曳，
而假如你在我睡眠时看见我，
你就看见我被剥夺被劫掠，
失去一切。

那天她让我们的头挨在一起，
命运女神曾有关于她的想象，
你那么关心外面的风雨雪霜，
我只关心内心的天气。

和平的牧羊人

要是能再造天堂，
那么就倚靠着牧场栅栏，
我勾勒出那些人物的轮廓
在点点繁星之间。

我应该倾向于忘记，
我害怕，统治的王冠，
交易的磅秤，信仰的十字架，
几乎不值得复原。

因为这些已支配我们的生活，
看见人们如何争战。
十字架、王冠、磅秤都同样
已成为刀剑。

冬日伊甸园

一座冬日花园在桤木沼泽里，
野兔们跑出来晒太阳、游戏，
它可能近乎跟天堂一般，
雪未消融，树刚刚冬眠。

它在一层积雪上将万物举起，
一个水平面高过下边的土地，
一个水平面更接近头上的天堂，
去年的浆果闪耀着猩红色的光。

它举起一只枯瘦却快活的野兽
在某棵野苹果幼嫩的树皮上头，
他能伸展并表现最高超的技艺，
证明什么才是该年最高环带标志。

这样接近天堂因而终止了所有交媾：
没有爱情的鸟儿们聚成冬日好友，
满足于探查萌芽。他们推测说

这些萌芽是叶子，而那些是花朵。

一支羽毛锤发出两声敲击。
这伊甸园的白昼结束于两点钟时。
冬日的白昼时光也许看上去太短，
不值得生命醒来游戏一段时间。

洪水

血比水更难堵住。

正当我们以为已把它安全地禁闭

在新筑的重重墙壁之后（这让它激怒！），

它在某场新的大屠杀中突围而出。

我们决定说，这是被魔鬼释放的；

但血本身的力量释放鲜血。

它凭借势如洪水之力

渐渐蓄积到如此反常的高度。

无论勇敢与否，它都会决口。

战争的武器与和平的工具

不过是它找到的出路。

如今，它再次成为滔天海啸。

当它席卷之时，峰巅树叶也染上血污。

哦，血将汹涌而出。无法堵住。

熟悉黑夜

我是一个早已熟悉黑夜的人。
我在雨中出门——又在雨中回来。
我到过远离街灯的郊外乡村。

我俯瞰过最凄惨的城市小巷。
我经过打更的巡夜人身旁，
不愿去解释我为何垂下目光。

我曾静静站立，止住脚步声
当远处一阵断续的叫喊
从另一条街上传来，越过屋顶，

但不是说再见，或唤我回去；
而更远处，在神秘的高度，
一面发光的钟映衬着天幕，

时间不错也不对，它宣称。
我是一个早已熟悉黑夜的人。

美人该是挑选者

一个声音说："把她扔下去！"

众多声音："扔下多远？"

"七重天。"

"我们有多少时间？"

"花二十年。
她竟拒绝既有财富又有荣誉的可靠爱情！
美人该是挑选者，对吗？
那么让她们挑！"

"那么我们就该让她挑？"

"对，让她挑。
承担起由她挑之外的责任。"

无形的手拥挤在她肩膀
准备重压在她身上。
可她依然站得笔直，
宽阔的圆耳环，缀满珍珠的黄金和黑玉，
还有又大又圆的胸针之类，
她的脸颊鲜红，
她自豪，也是朋友们的骄傲。

那声音问：“你们能让她挑吗？”

“能，我们能让她挑，还要获得成功。”

“用些欢乐来办吧，让她永远无可非议。
她的婚礼成为她的第一种欢乐，
虽然一场婚礼，
有些事情——他们，她和她知道得不多。
之后她的下一种欢乐
虽然她悲伤，她的悲伤是秘密：
那些朋友一无所知令她羞愧。
她的第三种欢乐，虽然他们还是会知道，
但他们在太远的地方自得其乐
不多想，也不多关心。

给她两膝一边一个孩子是第四个欢乐，
讲一次且只讲一次，让他们永不忘记，

她曾经怎样光彩照人地行走啊，
让他们在冬天的火光中看见那种光彩。
但给她些朋友，那时她不敢说，
那时他们也不信。
而她的下一个欢乐就是：
她从未屈尊告诉他们。
让她在最卑微的人中间，
甚至还不如最卑微的人。
因她的过去无望被人了解
因她的现在不为人爱，
给她安慰作为她的第六种欢乐，
让她认识到她失败于
对生活之道的陌生，
她来得太高，学得太迟。
然后派某人亲眼看看，
对她的处境感到惊讶，
而且惊讶地问她为何来这儿，
但没时间留下来听她的故事。
她最后的欢乐，是她倾心于此人

以至于几乎脱口而出。
你们知道——共七种欢乐。”

“相信我们。”众多声音说。

西流的小溪

“弗雷德，哪里是北？”

“北？北在那儿，亲爱的。

小溪向西流。”

“那就叫它西流的小溪。”
（至今人们叫它西流的小溪。）
它以为自己在做什么，它在向西流
当所有的其他乡间小溪都向东
流到海洋时？必定是这条小溪
能坚信自己去走相反的路。
就像我和你——你和我——
因为我们是——我们是——
我不知道我们是什么样的人。
“我们是什么样的人？”

“青年还是新人？”

“我们一定是什么人。
我们说过我俩。让我们改成我们仨。
当你和我彼此结婚，
我们双方都将与小溪结婚。我们将建造
跨越小溪的桥，而桥将成为
我们的手臂，放在它上面，睡在它身边。

瞧，瞧，它用波浪向我们招手
好让我们知道它听见了我的话。”

“嗨，亲爱的，
那波浪一直回避着这突出的岸——”
（黑色的溪流，碰上一块沉没的岩石，
它自身在一道白浪里向后翻腾，
而白水永远骑着黑水，
不增也不减，像一只鸟
从它胸脯的挣扎里落下白羽毛
点缀了黑暗的溪流，点缀了其下游
更黑暗的潭，终于被冲得起皱
在一条衬托远岸桤木的白围巾里。）
“我要说的是，自从河流在天上
被造成以来，那波浪一直回避着

这突出的岸，它并不是对我们招手。”

“它不是，然而它是。假如不是对你
它就是对我——用一种通报的方式。”

“哦，假如你把它放到女儿国，
譬如亚马逊女战士的国度，
我们男人必须送你到那边界
把你留在那里，我们自己被禁止入内——
这是你的小溪，我不再说了。”

“是的，你也已说了。继续说。你想到的事情。”

“说起相反事物，看那白浪里，
小溪怎样跟它自己背道而驰。
它来自那水中我们来自的地方，
早在我们起源于任何生物之前。
我们在这里，迈着急迫的脚步，
回溯开端的开端，回溯
万事万物都流逝的溪流。
有人说存在像是一个皮耶罗和

一个皮耶罗蒂[1]，永远在原地，

站立、舞蹈，但却流逝，

严肃而悲哀地流逝，

用空虚填充深渊的空隙。

它在我们身边流逝，在这溪水里，

但它也在我们之上流逝。它在我们之间流逝，

在恐慌的时刻分开我们。

它在我们之间、之上跟我们一起流逝。

它是时间、力量、声音、光、生命和爱——

甚至流逝着无实质的实质；

死亡的宇宙洪水

耗费于虚无——而且不可抗拒，

除非凭它自身某种奇异的反抗，

不只是迂回，而且是抛回，

就像内心懊悔，而且是神圣的懊悔。

它就这样逆流而行抛回它自己。

所以它的大部分跌落总是

稍微升起，稍微抬高。

我们的生命在时针的抬高中跌落。

小溪在我们生命的抬高中流下。

---

1 法国哑剧中的两个典型角色。后来引申为芭蕾舞的脚尖立地旋转。

太阳在小溪的抬高中沉落。
还有些东西抬高太阳。
就是这种朝着源头的逆向运动，
溯流而上，我们大多数人看见自己，
是水流献给源头的礼物。
实际上我们起源于此。
我们几乎全是。”

　　　　　　　　　　“今天该是
你说这些话的日子。”

　　　　　　　　　　“不，今天该是
你说了这条小溪叫西流小溪的日子。”

“今天该是我俩说这些话的日子。”

沙丘

海的波浪碧绿而潮湿，
但从它们死去的地方，
更辽阔的波浪涌起，
那些波浪干涸而棕黄。

它们是海造的陆地，
伸展到渔民小镇，
在她结实的沙里
埋葬淹不死的人们。

她也许不了解人类，
却熟悉海湾和海角，
假如要做些形态的改变，
她希望把心灵切掉。

人们留给她一条船去沉没：
还可以留给她小屋一座；
而因为又一次丢弃外壳
却能更自由地思索。

巨犬座

那只占上风的大狗
那头天上的野兽
眼里闪亮着一颗星
在东方翻筋斗。

他竖立起来舞蹈
一路向西
一次也没有放下
他的前爪休息。

我是可怜的斗败了的狗，
但今夜我将要怒吼，
轻快地穿过黑暗
随着那只天狗。

一个士兵

他就是那杆掷出后落下的长矛，
从此躺倒在地里，凝露、生锈，
但仍然尖利，如它犁开尘土之时。
假如我们沿着它环顾世界，
看不见什么值得做它的靶子，
那是因为我们像人们一样凑得太近，
忘记要依照这颗星球进行调整，
我们的投掷物总是划太短的弧线。
它们落下，撕开草地，与地球曲线
相交，然后撞击，折断自己；
它们使我们畏缩于石头上的金属尖。
但我们知道，障碍阻挡
倾翻身体，就继续投射精神
远远超越曾经露头或闪亮的靶子。

移民

所有这些扬帆和喷吐蒸汽的船舶
把人民越来越多地聚在我们跟前，
无一不是由满载最初移民的五月花号[1]
在梦里成为她渴望的护航船抵达彼岸。

1　英国清教徒首次去北美殖民地所乘之船名。

汉尼拔[1]

即使曾经有目标也已失去了，
每一个目标都失去得太久了，
或者那诗歌和青春挥洒的热泪
随着时光流逝都显得徒劳?

1 汉尼拔（公元前247—前183），迦太基名将、统帅。

乘法表

沿山口往上一多半有一眼泉，
一只饮水的破杯子丢在泉边，
不管那个农民是不是喝过，
他的母马一定注意到这场所，
把轮子转到泉边栅栏停歇，
扭过她缀着一颗星星的前额，
绷紧肋骨发出一声深长唏嘘；
对此那农民就会这样答复：
“一声叹息等于很多次呼吸，
而一次死亡等于很多声叹息。
这就是我常常告诉老婆的话，
这就是生命的乘法。”
这说法也许非常正确；
但这种事情只能由你说，
而不是我，或其他人说，
除非我们的目的是造成伤害，
而且我知道没有更好办法来
堵塞道路，放弃农场，

让人类生育的人口稍减，

把人的地盘归还给大自然。

投资

回到那个他们说凑合过的地方，
（你不能说是生活，因为那不是），
一座很老很老的房子，新刷了漆，
屋里在弹钢琴，琴声响亮。

外面犁过的地里有个挖掘的人，
迎着寒风呆站在挖出的土豆中间，
数着冬日晚餐，一堆一座小山，
用半只耳朵听激昂的琴声。

身后那里又是钢琴又是新漆，
莫非是突然发了一笔横财？
或是年轻爱侣以某种奢侈示爱？
或是老情人满不在乎的冲动所致？

不因受不了成为夫妻的压力而沉沦，
就得让生活有点色彩和琴声？

最后一次割草

有个地方叫“远方牧场”，
我们再也不会去割草，
或许在农家是这样说：
那牧场和人的缘分已了。
那么现在就是野花的机会，
不用再怕割草人和耕种者。
必须是现在，趁当令时节
草不割树木会很快长起来，
树木一旦看见这片空地，
其绿荫主张就所向无敌。
我所担心的是树木疯长，
野花在树荫里无法绽放；
我不再担心人的张狂，
牧场完成了种植使命。
这地方暂且属于我们，
给你们，哎，喧闹的野花，
去那里恣肆地怒放撒欢吧，
千姿百态、五颜六色的花儿，
我不必喊出你们的名字。

出生地

从这里往前到山坡上
几乎毫无希望的地方，
我父亲创业，围起一眼泉，
把所有东西都圈在墙里边，
使土地只限于生长牧草，
不同活法也能凑合温饱。
我们是十几个女孩和男孩。
这骚动喧闹大山似乎喜爱，
而且不久之后成就了我们——
她的微笑总是含着某种深情。
今天她连我们名字都不知晓。
（女孩子当然全都改姓了）
山把我们从她的膝上推开。
现在树木长满她的膝盖。

眼里尘埃

倘若如他们所言，尘埃落入双眼，
会阻止我变得过分聪明的交谈，
我无需拖延时机进行验证。
让它来势汹汹吧，滚落屋顶，
绕着角落，刮起尘埃的暴风雪，倘若必须
就蒙蔽我的眼睛，让我寸步难行。

艳阳下坐在荆棘旁

今天，当我摊开手掌，
捉住的不过是一缕阳光，
它在拇指和手指之间流连，
感觉不到持久的影响。

有一次，仅仅一次
尘土确实吸收了阳光；
而从那一次火的摄入里，
众生至今温暖地呼吸。

假如人们已长久注目
从未见太阳已摧毁的黏土
重新形成生命并开始爬动，
我们最好别准备去嘲讽。

上帝曾宣布他是真实存在，
而后放下帷幕，转身离开，
还记得最后何等的肃静，

当时他在那丛荆棘上降临。

上帝曾经和人说话，称名道姓。
太阳曾经把它的光焰恩赐予人。
一个推动力延续成我们的呼吸，
另一个作为我们的信仰延续。

满抱

我弯腰去抓取每个包裹
另一些就从臂弯和膝上滑落，
而整堆都在滑落着，瓶子，面包——
太难以同时两头兼顾，
但我不愿落下一件我在意的东西。
必须抱住一切，用手，用脑，
用心，假如需要，我将竭尽全力
保持它们在我胸前建立的平衡。
我蹲下以防止它们滑落；
却在它们中间跌坐。
我不得不让这一满抱掉在路上，
试图把它们摞得更加稳当。

五十自述

我年轻时我的老师都是老人。
我为礼貌克制火气直到冷静。
我忍受煎熬，像金属被铸造。
为学习以往知识我适龄入校。

如今我老了老师都是年轻人。
不能塑成型者必会崩裂破损。
我抓紧功课，开始补漏拾遗。
我上学是向青年将未来学习。

骑手

最确定的事情是，我们是骑手，
尽管做向导都不太成功，
穿越呈现的一切，土地和潮汐，
此刻我们所骑乘的，是空气。

什么是这次谈论的出生之谜，
难道不是没有马鞍而骑上大地？
我们只能看见婴儿在地上跨着两腿，
他的小拳头埋在浓密的毛发里。

这是我们最狂野的坐骑——一匹无头马。
尽管它偏离其路线，脱缰奔驰，
我们所有的甜言蜜语似乎都被蔑视，
我们还有想法，但尚未尝试。

偶观星象

你将等候很久很久，才会看到
很多事情发生，在天空，越过浮云
和疾驰的北极光——它像战栗的神经。
太阳和月亮相会，但永不接触，
彼此没有擦出火花，更没有撞出巨响。
行星似乎互相干扰它们的曲线，
但既没发生什么，也没造成伤害。
我们不妨耐心地对待生活，
除了日月星辰也看看别的地方，
寻求冲击和改变，我们需要保持清醒。
的确，最长久的干旱将终结在雨里，
最长久的中国和平将终结于纷争。
然而不会奖赏观察者，他保持清醒，
希望在特定时间和个人视野里
看见打破天空的平静。
那种平静看来今晚确能安全延续。

熊

那只熊双臂抱着她上方的树，
将它往下拉，仿佛它是情侣，
要吻别它野樱桃的嘴唇，
然后让它弹回，直立于天空。
接下来她摇晃墙上的卵石
（进行她秋天的越野赛跑）。
她穿过枫树林悠过来荡过去，
她的巨大体重把铁丝网压得嘎吱响，
在铁丝齿上留下一缕毛发。
这就是放出笼子的熊的进步。
世界有让熊觉得自由的空间；
宇宙对你和我却似乎狭窄。
人的行为更像笼子里可怜的熊，
整天与紧张的内心愤怒搏斗——
他的情绪拒绝所有理智的建议。
他踱来踱去，不肯停歇
他咔哒响的趾甲和拖着走的脚，
在他敲击的一头是望远镜，

另一头是显微镜，

两种仪器被寄予同样的希望，

结合使用视野相当辽阔。

要是他从科学踏步里抽身休息，

只是靠后坐着，摇摇他的头

穿过九十度的弧，似乎，

在形而上学的两极之间。

他靠后坐下，屁股稳固，

鼻孔朝天，眼睛（若有的话）紧闭，

（他看似笃信宗教，但他不是），

他左右来回摇晃着脸颊，

在一个极端赞成一个希腊人，

在另一极端赞成另一个希腊人，

但仅仅可以说，这也许是思想。

一个布袋似的人物，同样可怜

无论久坐不动还是走来走去[1]。

1　原文 **peripatetic**，**adj.** 漫游的；逍遥学派的；**n.** 走来走去的人；逍遥学派的人。逍遥学派是古希腊哲学家亚里士多德创立的，又称亚里士多德学派。公元前 **335** 年亚里士多德在雅典的吕克昂建立了一所学院，该处有一小树林和许多可供散步的林荫道，亚里士多德喜欢在这林荫道上和学生散步、讲课和讨论学问。又译为漫步学派。

✳ 山外有山 ✳

孤独的罢工

摆动的厂钟改变了速度，
敲钟报时像命运计数，
迟到的人踩着点奔跑
仍未能在关门前赶到。
这里有上帝或人制定的法律
——如果一个人来得太迟，
就得被锁门外半小时，
他的时间被白白浪费，
还要扣掉他微薄的薪水。
他遭到责备，甚至解雇。
紧张的工厂开始战栗。
这工厂，虽然有很多眼睛，
但都高深莫测，不透明；
所以他看不见里面
是否有架被遗弃的机器，
因为他的缘故正在闲置。

（他不指望它会心碎。）

可是他以为看见这个场面：
尘埃和羊毛在空气中充满。
下面牵拉成千条纱线，
可拉得很慢，边拉边扭转，
整天从大线筒到小线筒，
很少让它们不堪负担。
要是万一有一根扯断，
纺纱工一眼就会看见。
纺纱工依旧在那儿打转。

这就是人仍然进来的地方。
她的手显得灵巧，戴着指环
纱线在她指间像竖琴的弦。
她抓住断线，首尾相接，
而且轻轻一碰，绝无闪失，
使它们混合而不是打结。

人的心灵手巧堪称完美。
他站那儿把这点看在眼里，
但发现要抗拒它倒也容易。

他知道别处，有片森林，
森林里树一样高的，是峭壁；
假如他站在其中一座峭壁上，
就会置身于树梢中间，
上层树枝在他身边绕成圈，
树的呼吸混合着他的呼吸。
假如——假如他站着！太多的假如！
他知道一条路想要人走；
他知道一眼泉想要人喝；
一个思想想要被深入思索；
一种爱情想要死灰复燃。
这也不只是一种说法
帮他挽回造成的损失。
对他这预示了行动和作为。

工厂是很漂亮的工厂；
他希望它全部现代化速度。
可它不是神圣的地方，

就是说毕竟并非教堂。

他决不会，决不会假设，

社会公共机构缺他不可。

但他那时说过，以后还要说

假如到了那么一天，

因为他听任工厂陷入困顿，

或仅仅是得不到他的赞成，

产业看上去濒临绝境，

嗨，那就来找他吧——

他们知道在哪儿找寻。

泥泞时节两个流浪汉

两个陌生人踏着泥泞走来，

瞅见我在院子里劈柴，

一个快活地打招呼“使劲儿劈！”

让我把我的目标偏离。

我很清楚他为何落后，

而让另一个继续朝前走。

我很清楚他心里有什么念头：

他想要替我干活挣点报酬。

我劈的一块块上好橡木，
就像墩子一样又大又圆；
每一块我都劈得方方正正，
不会裂成碎片而像分开的岩石板。
一个自制的人节省点力气，
好为公众利益铆足劲出击，
那天，我的心灵放任不羁，
在琐碎的木头上消磨时日。

太阳暖融融，但风带寒意。
你知道四月天是什么模样，
当太阳出来时风未刮起，
你就提前沐浴到五月阳光。
但要是你竟敢说春色明媚，
一朵云便飘过阳光照耀的拱门，
一阵风便从冰冻的山峰吹来，
你退回到春寒料峭的三月中旬。

一只蓝知更鸟轻柔地飞来落下
迎风梳理羽毛，悠闲自在，
他的歌声定的调门不大，

不至于使花儿激动得绽开。

落下一片雪；他便已明白

冬天不过是在装睡。

他全身蓝色却心情欢畅，

但他不会劝一朵蓓蕾怒放。

夏日里我们不得不去找水，

也许要用一根施巫术的魔杖，

每一道车辙是一条小溪，

每一个蹄印是一口水塘。

为水而高兴，但别忘记

寒霜潜伏在脚下泥土里，

将在日落之后偷偷溜出来，

在水上展露她水晶似的牙齿。

这时候我最喜欢劈木柴，

那俩人来要求挣点外快，

一定让我对这活儿更加酷爱。

你会以为之前我从未觉得

一把斧头高举在空中的重量，

凭着双脚叉开牢牢抓住土地，

肌肉震动着，在春天的激情里，

生命柔软、光滑而潮湿。

两个笨拙的流浪汉走出林子，
（天晓得昨晚睡在哪里，
但不久前睡在伐木营地）。
以为所有砍伐是他们的权利。
林子里的人和伐木工，
看我用他们的工具是否合适。
除非一个家伙手拿斧子，
他们无从评判是不是白痴。

双方都没有什么说的。
他们知道只消待在那里，他们的
全部逻辑就会塞满我的脑子：
那样人家赖以谋生的工作
我就无权用来自娱自乐。
我的权利也许是爱好，但他们的是所需。
而二者并存时他们的权利优先
——这一点大概所有人同意。

但谁会屈从于二者的分离，
我生活的目标是将我的

爱好与职业结合在一起，
正如两只眼睛使视力合一，
只有当爱与需要融为一体，
工作是拼命一搏的游戏时，
才能真正地建立功绩
为了天堂和未来的利益。

白尾大黄蜂

白尾大黄蜂住的气球似的巢
顶着柴棚的天花板飘浮。
他子弹般飞出的出口
像瞄准着枪的瞳孔。
他有在飞行中改变目标的能力，
他比子弹更准确无误地飞出。
他突破我在头顶挥舞手臂
构成的最佳防御，
刺伤我鼻孔打喷嚏的神经，
以这种确定性可写一首诗。
这是属于它的本能，我承认。
可是这只昆虫的确定性又如何，

在邻居的家和孩子们那里
如此恶劣地评判种种动机，
以便不承认在我身上那种例外：
我喜欢认为我在每件事上都是例外——
一个从不会在书柜上方悬挂
他的奖品日本纱灯的人？
他先螫我，后来又螫我。
他螫得我滚落战场四脚朝天，
不愿听我的解释。

那是我作为来访者去他的房屋时。
作为来访者在我的房屋他更出色。
在厨房门周围扑击苍蝇，
也许从一道门进，从另一道门出，
相信他不会把你弄错。
他不会误解你自然的动作。
马上让他停落在你的皮肤上，除非
你介意那么多有刺抓钩的脚。
他追捕喜欢家庭生活的苍蝇
以喂养大似他的砰砰的幼蜂。
在这里他很出色，在这里——
我注视他猛扑、突袭、击刺之处；

但他发现他猎获的不过是一个钉头。
他击刺第二次，又一个钉头，
那些不过是钉头。那些是钉上的。
他仓皇失措，不无恼怒，
他俯身进攻一枚小小的黑果，
像球员蜷曲着抱一只足球。
“错误的形状，错误的颜色，错误的气味。”我说。
小黑果在他头上翻滚他。
终于，有只苍蝇。他出击，但打偏了；
而且苍蝇嘲笑地绕着他盘旋。
但因为这苍蝇，他可能让我觉得他
入诗了，钉头与苍蝇比，苍蝇与黑果比：
多么像一只苍蝇，多么像一只苍蝇啊。
但他打偏的真苍蝇决不会这样；
那只打偏的苍蝇让我成为危险的怀疑论者。

这整个本能论不接受修订吗？
几乎任何理论不接受修订吗？
人皆难免犯错。不是指动物。
我们那么赞美本能，
我们的赞美太慷慨了，
实际上是剥夺而不是给予。

我们的崇拜、幽默、责任心
很久以前丢给餐桌下的狗了。
我们活该适合于已建立的
向下的比较。像在地球上一样长久，
我们的比较随着众神和天使们
坚决地上升，至少我们是人。
但比神和天使稍微低一点。
可一旦我们的比较向下屈服，
一旦我们开始看见自己的形象
反映在泥沼甚至尘埃里，
那就是幻灭之上的幻灭。
我们逐渐地败给动物，
像被扔给狼群拖延时间的人。
只有不可靠留给我们，
甚至今天的工作也令其可疑。

埃姆斯伯利的一条蓝绶带

这样一只漂亮的小母鸡
冬季秀应盛装出席，
展示一下，准赢。

答案是尘埃落定——

载誉归来，戴着她赢得的头衔，
她黄金的腿，她珊瑚的冠，
她翅膀上的绒毛，白如粉笔，
她的时髦，是所有粉丝的谈资。

看起来你一定已经听说，
她被誉为近乎完美的鸟儿。
在她身上我们重新认识
塞维尔可能画过的风姿。

鹤立于平庸的鸡群中间，
她的家是永久不变的鸡圈，
她在水槽边蹭食，徘徊，
最后让夜晚赶她离开。

那个给她戴上脚环，
手提空桶的，是她的饲养员，
他也磨磨蹭蹭，不肯疏忽
整个冬夜难做的杂务。

他靠着满是灰尘的墙壁，
沉浸于几乎唤不回的记忆，
穿过一扇扇摆动的门，深处
地板都被许多垃圾蒙住。

他默想着养鸡的技艺。
他有开始干的心思，
以她作为始祖夏娃，一个种族
将置换所有的活物。

这是惯例，她下蛋，
满六天，然后休息一天；
除了孵化，以这种效率
她很可能获得生蛋功绩。

收蛋人总是能分辨得清
她的蛋呈棕色、匀称、外壳坚硬，
作为可靠的繁殖媒介，
传承给有羽毛的后代。

盛宴大餐时，没有人类幽灵
催她快吃或要她节省。

她不慌不忙填饱自己的胃。
她磨快困乏的、餍足的喙。

她独自穿过鸡圈寻觅，
要自己去啄一颗宝石。
她在一个特许的容器饮水。
回到鸡窝，最后爬上去睡。

鸡窝是她飞行的范围。
然而一旦她登上高堆，
她就用翅膀推挤，那么强劲
使得整个鸡群移动前进。

夜幕降临时风暴来袭。
夜用雪花擦亮窗玻璃，
但仅仅从它们或她那里
得到评语：一声自鸣得意的唧唧。

低贱的鸡圈也是栖身处，
把黑暗、风和严寒抵御；
为计划描绘出美好前景
证明一个人行事审慎。

一只鼓丘土拨鼠

一个活物有道歪斜的岸
另一个有块烂木板，
把它变成温暖如春的天堂
弥补了它的不够宽敞。

我自己的战略撤退处
是在两块岩石的结合部，
为了更安全而舒适，我挖掘
有着两道门的洞穴。

想到背后有那些东西，
我能坐前面暴露于攻击，
就像一个人机灵地
假装和世人是朋友兄弟。

我们全都更喜欢活下去，
于是有一声口哨我们吹出，
当风吹草动，一响警笛，
就闪电般窜入农场地里。

我们容许一些时间用于诡计，
那么就好一阵子待在洞里，
不吃不喝不休息。
借此机会凝神沉思。

假如在猎人走过之后，
在双管猎枪响过之后，
（就像战争和瘟疫，
而且让人失去了常识）

假如我能满怀信心地说
为你，亲爱的，我将等着
依旧在那里待上一天，
甚至待上整整一年。

那是因为，对抗全体，
虽然我弱小得不值一提，
但对于我的洞穴和缝隙，
我一向本能地考虑周密。

暴雨时节

让倾盆大雨翻腾直泻吧！
它给我造成的最大破坏
是携带一些田园土壤
稍微靠近大海。

这是雨水降临农场时
世界般古老的做派，
强行索取眼前利益，
给未来造成一点损害。

这种损害不太可靠，
当所有丰富的腐殖质
最后被冲刷得贫瘠时，
田园沿着壕沟流失，

某种力量只要施加破坏，
最高峰也会被淹没成海，
海底升起变得干涸——
土地斜坡颠倒过来。

然后我需要做的是
跑到斜坡另一头，
在向太阳初次展露的地带，
朝着希望重新开始一切。

我的某件用旧的工具，
将会被犁铧发掘出土，
它的木把已变成化石，
如今却随时准备挥舞。

但愿我的请求十分接近
这样无穷无尽的重复，
不会使我疲倦、忧郁，
对人的境遇感到恼怒。

分工

台布上一只蚂蚁
遇到一只休眠的蛾子
身材有他很多倍大。
他没有表现出丝毫惊讶。

这类事非他本分工作。

他几乎一下也不触摸，

就走开继续履职，

要是他遇到一只

蚁巢调查组的蚂蚁——

其任务是找到上帝

和时间与空间的本质，

就会交给他处理。

蚂蚁是一个好奇的种族；

一只匆匆走过的蚂蚁

即使踩过同伴的遗体

也未曾有片刻延滞——

甚至显得漠然置之。

但无疑会向与他交叉触须的

任何一只蚂蚁传递，

而他们无疑会将消息

报告给宫廷里的上级。

然后用蚁酸发布讣告：

“我们无私的征粮官

杰瑞·麦考密克逝世。

钦差大臣杰尼扎瑞[1]

将领衔治丧办公室，

主持该军需委员身后事，

送他归葬乡梓故里，

在花萼上庄严停置，

用花瓣包裹作殓衣，

涂敷荨麻汁防腐剂。

此乃女王陛下懿旨。”

一会儿在这个场地

出现一位肃穆的殡仪师；

正式上任就职，

平静地捻动着触须，

拦腰抓住死者遗体，

在空中高高举起，

运载他离开此地。

没有一只蚂蚁围观，

因为此事与它无关。

这不能叫做无情无礼，

但可见分工多么彻底。

1　原文 **Janizary**，词典释义：**14—19** 世纪土耳其禁卫军士兵；土耳其士兵；亲信；拥护者，追随者；爪牙。此处采用音译加意译结合的方式处理。

心开始遮蔽头脑

午夜在犹他州沙漠
我看见或以为看见一些东西，
从我的下铺望出去，
月光照耀的天空，月光照耀的大地。
天空上星星寥寥无几；
大地有一盏孤零零的灯，
一盏闪烁的、人类可怜的灯，
衬托着黑夜的背景，
被那儿的人维护着，在我看来，
他们怀着被上帝抛弃的野蛮的绝望。
半小时内，它就会颤摇着熄灭，
像花儿的最后一瓣凋落。
但我的心开始遮蔽头脑。
我知道一个更美好的传说。
那远处灯光因为树林而闪烁。
人们爱让它点燃多久就点燃多久：
当他们失去兴趣，
可以留给别人照看。
回来路上夏天过后，
我将发现它的热烈不增不减。

我经过，但很可能简直没有经过，
当有人说“让我们把它熄灭吧”，
另一个人毫无异议地同意。
他们爱让它点燃多久就点燃多久。
他们随时可以熄灭它。
有人最后从黑暗的包厢里朝外望，
发光的沙漠有昏暗的斑点，
那可能是人，但只是雪松，
没有目的，没有指挥者，
也未踏出第一步去集结，
所以没什么让她颤抖。
她能想到的地方不是这样，
没有迁就“不适合于我们！”的话，
生活不是如此凶险惨淡。
直面现实使得他们勇敢。
他是丈夫，她是妻子。
她不怕他，他们不怕生活。
他们知道有另一盏灯的地方
和不止一个类似的灯光，
但今晚更早熄灭了，睡觉了，
因此我在大地的疾驰中没有察觉。

这是我刚刚醒来时看见的，
以铁轨的速度路过，
透过引擎喷出的一圈圈烟雾
眺望别处人们的生活。

在伍德沃德动物园

一个男孩，耍小聪明，
一次给笼中两只猴子展示
一面它们弄不懂的取火镜
永远不可能让它们明白。
话语无益：说这是一面聚集
太阳光线的透镜也不会有帮助。
但让他给它们展示这武器如何操作吧。
他让阳光在第一只猴子的鼻子上
聚成针尖，接着另一只，直到
把它们搞得眼花缭乱
似乎眨眼也挤不掉那闪烁。
它们站着，双臂在栅栏上交织在一起，
交换对生活困惑的扫视。
一个把沉思的手放自己鼻子上

好像让它想起——或也许好像

一百万年的一个想法。

他觉得紫色的指关节被灼痛。

那已知的通过心理实验

再次得到印证，

而那是要宣布的所有发现，

男孩没有太近太久地推测过。

突然间手臂一闪，一把夺去，

镜子成了猴子的，不是男孩的了。

急促地，它们退回笼子后部，

开始一番探究，

尽管它们没有需要的洞察力。

它们咬这镜子，留神品那滋味，

它们折断了把手和镶边。

然后还是不明白，干脆放弃。

把它藏在床垫稻草里

应付被囚禁的无聊日子，

冷淡地又走近栅栏前

替自己回答：

猴子做了什么

或不懂什么，谁说这很重要？

它们可能不懂一面取火镜。

它们可能不懂太阳本身。

知道用东西做些什么才最重要。

创纪录的一步

佛蒙特一间卧室壁橱里，
一扇门有两块宽木板，
后墙是碎片剥落的老烟囱
我有一双鞋立在里边，

（它们的脚指头朝后），
皮革松垂的老对手，
曾经不停地你追我赶，
现在甚至一起厮守。

它们倾听我在卧室说话
向我问一两件事——
谁已老得无法走路，
谁承受了太多的压力。

去年在蒙淘克弄湿一只，

因为我不得不去捡帽子。
另一只我在崖屋旅馆弄湿了
在一片放纵的波浪里。

两个完全不同的孙子
让我陷入两场冒险奇遇。
但他们长大能读这首诗时，
希望别以为有责难之意。

现在我用舌头舔鞋子，
除非我的感觉出问题，
我能尝到一只有大西洋的海水，
另一只有太平洋的盐味。

一只脚踏入一个大洋，
是创纪录的一步或进展。
真正的鞋已经做好，
我该卖出它们该卖的价钱。

相反我自豪地把它们奉献
给我的博物馆和沉思；
至于过去活跃风光的鞋子，

厚脸皮无须扮演薄脸皮。

我请求大家多多谅解，
谅解我过分的兴高采烈，
仿佛我曾丈量这个国家
并给合众国测定了边界。

一花独放

迷失在天空

云，雨的源头，一个暴风雨夜
为露珠的源头呈现一道裂隙；
我承接露水，目光急切，
在蔚蓝中寻找我命运的标志。

但在那片天空里星星稀疏，
没有两个是同样的星座——
没有一颗明亮得能被辨认；
所以这并非令人反感的惊愕。

清楚地明白自己再次迷失，我叹息：
“在何处，我在天空的何处？”但别告诉我！
哦，裂开的云，朝我完全裂开吧。
让我对天空的迷惘把我淹没。

荒野

雪花和夜迅疾地降落，哦，迅疾地
在我路过时扫视的田野上降落，
地面几乎被落雪覆盖，平平展展，
只剩下少许杂草和残茬暴露着。

周围的树林拥有雪——雪是树林的。
所有的动物都被窒息于巢穴。
我无精打采，不能去点数；
孤独不知不觉把我包围。

虽然已是这样孤独，但在孤独
减少之前却愈来愈孤独——
一片白茫茫，陷入黑暗的雪，
没有表情，也无以表述。

它们无法用星星之间的太虚之境
让我害怕——星星上没有人类。
我在内心拥有自己的荒野，与家
那么接近，不会把自己吓退。

随它们相信

伤悲也许认为这是伤悲。
忧虑也许认为这是忧虑。
随它们这样相信好了，
这自以为是的一对。

不，接纳了所有霜雪
将床铺上方矮屋顶紧贴，
从他年轻的时候开始，
以引发他头上一片雪。

但每当屋顶变白的时候
在屋顶下黑暗里的头颅
是一个阴影，就少了点夜的黑，
多了点雪的白。

伤悲也许认为这是伤悲。
忧虑也许认为这是忧虑。
但两者都不是贼
窃去他头发的乌黑。

强者沉默不语

土壤变得皱巴巴的，温软和潮湿，
对杂草的未来则没有考虑。
最终的平展有锄头认可的标志，
留给少数入选的种子做苗圃。

通常就是一个人耙一块地。
人们独自干活，地块相距甚远，
一条绳一串种子在一道敞开的犁沟里，
一个人跟在蹒跚的马车后仍旧蹒跚。

早早耕耘成型的地块新鲜而黑，
李子树无叶的繁花新鲜而白；
但真不知晓这天气是不是不太冷，
因为恰好蜜蜂飞来侍候它的美人。

春风从一个人向另一个人荡漾，
但没有携带希望带来的消息。
也许多多少少超过死亡，
可强者在看见之前沉默不语。

最佳速度

无论是疾风还是湍流都远远
比不上你们的速度。你们能
攀登一道光芒直达云天，
回溯时光河流穿越历史。
你们被赋予这种迅捷，不为匆忙
多半也不是为了去想去的地方，
但在万物都耗损的激流里，
愿你们有安静站立的力量——
摆脱你们说的任何动静之物。
两个具有这样最佳速度的人，
一旦彼此心心相印
就无法拆散也不会分离，
生活只是永远在一起，
共同荡起双桨，比翼齐飞。

不远也不深

人们在沙滩站立，
都转身看一个方向，

他们背靠陆地，
整天眺望海洋。

路过的一条船渐渐升起
花费时间要很久很久；
潮湿地面宛如玻璃
映照一只站立的海鸥。

陆地也许很多，
但无论真相何在——
海水涌到海岸，
人们眺望大海。

他们看不见远方，
他们看不见深渊。
但何曾有一道栅栏
阻挡他们保持观望？

表达方式

有些事物永远模糊不清。
但今晚天气晴朗，
谢谢一场清澈的雨。
群山上升接近星星，
星星变得分外明亮。
你可爱而嘲讽的老调子
会像你一样进门：
“我们不会说什么都模糊不清！”

设计

我发现一只微凹的蜘蛛，白白胖胖，
在一株白色万灵草上，捉住一只飞蛾
像一块僵硬的白缎子布——
有死亡与枯萎相配的特征
混合在一起准备迎接早晨，
仿佛女巫的肉汤佐料——
蜘蛛如雪花莲，花似泡沫，
死去的翅膀被搬运，像一只纸风筝。

路旁无辜的蓝色万灵草，
什么使那朵花儿褪色变白？
什么把同类蜘蛛带到万灵草上，
然后夜里向那边操纵着白蛾？
除了黑暗设计还有什么令人惊骇——
假如这么小的东西也被设计支配？

睡梦中唱歌的鸟

月亮当空，一只半醒的鸟
凭它的天赋唱了一半小调。
半是因为它整夜只唱一次
从并不特别高的灌木林里，
半是因为它唱歌如口技表演，
在敌方耳朵被刺痛之前
就有了停止的预感，
它很少冒可能出现的危险。
它不会远远飞落到我们这里，
穿过万物半开半闭的间隙，
在生死轮回长长的珠链上，
成为鸟，而我们是人在尘世，

要是像那样从睡梦中再唱半曲，
它就更容易成为捕获物。

未收获的

一缕成熟的芳香飘过墙来。
我离开这条常走的道路
寻找让我停下的事物，
原来果真是棵苹果树，
它已卸下夏日重负，
只剩微不足道的叶子，
像女士的绢扇呼吸轻盈。
因为那儿曾有只苹果坠落
像那曾给人类的苹果一样完整。
地面是一圈结实的红印。

愿有些东西永远不被收获！
愿很多东西留在我们的规划之外，
苹果，或被遗忘和留下的别的什么，
这样闻着她们的芳香就不会偷窃。

大概有些地方

我们坐在室内谈论外面的严寒。
每一阵聚集力量和呼啸的狂风
都是对房屋的恐吓。而房屋久经考验。
我们想到那棵树。假若它永远不再有树叶，
我们会知道，我们说，那就死在今晚。
我们承认，这棵桃树被带到这太遥远的北方。
什么影响人，是头脑还是灵魂——
难道没有范围和界线能把他限定?
你会说，人类的野心要扩展范围
一直到每一个物种的北极。
为何人的本性永远这样顽固不化
不知在对错之间没有固定界限，
大概有些地方的规律必须遵循?
对这棵树今晚我们已爱莫能助，
但我们不禁有点被背叛的感觉
正当寒气逼人、凛冽刺骨，
西北风怒号，刮得这样高。
这棵树没有叶子，也许不会再生。
我们必须等候，到春天才知晓。
但假如它注定永远不再生长，

它可以责备人心无限制的特性。

不很适应社会

你们有些人会高兴我做了我做的，
其余人不想对我惩罚得过分严厉，
因为找一件虽未被禁止的事情做，
但既不曾受命也不曾被期许。

过于残酷地惩罚我有失公正，
因为只是再向你们温和地证明——
这座城市对一个男人的约束
不比城墙高过任何屋顶时更紧。

你们可以嘲讽我不能逃离地球。
你们留下我，但宽松得可以接受。
那理解的方式半是开玩笑。
我不愿像反叛过一样被拘留。

任何人都可随意将我判处死罪——
假如他留给自然去执行这判决。

我将把我的气息遗赠于公共空气储备，

并付一笔遗产税，表示很礼貌的后悔。

准备，准备！

巫婆来了（那枯萎的巫婆啊）

提着桶拿着抹布把台阶洗擦。

曾几何时，她是美丽的亚比煞[1]，

好莱坞骄傲的化身。

太多人从伟大与美好中坠落，

以至你无法怀疑这可能性。

早点死去，躲避这种命运。

或许注定死得晚。

你要下决心死得庄严。

1　亚比煞是一名书念（Shunem）女子，以美貌著称。她被选为大卫年老时的侍女，其职责是“照料王，睡在王的怀中”，使他得温暖；不过年老体弱的大卫没有与她发生性关系（列王纪上 1∶1—4）。大卫死后，亚多尼雅说服所罗门的母亲拔示巴，劝说所罗门将亚比煞给他为妻。所罗门怀疑这一要求中包含对王位的觊觎，因此将其处死（列王纪上 2∶17—25）。亚比煞可能被所罗门继承，成为他的妻妾之一。亚比煞可能就是雅歌中的女主角，因此当亚多尼雅想得到亚比煞，就遭所罗门处死。

把整个证券交易所变成你的！

如果需要，占据王座，

那里就无人叫你干瘪老丑婆。

有些人依赖他们知晓的东西，

其他人依赖的只是真实。

对他们有效力的也许对你也有效力。

没有担任主角的记忆

抵偿晚年被忽视

或者历尽艰辛到生命一息。

最好降尊纡贵

还有身边买来的友谊

聊胜于无。准备，准备！

十磨

预防

年轻时我就从未敢激进，
害怕年老时会变得保守。

生命的跨度

老狗没有起身就朝后吠叫。
我还记得他是小狗的时候。

莱特兄弟的复翼飞机

这架复翼飞机是人类飞行的形状。
它的名字也许最好叫第一架电动风筝。
它的制造者的名字——时间不会弄错，
因为在天上写了两个莱特。

邪恶趋势相互抵消

枯萎病会使栗子树死亡吗?
农民们宁可认为不会。
它不断在树根郁积
并向上催发新枝,
直到另一种寄生虫
出来把枯萎病杀死。

佩蒂纳克斯[1]

让风暴混乱!
让云密集成团!
我静观其变。

黄蜂似的

在光滑的电线上艺术地弯曲,

---

1 原文 **PERTINAX**,胶纸板;人名为佩蒂纳克斯,**193** 年任职 **3** 个月的罗马皇帝,他是有名的 **193** 年内五位罗马皇帝的第一任皇帝。

他拉直自己整个身体。

他自信地竖起漂亮的翅膀。

尾部螯针胁迫地摇晃。

可怜的自我主义者，他无从知道，

但他过得像任何人一样好。

一个谜语

他眼里有灰尘，扇子当翅膀，

一腿叉腰用来歌唱，

满嘴染料而不是螯刺。

对账难

决不要问挥霍者

钱都花在了哪里。

永远别指望任何人

记住或编造

他用每分钱干了什么。

不太正常

我转身对上帝说话，
说说这世界的绝望；
但使事情变得更糟，
我发现上帝不在场。

上帝转身对我说话，
（谁也别笑）
上帝发现我不在场——
至少一大半没到。

在富豪赌场

夜深了，我在输钱，
但我依旧镇定，也不埋怨。

只要《独立宣言》保护
我有同等数目纸牌的权利，

对我来说管他是谁经营赌场。
让我们看一看下面的五张。

外域

复仇

你们喜欢听有关黄金的故事。
一个国王在他的囚室里
装满所能容纳得下的
各种各样的黄金器物，
堆得高达狱墙的顶部。
那是要买他免于一死。
但这赎金还不够数。
掳掠他的人照单全收，
但还是不放国王走。
他们让他给大臣们
发道敕令，征集更多黄金。
大臣们竭尽所能，从寺庙、
宫殿和仓库里搜刮一切。
但当似乎再也榨取不出时，
掳掠者就宣告国王有罪，
借口他曾经发动一场战争，

用一条绳索勒死这可怜的人。

但实际上，赎金还没有
一个国王可望强征的一半——
甚至不到三分之一，十分之一。
国王几乎还没有停止挣扎翻滚，
仇恨便发出一阵可怕的笑声，
就像打开通往地狱的人孔[1]。
假如黄金能让征服者高兴，好，
那么从此，黄金就将成为
征服者所缺少的东西。

他们不再想到国王。
全都加入藏金游戏。
他们发誓，所有黄金都将回到
它们所出产的土地深处。

1 下水道、排水沟等可容人进去检修的入口。

他们的心思都在寻找缝隙。
全都加入这场发疯的游戏。
人们至今仍夸耀地讲述这故事，
说许多赫赫有名的珍宝
无影无踪消失在黑暗里，
为了敌人而让其光辉熄灭。

自森林日耳曼人洗劫罗马，
把黄金烛台带回家去以来，
这次自我洗劫和自我毁弃，
是一场最辉煌壮观的洗劫。

有位在拷刑架上的印加王子，
在他奄奄一息的最后时刻，
告诉他们在哪个湖潜水
去寻找他们想要的东西。
他们潜水下去，却一无所获。
他叫他们去潜水直到淹死。
那一整群狂暴的征服者，
搜寻、拷打，勃然大怒。
听传说和吹牛中有很多太阳，
他们便深入到巴西搜索，

悬垂着贪得无厌的舌头。

但被征服者变得温顺而安静。
他们慢慢地、默默地衰老了。
他们保守着秘密死去，
怀着敌意的满足。
有人知道一个藏宝坑
在部落窑洞里的地下，
在厚厚的灰烬、木炭
和人与动物的碎骨骼下，
在一场场饕餮大餐的垃圾下，
人们最想要的无价之宝
盘绕在它最后安息的墓地。
那千环相扣的金链，
每个链环都有一英担，
它曾经在柱子与柱子之间
（重得使柱子倾斜）
来回缠绕了十圈，
装饰在宫殿大门前。
有人说它被带到了海岸，
有人说运过了东方山脉，
有人说送进了北方国度，

扛着它的主人排成纵队，
听从着太阳祭师指挥，
一条长金链闪闪发亮，
搅得阳光下尘土飞扬。
不管人们会说些什么。
（此类说法从未停止。）
它躺在污秽里铮亮灿烂
没有因锈蚀和腐烂失去光泽。
成为所有掠夺者的诅咒。

最好的复仇方式也是最厉害的。
就是发现仇敌需要的东西，
决不在乎付出多少实际代价，
而使其从地球上消失。
让他们死于未满足的贪婪，
死于未实现的炫耀之欲，
死于未登上高位的遗憾，
未能免俗，未能清白，未能完美。
让他们的服饰被剥夺。
让他们忍饥挨饿，死于
被推倒而面对现实。

夜晚的彩虹

一个雾朦胧的晚上，我俩互相指引，
沿着莫尔文[1]一侧摸索着回家，经过
刚刚湿透的田地、滴着雨水的篱笆。
那儿闪现一道奇异的光，令人困惑，
就像根据罗马的传说，
古人在孟菲斯高地看见的——
当旧太阳碎片熔铸为新太阳
在升起之前发出的那种光芒。
这光在我们眼里是颜料的糊状。
然后月亮出现，接着是一片
似乎在海底的湿淋淋景象；
我俩站在里面被浸透，被淹没。
地上与三叶草混合的花楸果
竭力吸收所有雨水凝成露珠，
而空气也依旧饱和，
气压变成水的重量。
然后一弯小彩虹像格子门，
一弯非常小的月亮形成七彩弓，
跨越我们头顶，近得能从中走过。

1　英国城镇。

于是我们被赐予一个奇迹，
那从未给另外两个人降临的奇迹，
而我还独自活下来讲述。
一个奇迹！弓和彩虹随着它弯曲，
没有随着我们走过时移动，
（免得这些金杯被人发现）
它从缀满露珠的山墙上
举起微粒飘浮、多彩的两端，
并把它们聚拢成一道光环。
而我们站在光环中，被温柔地环绕
——在上帝选定的挚友关系里，
时间或敌人都不能使我们分离。

培育土壤——一首政治田园诗

嗨，提屠鲁[1]！你可忘了我。
我是梅利伯，种土豆的人，
你曾经跟我谈过话，你记得吗？
多年以前，就在这校园里这个地方。
困难时期打击了我，我四处奔波。
我被迫为生计放弃河谷低地农场，
买了价钱便宜的山地农场，
那是一个四通八达的地方，
所有树木和草地只适合绵羊。
但绵羊是我要说到的下一个。
我把土豆一了百了地卖了，
三十分一蒲式耳[2]。让我养绵羊。
我知道羊毛跌到了七分一磅。
但我不打算卖羊毛。
我没有土豆了。我吃光了。
我会穿羊皮，吃羊肉。

1　提屠鲁及下文的梅利伯均为维吉尔《牧歌》（杨宪益译）中的人物。

2　蒲式耳：谷物、蔬菜、水果的容量单位，在英国等于36.368升，在美国等于35.238升。

缪斯关照你。你靠写关于
农场的诗为生，把那叫做农业。
我不责怪你。我说生活轻松。
我也该这样，只是不知如何轻松。
但请对必须劳作的我们略表同情。
为什么你不用你作家的天才
对城市的买家为我们农场做广告？
要不写点能提高粮食价格的东西？
或者为下次选举做首诗。

哦，梅利伯，我有点想
做一个政治写手了。
以前诗歌一直关注战争，
而什么是战争？不就是政治
从慢性病转变为暴病和流血？

我也许错了，但是，提屠鲁，
对我来说革命的时代似乎很糟。

问题是时代是否已陷入绝望的
深渊，会使诗歌有正当理由
丢下爱的交替，欢乐与悲伤，

丢下气候的交替，夏天和冬天，
我们常年的主题，而去难以
确定地判断谁是当代的骗子，
在野心的冲突中，当所有人
同样被叫做骗子时，谁更突出。
生活也许悲惨不幸，我却
冒胆把它歌唱，但我敢
指名道姓告诉你谁是坏蛋吗？
惠蒂尔[1]写艾尔森船长[2]的运气令我畏怯。
很多人有幸跟伟大的华盛顿一起
（他曾坐下让斯图亚特画像，但他
同样坐下制订国家的宪法）。
我宁可在象征王国稳妥地歌唱
那些拼凑的、想象的人物：
断言有这样一个邪恶化身，
却请求别让我当陪审员，
免除那种说有罪的义务。

1　约翰·格林利夫·惠蒂尔（1807—1892）美国诗人。生于马萨诸塞州黑弗里尔，贵格派信徒。1833—1840年间为编辑和作家。积极参加废奴运动。南北战争后专事诗歌创作。他最著名的诗包括《赤脚的男孩》《笆笆拉》和《雪界：一首冬季田园诗》。他写作素材源于家乡朴实的景色和平凡的人。他是热情的民主主义者。他在很多诗中维护工人的权力、抨击奴隶制度，表达了广泛的同情心。

2　惠蒂尔1857年根据民谣写有一首诗 ***Skipper Ireson's Ride***（艾尔森船长的大车），诗中说艾尔森船长抛弃沉船上的旅客，结果被拉上大车游街；但后来惠蒂尔在其全集中为该诗加上序言，证明船长是无辜的。

我怀疑你深信这个时代很坏。
我睁大眼睛盯着国会，梅利伯。
他们居于我们全体的最高位置，
知道任何事情是不是十分错误。
我是说假如认为地球改变了轴线，
或是一颗星开始使太阳膨胀，
可以信赖他们会发出警告。
只要他们所有漫长的会议轻轻松松，
就像课间休息的满院子学童，
在组织玩耍和游戏之前，他们叫喊
夹杂着绰号，你争我抢躲猫猫、
跳房子、跳跳蛙，一切都很好。
让报纸声称去做最坏的打算吧！
我放心，没什么不祥之兆。

你认为，需要社会主义吗？

我们现在就有。因为社会主义
是任何政体中的一个元素。
没有什么纯粹的社会主义，
除了头脑的空想之外。

只有民主政体的社会主义、
君主政体的社会主义——寡头政治，
后者似乎是俄国人拥有的那种。
你经常认为它大多数是君主制，
极少是民主制。实践中，纯粹的社会主义，
我不知道它会是什么东西。没人知道。
我毫不怀疑，就像所有的爱
被理性地推断为一种东西——
一种身体和灵魂的疾病。
感谢上帝，我们的实践使爱分离，
超越令人尴尬的自我意识——
在朋友们自然相会的地方，在狗儿
被照看的地方，在妇女们跟牧师
一起祈祷的地方。没有纯粹的爱。
只有男女之爱，孩子之爱，
朋友之爱，男人之爱，上帝之爱，
神圣之爱，人类之爱，父母之爱，
对这些只是大致地加以区别。

诗歌本身重归于爱。

请原谅这种类比，我的梅利伯，

我跑题了。让我们看看，说到了哪里？

可你以为不该更加
社会主义化吗？

你说的社会主义化意味着什么？

为大众谋福利，像创造发明——
应该使我们全体从中受益，全体，
不仅仅是那些搞大开发的企业。

有时候我们只能深受其害。
从你的角度来看，野心已经
被社会化了，这第一个习性
已被尝试。贪婪很可能紧随其后。
但习性中最糟的未受限制、
未社会化的，是独创性：
因为没有利欲熏心的自我膨胀，
只有它自己的盲目满足，
（在这里仇恨跟爱完全一样）
在黑暗中工作同样对我们不利。
甚至当我们谈话时，哥伦比亚大学某位化学家

正在暗地里设法把黄麻做成羊毛，
一旦任其冲击游牧世界，
将使成千万牧民把羊杀光。
每个人都为自己寻求自由，
男人爱的自由，商人贸易自由，
作家和演说家言论自由、出版自由。
政治野心受过教训，遭到过惩罚，
它不自由：在某种情况下
它得温文尔雅地加以克制。
贪婪受过教训要克制一点，
在贪念未灭之前还需教训。
只有傻瓜才认为贪婪本身
会自省。但我们无情的咆哮
和抨击曾给过它教训。
无人可以让其野心无限膨胀。
无人可以让其独创性为所欲为，
我还没有说完。应该给独创性
设立界限，因为它是那么残酷，
给毫无准备的人带来意外改变。

我推选你在它身上放勒马绳。

我要是独裁者，就会
告诉你我会怎么办。

你会怎么办?

　　　　　我会让万物都顺其自然，
而后把成果归功于自己。

你会成为一个安全第一的独裁者。

别让我说对自己不利的话，
诱使你站在反对我的立场，
或者让你跟我一起惹麻烦。
梅利伯，我不怕预言未来，
并根据结果接受评判。
听着，我将承担最亲爱的风险。
我们总是太外向或太内向。
当前由于一种无限的扩张
我们如此外向，以至于对
重新变成内向的可能性不利，
但内向是我们得达到的境地。
朋友们全知道我善于交际。

但在我善于交际的很久以前，
我的个性是深深地封闭内心。
因此，就在我们国际化之前
我们是民族的，并充当国民。
在调色板上，或更确切地说在这房间
周围的盘碟上，颜料尚未混合，
因此当它们在画布上被混合时，其效果
也许看上去是几乎完全设计好的。
某些想法是那么混乱的人际心理
让我想起调色板上的图画：
“瞧发生了什么。当然是上帝所画。
来看我的非同凡响的泥团。”
很难说哪一种更令人厌恶，
是人的混杂还是民族的混杂。
别让我似乎要说这种交换和交汇，
最终不可能成为至关重要的事。
很可能。我们会合——我不说何时——
但必须带给这场会合最成熟、
蓄积最久、最有活力，最具特色
我们储存的力量所能带来的东西。

提屠鲁，有时我困惑地

发现贸易的好处。为什么我得
把我的苹果卖给你，然后买你的？
这不可能只是给强盗创造机会
去拦路抢劫，并强征运输税。
说从中得到许多安慰，这想法太卑劣。
我估计那像拌嘴和玩具的
来回传递，有益于健康。
很可能使我们变得活跃而高尚。

走向市场是我们注定的命运。
尽管我们终将出售很多东西，
但还有更多的我们从不出售或不该出售；
更多的东西应该保留——比如土壤，
依我看来——虽然我俩知道诗人们
使尽浑身解数互相买卖土壤，
甚至把底土和硬土层都带到市场。
把干草卖掉，更别提卖土壤，
也是农事里不可饶恕的罪孽。
这原则就是，晚点动身去市场。
梅利伯，让我给说教好吗？

说教吧。我认为你已经在说教了。

可说教吧，看看我是否听出点差别。
不用对你说，我的论证
不是要引诱城里人去乡村。
让那些爱土地的人拥有土地吧，
只有那些人，爱得那么强烈而愚蠢，
他们会被伤害凌辱，被巧取豪夺，
被商业、法律和艺术所嘲弄；
他们依旧坚持不渝。甚至那么多土地
未被占用也不必令我们不安。
我们不妄求去完全占有。
这世界是一个球体，人类社会
是另一个更柔软的球体，稍微扁平
停靠在世界上，并依附着缓慢转动。
我们有自己的圆形要保持完整。
世界的大小跟宇宙的大小一样
与我们不再相干。我们是球，
我们是圆的，来自同一圆形之源。
我俩都是圆的，因为头脑是圆的，
因为所有推理是在一个圆圈里。
至少那是宇宙是圆形的原因。

如果你说教的是行为准则，

就是我要按照这种准则行事?
用循环论的准则来进行推理?

不，拒绝被诱

回到土地上，凭借声称
土地可能让人使用它。除了农民，
别让任何人假装去耕种土地。
我只是作为他们中的一员对你说。
你应该去你那耗竭的山地农场，
被贸易抛弃的可怜的土地，就这样活着，
别让任何人看见你来到市场——
不是很长时间。种植、繁殖、生产，
但你所养殖或种植的，催肥它的原因，
就是吃掉它，或把庄稼犁入它站立的地下
以培育土壤。因为有什么更倒霉的
比得上一块灰白且含金属、耗竭的土地?
什么更需要我们这类人一掬同情之泪?
我将跟你签一个契约，梅利伯，
使行动和计划都与你匹配。
朋友们聚集在我周围，带着他们的五年计划
——在苏维埃俄罗斯已成为时尚。
你到我那里，我将向你展示

一个五年计划，我这样称呼，
不是因为它需要十年左右执行，
相反至少需要花费五年
构思。靠近，让我们共同谋划——
如要限制贸易，先要自我限制。
你会去你耗竭的山地农场，
做我命令你做的事，无论如何
我注意并只是命令你做你打算
做的事。这就是我的独裁者风格。
培育土壤。把农场交还它自己
直到它再也不能容纳自己，
却浸透汗水，溢出酒和一点油。
我将走向我耗竭的社会思想，
带着它尽我所能不合群。
我有的想法，我的最初冲动
是走向市场——我将把它掀翻。
来自那种想法的想法——也将被掀翻。
如此这般，直到我本性的极限。
我们太多亏损，假如我们不紧缩，
就会被迫收缩。我被培养成
拥护州权自由贸易的民主党人。
那是什么？自相矛盾。州应该

有自己的法律。看来，但还没有
能控制它卖什么或者买什么。
假使有个演讲和思想的频率
比我快得多的人走近我，于是
我就被骗，沉默不语，垂头丧气。
我屈服于被他取代，让他
成为更经济的生产者，
更精彩更美妙的生产者吗？
不。我会悄无声息地远远走开，
好让我思想的涌流重新开始。
对我来说，思想产品和食品
与它们的生产相比，毫无意义。
我曾经送你的一首歌有如下叠句：

　　让我成为那样的人
　　去做已被做的事——

我的分享至少使我免于空虚。
彼此避开，并让彼此远离。
你会看出，我这个提议的好处
是它无需等待大众革命。
我吁请你进行一个人的革命

那即将来临的唯一的革命。
我们彼此之间太分不开了——
因有货物要销售，有看法要交流。

一个年轻人带着半首四行诗来找我，
问我认为它是否值得吃苦
不眠不休写完另一半。
我被用来担保幼稚无聊的诗
在学校公开发表，担保不被
疑为剽窃，并帮助蒙骗父母。
我们聚集，从不信任里拥抱
尽可能多的爱，太紧以至于无法出击
而且无法非常醒目。溜走吧，
那首歌唱道。溜走，待在一边。
别加入太多团伙，若有就加入一两个。
加入美利坚合众国，加入家庭，
但除学院之外，别狡兔三窟。
你看成吗，牧羊人梅利伯？

也许吧，可你说得太快太激烈，
在你面前我的脑子无法转动。
我回家后就能理解得更好，

从现在起一个月，砍木桩
或修补栅栏时，我将回想起
当你打断我一生训练的逻辑时
我所想到的一切。我赞同你
我们太分不开了。而离开同伴
回家意味着恢复我们的知觉。

✳

见证树

✳

山毛榉

在我想象的边界线上
在林中成直角拐弯处，已经竖立
一根铁脊椎，并堆起真实的岩石。
在荒野里这个角落，
在它们被钉进和堆起的地方，
一棵树，深受重创，
成为令人印象深刻的见证树，
而且成为交付给记忆的、
我的并非不受约束的证据。
因此真相被确定和证实，
虽然被黑暗和怀疑包围——
虽然被一个怀疑的世界包围。

《穆迪·佛瑞斯特》[1]

1 穆迪·佛瑞斯特出自弗罗斯特的虚构，穆迪是他母亲婚前的姓。

桑树

撒该
爬过这棵树
看我主

《新英格兰识字课本》

略知一二

丝绸帐篷

她就像田野上的一顶丝绸帐篷
中午时分，暖洋洋的夏日微风
把露珠吹干，所有绳子变得柔软，
悠然自得地在牵索中轻盈晃动，
中央支撑的那根杉木杆，
是它朝向天国的帐篷尖顶，
而且意味着灵魂的确信，
似乎对每条绳索都不欠情，
没有被牢牢控制，而是由爱
与思想数不清的丝带相连，
自由地维系于周围的世界万物，
只是由于夏日空气的任性反复
被一根丝带稍稍拉紧
这才意识到最轻微的束缚。

所有发现

仿佛为了观察，头脑探进，
但它是从哪里探进？
或者由那条西布莉[1]的途径，
它探进的是什么，
它的探进能有什么结论？

它将退回到哪里，
由此得到或留下什么见证，
这些东西头脑已思忖
片刻，仍在继续提问。
头脑的奇怪幽灵！

---

1 西布莉（Great Mother Of The Gods），是弗里吉亚的自然女神。如同希腊神话中的盖亚（大地），米诺斯的瑞亚，西布莉体现着肥沃的土地，为溶洞、山峦、墙壁、堡垒、自然、野生动物（特别是狮子与蜜蜂）之神。

古代地中海地区崇奉的女神。对众神之母的崇拜起源于小亚细亚弗里吉亚一带，后来传到希腊，希腊人将其与瑞亚合而为一。公元前 3 世纪时转到罗马，成为罗马帝国时代最主要的崇拜体系。她在不同地区名称各异。西布莉被尊崇为众神、人类和动物之母。她的情人是丰产神 Attis。她的祭司称为 Galli，须先自阉以后才能任职。在祭祀她的祭典上，Galli 必须将自己的血溅于她的祭坛和她神圣的松树上。

但这不能穿透的晶球
已被进入，它的水晶
内壳有光线的阴极
在每个点和面上发光，
是对脑力探入的回应。

眼睛寻求眼睛的反应
绽放花朵，闪烁星星，
从而凝缩大地与天空，
于是谁也不必害怕浩瀚无垠。
所有的发现都属于我们。

幸福以高度弥补长度

哦，风暴，风暴世界，
你不被迷雾缭绕的日子，
你不被阴云笼罩的日子，
或不被尸衣包裹的日子，
而且那轮灿烂的太阳
连半个也没被遮蔽，

或整个都让人观赏——
是非常稀少的日子
我只能惊讶从何处
我感觉到那么多的
温暖和阳光。
要是我猜得对，
这也许完全由于
一个完美的天气，
黎明时开始清洁
白天一扫而空
傍晚干干净净。
我真的相信
我美好的印象
也许全都由于那一天
没有影子交叉，只有我们的身影
穿过鲜艳的花丛
为驱除孤寂
从房屋走向森林。

我可以把一切交给时间

对时间来说，他似乎从不勇敢
让自己与皑皑雪峰对立，把它们
放在跟奔流的波浪同一水平面，
当雪峰伏卧时也不分外高兴，
而只有庄严，沉思而庄严。

那又如何？即使内陆变成海洋岛屿，
旋涡嬉戏在沉没的暗礁周围，
像微笑的嘴角的圈圈纹路；
而我能分享时间匮乏的忧欢，
以这样一种处变不惊的风度。

我可以把一切交给时间，除了
——除了我拥有的东西之外。
但当海关打盹，为什么要申报
我带过安检的违禁品？因为我在
那里，不会将已拥有之物抛掉。

及时行乐

老年看见两个安静的孩子
相亲相爱地走过黄昏，
他不知道是回家，
还是从村里到野外，
抑或上教堂（钟声在鸣响），
他等着，（他们是陌生人）
直到他们听不见
才祝他俩都幸福。
“祝幸福，幸福，幸福，
把快乐的今天抓住。”
这古老的主题属于老年。
那是老年把采摘玫瑰的主题
强加于诗歌，
以告诫那种危险
——陶醉的情人们
由于彻底淹没于
本来拥有的幸福，
却不知道自己拥有幸福。
但嘱咐人生抓住眼前？
眼前与未来相比，

生活总是很短暂，
可是要跟过去比，
眼前与未来都太短。
眼前过分属于感官，
太拥挤，太混乱——
太贴近以至无法想象。

至多如此

他曾以为他独自拥有这个宇宙；
因为他能唤起的所有应答
只是他自己的嘲弄的回声
从湖对岸树木掩映的悬崖传来。
一天早晨在碎石滩上
他竟对生活大喊，这叫喊所想要的
不是自己的爱，以复制言语的方式返回，
而是交互的爱，非模仿的反响。
他所呼唤的不曾出现，
除非那就是体现——坠落
于另一面悬崖峭壁上，
接着远方水花溅响，

但在可容它游来的片刻之后，
当它靠近时证明并非人类，
并非他跟前多了一个人，
而是一头巨鹿雄姿勃勃地现身，
推动着前方弄皱的水，
登陆时如一道瀑布倾泻，
迈着角状蹄子，跌跌撞撞穿过岩石，
闯入灌木丛——这就是一切。

鸟儿的歌绝不再会是同样

他爱声称并可能自己也相信
花园四周的鸟儿们
由于整天听见夏娃的声音
便给它们的鸣啭添加话外音，
她的声调无词语却意味深长。
无可否认，一种口才那么温柔
只可能对鸟儿有影响，
当呼唤或笑声载它们在空中荡悠。
即便如此，她就在它们的歌里。
而且她的声音在它们的声音之上掠过，

在树林中久久地萦绕不息，

也许永远都不会消逝。

鸟儿的歌绝不再会是同样。

这就是为何她来帮鸟儿歌唱。

被摧残的花

她退后；他镇定：

“正是这样才带劲儿。”

而且他用垂头的花朵

抽打他摊开的手掌。

他微笑，想引她微笑，

但她要么视而不见，

要么故作漠然。

他注视了她一会儿

为一个女人和一个谜。

他手指一弹，扔掉这朵花，

然后另一种微笑

像手指尖抓住

他的唇角，

并咧开他拱起的嘴。

她站在齐腰深的

秋麒麟和凤尾蕨丛中，

她闪亮的头发被弄乱。

他使她的手臂伸直，

仿佛她让他的双臂

渴望搂住她——不是伤害；

仿佛他抽不出手来

抚摸她的颈脖和头发。

“要是我们都想这样，

而不是我一个人——”

于是她以为她听见了他说话；

不过他说出每个词

他的嘴唇都吮吸一下，并喘口气，

这种努力使他窒息，

像叼着一根骨头的老虎。

她不得不斜向一边。

她不敢挪一只脚，

唯恐移动会激怒

这追逐的恶魔

——它蛰伏在一头畜牲体内。

就在那时，她妈妈的呼唤

从花园围墙里传来，

让她惊恐地偷看一眼，
看他是不是能够听见，
而会突然猛扑过来把一切结束
趁她妈妈过来之前。
她瞧了瞧，感到羞耻：
一只手悬垂着像爪子，
一条胳膊像锯子抽动，
仿佛为了有说服力，
一种讨好的笑
把鼻口切成两半，
而眼睛变得躲躲闪闪。
一个女孩只能看见
一朵花毁了一个男人，
但她看不出的是
那朵花可能
出污泥而不染：
因为那朵花做了却分开，
而且那朵花所开始的事情
她自己过于贫乏的心
早已可怕地完成。
她看，看见最糟的。
那条狗或别的什么东西，

遵从着兽性法则，

除了在夜晚外就是一个懦夫，

从这地方转身就跑。

她听见他起先跌跌撞撞，

然后手脚并用飞逃。

她听见他大声咆哮。

哦，对那么年轻的人

她吐出尖刻的言辞

却像黏紧的一点儿食物残屑

离不开舌头。

她为此拉扯嘴唇，

厌恶感却依旧黏附。

妈妈擦掉她下巴上的

唾沫，拾起她的梳子，

向后拽着她回家。

执着回家

天色渐暗，是他走近房子的时间，

但暴风雪让他看不见前头任何房子。

风暴使他的脖颈如落进冰冷的腌菜坛，

又像床上一只顽劣的猫吮吸他的气息。

雪扑打在他身上然后飘然离去，
用向下的力量让他跌坐在积雪里，
压成马鞍印，让他冷静地考虑道路。
他敏锐地察觉到雪的稠密而迅疾。

既然他想进一道门他就会进那道门，
尽管目标和速度都受这样的拖累。
他可能摸一两码才摸到宽宽的门柄，
对于关心他的家人他可能稍微晚归。

云影

微风发现了我摊开的书
开始翻动书页查来找去，
因为书里曾有一首吟春诗。
我想告诉她：“没这样的诗！”

因为谁会写诗歌颂春天？
微风鄙夷地不给出答案。

一片云影掠过她的脸庞，

生怕我让她错过那地方。

寻找紫边兰

我感觉到脚下草地的寒冷

但太阳正当头顶；

而关于这般场景的短歌小诗

就由我来浅唱低吟。

我绕着绵延数英里的桤树林边缘

走一条大拐弯路线；

那天是每朵花儿都绽放的一天，

但我寻不见。

我继续前行，趁镰刀尚未赶到，

因为草已长得很高；

直到我看见小径上窈窕的狐狸跑来

又气喘吁吁地飞逃。

于是我尾随那只狐狸最终发现

在那个非常的钟点
其色彩涌向花瓣，它必定就是——
我远道寻觅的紫边兰。

那儿耸立着紫色尖塔，没有一丝风
也没有蜜蜂哼唱
来打扰它们的完美姿态。
这漫长一日
在桤树的下方！

我只有跪下，把树枝拨向一边
看，或顶多数数它们
全都在紫铜色树荫深处的蓓蕾，
苍白如幽灵。

然后我起身回家，默默漫步，
并独自低语
说秋天也许来临，树叶飘舞，
因为夏天已过去。

器二不匮

三道铜墙铁壁

无限那么辽阔无垠
是能天使[1]给我的生命
提供内部防护的原因。
外部防护为第二层

我自己来建造这道壁垒
用树木、花岗岩或石灰
筑起不许破坏也不许
攀爬的围墙以防犯罪。

然后我们一些人

---

1 能天使(**Exusiai**, 英译为 **Powers**), 别名权威、**Dynamis**(复数 **dynameis**)、**Potentates**, 表明天界的和理性的权威的有序本性。传说中, 它们是神所造的第一批天使, 与恶魔战争时的天界前锋。保罗于新约《罗马人书》第十三章的训论可能就是在讲能天使。此一级的天使居住于第一天和第二天间的危险地带, 担任保卫天国的重要任务(天国守备队), 防备恶魔的入侵, 或在人心中保佑人心的平衡。然而能天使与恶魔的接触频繁, 因此也产生了一些堕天使。不过堕落的能天使, 也许其真正的目的是调和神与恶魔也说不定。能天使的君主是卡麦尔, 一如能天使的亦正亦邪, 卡麦尔也以光明天使和堕落天使的姿态交互出现。

商定一条国界线。

于是建起第三道防御

在无限与我之间。

我们对地球的影响

我们祈求下雨。它没有电闪雷鸣。

它没有对我们的要求大发雷霆

并刮阵狂风。它没有误解我们，

它的给予也没有超出我们的预期；

没有因为我们承认希望下场雨，

就发洪水，骂我们该死把我们淹没。

它轻柔地抛下闪光的阵雨，

当我们接取甘霖浇灌谷物的根，

还把一场场喜雨洒给我们，

直到海绵状土壤恢复原初的湿润。

我们可能会怀疑好坏的合理比例，怀疑

自然界很多不利于我们。但岂能忘记：

自混沌初开就自然总体来看，

包括人类本性，战争与和平，

它肯定多一点更有利于人，

哪怕是微乎其微的百分之一的量，
否则，我们的生命不会稳定地增多，
我们对地球的影响也不会持续增强。

给一个小坏蛋

（波伊提乌[1]式的）

你拿你爸爸的斧头作乐，
就像拿他的枪和鱼竿去打猎钓鱼。
你把我的云杉刻画得纤维断裂，
它放弃笔直挺立，飕飕地倒去。
你倾斜身子拽它的手臂，
冒雪拉回的路散发出青绿气息。

我本可以给你买一棵同样好的树，
同样能在烛焰中烤得树脂发出吱吱声，
一点破费对我来说并不在乎。

---

1 波伊提乌（480—524），古罗马晚期唯心主义哲学家、神学家和政治家。510年在东哥特王国任执政官。哲学上，糅合基督教神学、柏拉图主义、新柏拉图主义、亚里士多德等学说，引起后来经院哲学唯名论和唯实论的争论，因用拉丁文注释翻译亚里士多德的《范畴篇》等著作，对中世纪的逻辑学影响很大。其哲学学说被认为和柏拉图、普罗提诺、伪丢尼修、奥古斯丁哲学一样，具有神秘主义和禁欲主义的传统。曾因其著作《哲学的慰藉》被囚禁。是古罗马晚期重要的哲学家之一。在东哥特王国执政官任上因涉及叛变案件被处死。

但靠施舍与凭冒险精神和远征
得到的树，二者有根本区别。
我不必用忏悔搞砸你的圣诞节。

是你的那些圣诞节损害我的树林。
但即使像这样对立的利益引起杀戮，
它们更经常被看作是善的对立，
而不是善与恶的冲突；
这使得战神看上去不是特别的笨蛋，
因为总是同时在两边作战。

披着闪亮链条和爆玉米花似的绳索，
虽然我的树，成了你窗台里的俘虏，
已失去在我山坡上的立足之处，
失去天上星星，但愿，哦，但愿
它将象征之星举上你的天花吊顶，
让我能怀着圣诞感情接受它的命运。

今天这一课

即使我们生活的这个多变时代
真像我听哲人们说的那样黑暗，
而且我确信他们都是真正的哲人，
我不会咒自己同它一道下地狱，
但也不离开我久坐的椅子，
我将要专心往后翻一万页，
回到无可争辩的黑暗时代，
并钻研我的中古拉丁语。
寻求颠倒的共同目标和兄弟情谊
（都不拘偏见——我应该，我应该），
跟能够顺应命运的诗人们一起，
他们命途多舛，生不逢时，
因种种原因未成大师，
还在树林里吟诵着狄俄涅[1]
和“春天将花朵撒遍大地”，
将古老的拉丁诗渐渐引向韵律，
从而忘记古代的漫长岁月，

1 希腊神话中的冰海女神，洋流女神之一，她和宙斯生下了爱和美神阿佛洛狄忒，在忒斯普洛提亚的多多纳最受崇拜，后来的神话中她和赫拉混同，或是居住在吕底亚绪皮罗斯山的水泽神女。

从而为我们开启现代世界。

我会说，哦，宫廷学校的老师，
你不是查理大帝的也不是任何人的弄臣，
请像教师对教师那样告诉我，
你不知道自从查理大帝即位以来
你就没有机会，只能成为二流的，对吗?
你的光芒被浪费，也许就像在浓雾里，
让你渐渐熄灭并把你遮蔽。
这个时代可能已备受谴责，
因为你没有赢得维吉尔的声名。
但无人听说过你提出要求。
你不会认为你足以懂得判断
这完全在你身上的时代。这是我的观点。
我们有今天，我能叫出他们的名字，
他们心知肚明怎样以脱节的东西
拼凑蹩脚的诗词。
他们试图以太多社会现实
来把握天下大势。你和我
假如我们理解就会害怕，
吃下太多糟糕的统计资料，
我们的肌肉绝不可能再收缩:

我们绝不可能恢复人形，
但必须活出对他人的爱心，
不然就死于理性的膨胀。
那就是我们的感觉——我们
并非十足的神秘主义者。

我们不能评判我们在其中表演的时代，
但为了它的愚蠢，让我们假装
我们知道的足以使我们知其有害。
又一个千禧年即将结束。
让我们为此庆祝，我远方的朋友，
公开辩论哪一个最糟，
当代还是你的时代。你和我
作为有名望的学者应该有资格
开展一场精彩的学术论争
关于谁的时代应得低分，
或者我该说高分，由于黑暗。
我刚好能听见你对此问题的看法：
总是有令人遗憾的事情，
肮脏的和平或邪恶的战争。
是的，是的，当然。我们有同样习俗。
所有根基是人类的不幸。

它完全值得开门见山地谈论。
世界上唯有不公正，没有选择
留给诗人，你可以补充，
但如何看待这祸根，是悲剧的还是喜剧的。
它完全值得开门见山地谈论。
但让我们转入我们的案例部分，
如果它们分开的话。让我们起个话头。
（情形恶劣时我们是对手，
记住，必须保持严肃的表情。）
太空使我们现代人苦恼：我们患了太空病。
太空的凝视使我们显得那么渺小，
小得像短暂的流行病细菌，
在显微镜里，也许能看见蠕动
在这个小小地球的圣餐盘上。
但在这里我们毕竟有优势吗？
你们被贬低成恶劣的蠕虫，
上帝的脚几乎不能容忍；
不同时期结果相同。
我们都是被贬低的人类，
一与上帝比，一与太空比。
我曾思索我们的那更深重的耻辱；
但无疑这只是我的幻想。

修道院和天文台的圣徒
大约在同样抱怨中感到安慰。
于是科学与宗教真正交会。

我几乎能听见你召唤宫廷班上课：
来学学拉丁语“唉”。
你也许不想用它，也许想用。
哦，圣骑士们[1]，今天这一课
是讲不快乐时如何彬彬有礼。
而应召唤到来的罗兰、奥利维尔，
以及每个局促的骑士和贵族，
都已在战斗中久经考验，
坐在课堂里，试试能否像贺拉斯，
以真正的贺拉斯风格吟诗作赋，
还像基督徒那样遵守教规，
总是专心思索末日问题。
记住终有一死，服从上帝。
艺术和宗教都喜爱忧郁的心弦。
地球不是拯救灵魂的艰苦之地。
要是能够把它置于国家控制下，
那么自然而然，我们全都会被拯救，

1 查理大帝的十二武士。

它从天堂的分离也可以延迟；
最好还是立刻天国降临。
（也许会是下一个千禧年。）

但这些是共性，不局限于
一时，一地，或人种。
我们既非虚无也非上帝的懊悔，
跟哲学家们以往聚会时一样，
无论他们决意要到哪里，
无论根据什么特殊情况进行推论，
他们是哲学家，而出于老习惯
他们最终以普遍的整体出现，
兔子似的模仿，毫无创见。

对灵魂来说一个时代像另一个时代。
我告诉你。有件事你没说，
除非我把它塞进你嘴里让你说。
我正在按我的方式进行整个辩论——
但对你有利——请告诉你的王——
我赞同你：所有时代都有光明
伴随同等的黑暗，你我的时代一样黑暗，
我是自由主义者。你，贵族，

不会完全明白我的意思。

我是说具有如此无私的品行，

在争论中我绝不会偏袒自己一方。

我会把手放在他拄杖的手上，

向后仰靠，会心地一笑，

并告诉他我读过他的墓志铭。

这促使我几天前到了墓地。

唯一的另一方在那儿很遥远

在景物另一边，提着洒水壶，

在一个特别地点做他的祷告。

而他正使那里的花儿复活

（毫无疑问它还有骷髅）；

可我只是在那里读墓碑，

看看大体上写些什么，

写一个人可以想活多久，

最近我对此越来越关心。

好像给出的选择非常宽泛；

寿命长短不等，从几小时

到数月、数年，直到许多年。

有个人活了一百零八岁。

虽然我们可能都倾向于

等待并追随国家的发展，

或看看科学和发明出现什么，

但我们的时光延长有个限度。

我们注定要中断生涯，

国家和整个人类也莫不如此。

地球本身也可能会受命运支配，

终有一天被莫名其妙地毁灭。

（因此才有那么多文艺的眼泪，

那么多我倾向于嘲笑的眼泪。）

我也许哭泣过注定必死的人

或错失良机，或英才早逝，

或死于追名逐利，或为爱情消殒；

而对我的嘲笑跟任何人一样多。

上帝保佑他自己，不顾别人。

我遵守你的教义：“人必有一死。”

我准备为自己写一个短句，

作为一条墓志铭来讲述我的一生。

我会在墓碑上这样写道：

我跟这世界有过情人间的争吵。

停顿

停下步子才使他恍有所悟，
他正在爬的这座山有面斜坡，
像一本在眼前举起的书
（虽然完成于植物，却是部原著），
山茱萸、菟丝子和五月铃兰，
他一边阅读一边用手指触摸，
花朵正在凋谢，种子就要出现；
给了他想法的是这道斜坡：
阅读的眼神就像思想的延伸，
不同于蔑视地直瞪着敌人，
也不同于严厉地审视战争。
那是不屈不挠的微风轻轻，
虽然可能被骚扰于运动和派别，
但它将会有沉思反省的时刻。

给冬天遇见的一只飞蛾

这是一只没戴手套的手，
刚从口袋里抽出，暖暖和和，
一根栖木，树与树之间栖息的地方，
你这黑眼褐斑的生灵，银光闪闪地一掠而过，
翅膀不在安睡中合拢，却展翅飞翔。
（你会是谁呢，我想知道，凭那些标志
我是否可与飞蛾为友，就像我跟花儿一样？）
那么现在，恳请你告诉我，
什么用虚假的希望把你诱惑，
来进行这场来世的冒险，
寻求同类在冬天的爱？
请停下听我说完。我确实认为
你不辞劳苦地飞行，
为了那么虚幻的一位，
强撑着把自己耗得精疲力竭。
你找不到爱，也不爱自己。
令我同情的是你有某种人性，
那古老的无可救药的不合时宜，
那就是所有不幸的唯一父亲。
可是走吧。你是对的。

我的同情毫无帮助。
飞吧，直到打湿翅膀，并被扑灭。
你必须做得比我明智，
才了解我冲动地伸出的这只手，
几乎越过万物都会触及你，
却无法触及你命运的海湾。
我无法触及你的生命，更不用说能够拯救，
我要竭尽全力拯救我自己一时半刻。

值得注意的小不点

（用显微镜看见的）

除非一张纸片这样洁白，在任何纸片
我都无法看见的一个小点
开始穿过我写下的字迹。
而我悠闲地准备好空中的笔
用一滴墨水来把它阻止，
当它使我觉得有些奇怪时，
这不是我的呼吸吹出的尘埃，
却分明是一只活生生的小虫，
有它能够称之为它自己的意向。

它停住，好像怀疑我的笔，
接着再次疯狂地跑向
我手稿墨迹未干的地方；
然后又停住，尝尝并嗅嗅——
带着嫌恶，因为它再次掉头飞逃。
显然我对付的是一种心智。
它似乎太微小，小得没地方长脚，
但想必它已有一副完整的脚，
用以表明它多么不想去死。
它惊骇地逃跑，而且狡猾地匍匐。
它踌躇：我看得出它犹豫；
然后在摊开的纸片中间
无可奈何地蜷缩着，
唯我是从，听凭发落。
我不比你们任何人更温柔，
也没有集体主义组织的爱，
那种正在席卷这个现代世界的爱。
但现在，这个可怜的微小东西！
既然它并非我所知的邪恶之物，
我让它躺在那里，直到我认为它已睡着。

我自己有理性，而且遇见无论

怎样伪装的理性时我都能辨认，
没人会知道我是多么高兴，当发现
在任何纸片上最小灵性的显现。

迷失的信徒

如我所知他们热情而纯正，
他们丢下抒情诗人的金色竖琴，
追求的是金色光芒的神圣，
决不是一口矿井里黑暗的黄金。

神灵对我们奇怪地将宗教戏谑，
对无论哪尊神我们都感恩戴德。
还不曾有人离开诗人行列，
去将一连串的金钱银行巴结。

对诗歌是损失，背叛的危险
通常总是朝向敌对的一边。
在雪莱式的沮丧里，有人掉转，
去尝试再一次参加普选。

将让我们由捷径到达最后舞台，
那些诗歌在被照亮的纸页记载，
一张白纸也会为美而激情满怀，
却未能带来——我是说黄金时代。

而假如这不可能（世事难测），
至少活下去，卑贱与贫困相随，
忍耐着卑贱必须忍耐的一切。
抵抗诱惑从来就是诗歌的高贵。

很久以前在某条深渊般的街道
缪斯为隐退的诗人感到懊恼，
新娘分享他一块块掰着吃的面包，
对世界的败坏同样心情很糟。

这已证明，与如此危险的同盟者
甚至在开玩笑的时刻
争论你们心向往之的千年王国，
不是因国家操纵钱财的恩惠，

或保皇党或教皇派的政纲
就出现于社会发展的终场，

而是书一样在你身边书架上，
甚至上帝一样在你心房。

他太相信我的爱，屈尊答我。
但他悲哀的眼神，关乎一个
（至今未降临尘世的）天国
——那就是他试图建立的天国。

十一月

我们看见树叶走向灿烂辉煌，
然后几乎就是漂泊流浪，
沿着街巷飘散纷飞，
而且看见这故事的收场——
被击落吹掉，黏贴在地，
在一个狂风暴雨的日子。
我们听见“结束了”的喊叫。
一年的树叶被挥霍一空。
哦，我们夸耀储藏、
节约和保存，
但只是由着忽视

睡眠时的浪费，
快乐哭泣的浪费，
由着否认和忽视
各国战争的浪费。

猎兔者

漠然，安静
这个猎人潜伏着
把枪压低，
独自面对
桤木沼泽
阴森的雪白。
而他的猎犬动作着
在不远的地方
像着了魔一样，
高兴地嗷嗷叫，
唱歌，嬉闹。
把他引向
影子似的野兔，
为他去撕碎

并料理一次死亡
——他不是它
（也不是我）有智慧
去领会的死亡。

临近两千年

为开创旧世界
我们有过黄金时代，
那黄金并非从矿井挖出，
有人说有些迹象表明，
第二个黄金时代已经来临，
那真正的千年王国，
最后的金色光芒
将把它终结。如果这样
（科学应该知道）
我们将从除草的花圃中
从正在注解的书上，
抬起头来
观看这结局的辉煌。

在一首诗里

判决轻松愉快地进行
又开玩笑地反对押韵
不似脉搏和节拍般沉稳
不离题旨而言犹未尽

我们对失势者的同情

先由下而上，然后又滚落而下，
我们观看两条狗的转圈杂耍，
没有参议员敢进场里去踢打，
唯恐它俩都咬穿着宽外袍的他。

一个问题

一个声音说，看看星星中的我，
地球上的人啊，请如实告诉我，
是否灵魂与身体的所有创伤
对于为出生所付代价并不算多。

皮奥夏

我爱玩弄柏拉图式想法
这智慧不必属于雅典阿提卡[1]，
但很可能拉康尼克[2]，甚至皮奥夏[3]。
至少我不会让它系统化。

秘密坐着

我们围绕着圆圈跳舞并猜想推测，

1　古希腊雅典城邦的首府。其派生的形容词为典雅、古雅、严谨、文雅之意。
2　古希腊地名，其派生的形容词为简明、简洁、精炼之意。
3　古希腊地名，其派生的形容词意为愚笨的、迟钝的，名词为笨蛋、愚钝之人，古希腊皮奥夏人。

但秘密稳坐圆心且知晓一切。

半革命

我主张半革命。
彻底革命的不幸
（请问尊贵的玫瑰十字会员[1]）
是让同一阶级登上高位。
训练有素的行政官员们
将因此让计划半途而废。
的确，革命是唯一良药，
但应该用一半就结束为好。

回答

祝福你，儿子，除极乐岛[2]之外，
我还从未接近一个蒙祝福的人。

1　17—18 世纪一些自称属于擅长玄术的会社的人。

2　希腊、罗马神话中遥远的天堂。宙斯将一些死后的英雄送到那里居住。

回归

非法侵入

对，我未设禁入标志，
我的土地也不曾围栅栏，
然而这片土地属于我：
我正在被打扰和冒犯。

是谁莫名其妙地闯入，
这样粗暴无礼而随便，
在我的树林和小溪旁忙碌，
带给我不得安宁的一天。

他可能在翻开石头书页，
那部三叶虫绘本早已绝版，
本地因此而远近闻名，
而对化石几乎并无所有权。

不是因为我将要损失的

岩石标本螃蟹标本的价值，
而是他忽视这是谁的东西
使得我将钟表再看一次。

然后他来表示些许承认：
到厨房门口讨杯水喝，
一个也许他不得不虚构的使命，
但这让我的财产重归于我。

牧场的卵石

我经营的牧场铺着鹅卵石
像满篮鸡蛋令人怜惜，
虽然一文不值，无人珍视，
我想知道这是否有些意思——

要是我邮寄一块到你所住之地，
你那里风化土深达三十英尺，
每一亩都足够你丰衣足食，
土壤像筛过的面粉一样精细。

我会运送一块光滑的石头，你可以
拍打摩擦，雕像般竖立于庭院中，
一尊原始的帕拉斯雅典娜[1]，
守卫西部并维持古老的传统。

别在石头上雕刻。对古怪的探究
你可以自我保护，简单地讲：
“是我祖先艾拉灵魂的半身塑像。
总之它来自他所来自的地方。”

轻轻迈出重大一步

地图上两个隆起物之间
是一条长着空心头的蛇。
隆起物是丘陵，蛇是一条小溪，
而空心的头部是湖泊。

在一个地名前方的圆点
应该是一座小镇。
那里可能有我们可以买的房子，

1 雅典娜为希腊神话中的智慧女神；帕拉斯雅典娜尤指守护特洛伊城堡的智慧女神。

只需再攒下一美金。

因为车轮陷入泥沟，
我们丢下开锅的汽车，
找到一幢房子，敲开门，
如今就在那儿安居乐业。

它已经旋转三百年
在我们的大西洋岸边，
住户姓氏一再变换。
我们将让它再续三百年。

以我们的姓氏在这里耕种，
远离尘嚣却不冷漠无情，
使土壤肥沃，使牲畜增多，
把篱笆和屋顶修缮一新。

那可是十万个日子，
每天都有头版新闻，
其间半打大规模战争，
还有四十五任总统。

✴

绒毛绣线菊

✴

亭亭白桦

这株白桦开始撑破它的婴儿期
绿外套，展现出肌肤的白皙，
要是你喜欢这样的纤细幼嫩，
可能早已注意到它焕然一新。
不久就出落得纯粹洁白，
让白昼加倍，把黑暗对半劈开，
它将挺立向前，浑身树皮如雪，
只在树梢撑着茂盛的绿叶——
这唯一竟敢凭它的美依偎天空的树。
（也许轻信的美人也没这么无惧）
而某位回忆的人将会想起
一次他顺墙砍除灌木和荆棘，
大肆杀伐而唯独让它幸免，
起先它的大小不如一株藤蔓，
而后也还比不上一根鱼竿，
但如今树干终于那么显眼，
连你雇佣的最能干的帮手
在这儿也对它赞不绝口，

知道要是趁你读书或出门时
把它砍掉，肯定得不到感激。
它是美的化身，被送来度过
它作为一件装饰品的生活。

有几分希望

以目前速度定不出所料，
白花绣线菊和绒毛绣线菊，
这些牲口不爱吃的植物
不久就会把可吃的青草挤掉。

然后能做的一切是等候，
枫树、白桦和云杉破土而出
穿过白花绣线菊和绒毛绣线菊，
并以同样速度把它们挤走。

在这些乱石中耕作入不敷出。
于是你自己忙碌别的事情
当树林正在增长着年轮
它们的枝条也仿佛长袖善舞。

等木材长成，砍掉树林，
从花儿可爱却无用的野草里
你原始的土地将全然挣脱羁縻

准备再次拥有牧草青青。

一个周期一百年可以宣布。
为此深谋远虑，不加干涉，
一种我们都可能分享的美德
除非政府出面干预。

保持耐心而且向前看，
有些事得听任其自然进程。
希望也许不给牛马提供养分，
但据说希望把农民点燃。

退后一步

不是只有沙砾碎石
再次奔流不止，
而且裹挟着大量泥泞，
巨大卵石失去平衡，
轰轰隆隆地相互碰头，
开始冲下溪沟。
一座座山岬崩裂成碎块。
我感觉到脚下山摇地动
在宇宙的危机中。
但随着退后一步，
我把自己从坠落里救出。
一个崩溃的世界从我身边
消逝。然后雨停风起，
太阳出来把我晒干。

指令

退出眼下对于我们太嘈杂的这一切，
回到因失去琐碎而单纯的年代，
那个燃烧的、损毁的、分崩离析的年代，
就像墓园里风吹雨淋的大理石雕塑，
有一幢房屋不再是房屋，
在一座不再是农场的农场上，
在一个不再是城镇的城镇里。
如果你让一位向导指引你，
他实际上只会让你迷失，那里的道路，
也许看起来仿佛一直是一片采石场——
庞然巨石跪拜昔日的城镇，
很久以前就放弃了虚假的掩盖。
一本书里有个关于它的故事：
除了马车铁轮的磨损之外，
纵贯东南西北的岩架线，
是一条庞大冰川雕凿的作品，
那条冰川用他的脚支撑着北极。
你不必介意某种来自他的凉意

据说依旧萦绕于潘瑟山这一侧。
你也无需介意这一连串折磨
那来自四十个地窖口的窥视，
仿佛四十只木桶的眼睛。
至于你头顶上树林骚动
让叶子发出轻微的沙沙声，
就将其归咎于无知者无畏。
不到二十年前它们都在哪里？
它们自负地以为已完全遮盖住
几棵被啄木鸟啄空的老苹果树。
你自编一首令人振奋的歌，歌唱
这条曾经是某人收工回家的路，
也许，他正在你前头步行，
或赶着一辆嘎吱作响的运粮马车。
冒险的顶点就是乡村的顶点，
在那里，两种村落文化曾渐渐
相互交融。如今二者皆已丧失。
假如你失去够多而得以认识自我，
现在，就走进你身后的梯级路
并竖上标牌，除你之外任何人禁入。
然后就当在家一样。唯一的原野
剩下的还没有一块鞍伤大。

当初有装扮的儿童之家，
散落在松树下的一些碎碗碟，
是孩子们游戏室里的玩具。
先哭这些能让他们高兴的小玩意儿。
再哭那幢不再是房屋的房屋，
而只是一个长满野丁香的地窖口，
像面团上的凹痕正渐渐合拢。
认真地说，这不过是房子而不是游戏室。
你的终点和命运是一条小溪，
它就发源于这幢房屋。
像才涌出泉眼的泉水那么冷冽，
那么高洁那么原始以至不发怒。
（我们知道山谷溪流苏醒时
会丢下破衣烂衫挂在荆棘上。）
在水边一棵古老的雪松下，
在树根拱起形成的脚弓里，
我一直藏着一只破酒杯，像圣杯
贴了符咒，有罪的人无法发现，
所以罪人正如圣马可所说不能得救。
（我从孩子们的游戏室里偷得这酒杯。）
这儿是你的泉水和你的饮水处。
喝下去你便超越混乱而重归完整。

致一位古人

值得让你不朽的是两件事情。
一件是你造就，另一件是你变成。
很遗憾你的名字已无从考证。

我们从不清楚哪里去寻觅，只是
在一条溪流三角洲发现一件东西，
另一件在你曾经烹调的洞里。

发现这样一处古人类遗迹
似乎跟发现人类一样有意义
宛如同一个活人面对面相遇。

我们凭你在泥土中的深度来确定
你的年代。讨论你也许残忍的本性。
这一点令我们完全陷入困境。

你制造了原始石器，你变成骷髅，
后者更特别地属于你自己所有，

而可能仅仅凭它就已足够。

你使得我问假如我想与世长存
要凭借用韵律获得成就才行？
靠我活成石灰的这把老骨头还不成？

五首夜曲

一、夜灯

她总得把一盏灯点燃
夜里在她的阁楼床边。
这让她做噩梦，时睡时醒，
但有助于上帝守护她的灵魂。
宜人的昏暗在她身上被丢弃。
却在我身上夜以继日，
正如我猜想，在我前面，
还有令人恐惧的黑暗。

二、我陷入忧烦

我以为无路可走的地方，
在远处那座高高的山上，
一道令人目眩的车灯光移动，
开始颠跳着滚下花岗岩石阶

像一颗刚刚从天空降落的星星。
而我在对面树林里遥遥相望，
被那道毫不相干的光芒触动，
使我觉得孤独少于我应得的孤独，
因为旅行者不能让我心情好转，
今晚黑夜令我陷入忧烦。

三、虚张声势

我何曾不是一走路就抬头仰望
小心提防着天上星星
喷发和坠落时击中我并非没有可能
我必须担当风险——已经担当。

四、查明何事发生

我可以被雇做更糟的事情，
也胜于做一个空间观察人，
这角色应该去查明任何一颗
星星是否有可能坠落。

假设某颗小粒珍珠似的恒星
将成为唯一坠落的恒星；
但我依旧必须报告：
某星群一颗星星短少。

我应该适当地结结巴巴，
以免让教会和国家受惊吓，
譬如说宣布一颗星星坠落，
从十字星座或仙后星座。

去查明哪颗星星我没看见，
我将不得不检查我的星辰清单，
核实每颗星星都在眼前。
这可能让我整夜不眠。

五、漫漫长夜里

我要与一位孤独的友人
建造我的水晶房，
在寒冷像手枪噼啪有声，

针倒着竖立的地方。

我们会在炉火上浇油，
因缺乏书籍而背诵诗章。
我们会爬出单人小房，
去观察北极光。

要是埃托卡术和库德鲁图
这两位爱斯基摩人来访，
会有生鱼和煮熟的鱼，
还有够大家喝的浓汤。

作为讨厌而热心的知情者，
我会对另一位说声，
可以在鸭绒上放心安睡，
又一天将会来临。

尖塔与钟楼

独特心境

一次我朝着生长的植物跪下，
应和一组低沉的圣歌，
用松垂的工具戳着土地；
但发觉几个放学的男孩子
在栅栏外面驻足侦察，
我停止唱歌并几乎停止心跳，
因为窥视一种独特心境，
任何眼睛都是邪恶的眼睛。

敬畏上帝

假如你从穷乡僻壤到名城大邑，
从无名小卒成为著名人物，
务必对自己不断重复：
你将其归功于任性的上帝，

他对你而不是对其他人的仁慈，

经不起有判断力的检验。

保持谦逊。假如因为未被准许

而穿上合你身份的制服，

你应该忍不住以服从的表情

或语气为此做些弥补。

谨防过多地抛头露面，

并把服装用作遮掩

你灵魂深处的帷幕。

惧怕人类

当一位姑娘半夜从朋友家庭

回家，无人献殷勤陪伴同行——

她竭力憋住一口气跑回家里，

而这并不是因为她想到死。

高楼大厦的城市似要坍塌

但她确信今晚不会倒下。

（在它倒下之前会被拆除。）

没有一盏灯，在它所有房屋

除了银行里一只保险柜外

（应该感谢这份保险的是钱财）。
但她应该信任有些小小街灯
在风尘之中宝石般那么稳定。
她的惧怕正被这粗鄙者说出，
而且对她的露面一直错误解读。
但愿我经过时像闪电一样快，
我的真实意图也不被人误解。

房屋上的尖塔

假使证明永恒的
只是我们生活屋顶的尖塔——
它使住所成为教堂，那又如何？
夜里我们不上那里睡觉。
白天我们不上那里生活。
我们也永远不必上那里生活。
尖塔和钟楼出现在屋顶
意味着灵魂在肉体上出现。

更新的勇气

我听见世人
把古人过失一一检点，
那种残暴和凶狠，
他们绝不会再犯。

心头悲伤难掩
身上尚留旧创
他们重新夸夸其谈
乌有的人类联邦。

幸而他们天赋聪敏
怀疑这一人类特性
并不是最基本的人性
使得他们好勇斗狠。

他们一告诉你更多事情
你就告诉他们做什么为宜
以他们曾经中断的更新
和他们更新的勇气。

艾奥特[1]下加符号

在我内心不寻求大写的我，
也不寻求点点滴滴打在我心上的小。
假如在我内心有任何我，
那就是希腊语中艾奥特下加符号。

我小得需要恳求才引起注意，
你会发现所依附的那个字母
不是阿尔法、艾塔，也不是欧米伽[2]，
而是 y[3]，这是表示你的希腊语。

1 艾奥特是希腊语的第九个字母的音译。又有极微小之意。
2 依次为希腊语的第一、第七和第二十四个字母。
3 希腊语的第二十个字母。

远走高飞

中途

在高岗顶端的道路
似乎到了尽头
飞进天空。
于是在远方拐弯处

它好像伸入树林，
那静止不动的地方
树林已久久站立。
但说幻想所希望的，

迸发的矿渣
将我的载重汽车驱赶
被限制于道路。
它们涉及近与远，

但几乎与宇宙之蓝

和本地绿色暗示的
绝对飞行和休息
毫不相干。

怀疑论者

遥远的星逗我的感光板
煎得三两个乌黑原子泛白，
我不相信我相信你陈述的事情。
我对光的表面事实没有信心。

我不相信我相信你是最后在太空里，
我不相信你是靠近最后的任何地方，
我不相信让你脸红的
是爆炸之后那么快消失的东西。

宇宙也许广阔，也许并不非常广阔。
实际上有些时候我灵敏地觉得
它紧紧地贴近我的感官
像我从中出生的胎膜，依旧将我包裹。

罗杰斯群像

多么年轻，多么谦逊
他们等候在街上，
婴儿抱在怀里，
行李放在脚旁。

他们招呼的一辆电车
在他们料想会停靠的街角前
敲锣般哐里哐啷地驶过，
他们等候已成错。

无人这样告知他们
作为对旅行者的帮助，
无人如此深受感动
因为罗杰斯这组雕塑。

有感于成为偶像

波浪吸回，用最后的水
把一束海草缠绕在我腿上，

并用夹杂着泥沙渣滓的湍流
在我脚下挖掘，让我踉踉跄跄，
我若不挪动步子就已被掀翻，
像某个错误的情人的理想。

天气晴好

这出戏似乎要永无休止地演下去。
别介意诸如演员打架这等小事。
我唯一担心的事情是太阳。
如果照明不出错我们全没问题。

崖居

那儿沙地好似金色天空，
而金色好似沙漠平原。
没有居所遇见眼睛
除非在地平线边缘，
某个在石灰岩峭壁半腰上的
黑点不是污渍

或阴影，而是洞穴，
有人常常攀爬到那里去休息
以摆脱不断侵袭的恐惧。
我看见他的脚底老茧
最后消失的他
和他饿死的瘦小种族，
哦，那是多年前，一万年前。

杰斐逊的一个问题

哈里森也热爱我的祖国，
但想要它彻底革新。
夜里他是弗洛伊德的维也纳人，
白天他是马克思的莫斯科人。
这并非因为他是俄罗斯犹太人。
他是地道的清教徒似的美国佬。
他偏爱星期六的猪肉和黄豆。
但他的头脑还停留在十几岁左右：
就他而言，爱国意味着
将国家完全炸个粉碎
然后让它彻底革新。

余兴杂俎

使其微妙

假如你长久地坚持一种理论，
这理论便被当作教义来信奉：
比如说我们可以抛弃肉体，
以便让心灵获得完全自由。
那么当胳膊和腿已经萎缩，
头脑是凡人俗物的最后残余，
我们可以躺在铺着海藻的海滩，
在每天温和或粗暴的潮汐中沐浴。
我们曾躺在那里像黑乎乎的水母
在进化过程中相反的另一极端。
但此刻像黑乎乎的脑髓我们躺着做梦，
怀着已退化生物的唯一希望：
哦，但愿潮汐很快就涨得够高，
以免让我们抽象的诗歌变得枯燥。

为何要等科学

尖酸刻薄的科学她想知道，
在她洋洋得意的恐怖部门里
我们打算如何从中逃走
当她让事已至此时，我们必须离去
否则将被毁灭。我们要求她告诉我们
我们如何才有望乘上火箭
穿过绝对零度，飞向
距离半光年的某颗星星？
如今外行都能说得头头是道
为何要等科学提供答案？
我们离开的方式应该跟
五千万年前到来时相同——
假若任何人还记得太初鸿蒙。
我有套理论，但几乎不起作用。

设计者们

假如任何东西要结束这一切，
我想未诞生者绝不会惦记

他们从不曾有过的极乐狂喜。
核爆炸现象终结正在进行的
一切，但对于死者和消逝之物
绝无可能造成很大影响。
甚至在它发生的日子，也只有
极少的人有很多话要讲。
而任何人都会问他们是谁。
他们究竟是谁？是社会设计者协会，
携带着宣扬其意图的旗帜，争取
又一次机会改变我们的生活方式？
总之这些人认为这点很重要
——即不应该缩短人类历史。

它们没有圣战

没几个国家强大得足以行善
它们的数目似乎不会过三。
行善是大国能做的事情之一，
但弱小国家只能充当好人。
对于它们这意味着袖手旁观
以名义上的盟国观望战争，

而当战争结束就观望世界供给
在得胜的巨人中被分成几份。
上帝，对此您有没有注意过？
您神圣的立场可否言明？
诸如古巴和瑞士等国
绝不可望担当全球使命。
对于它们没有圣战。小国至多
给我们带来一场讨厌的口角。

美国 1946 不玩了

已经发明一种新的大屠杀，
而且是第一次用它赢得战争，
他们多么着急地划十字叫喊，
不玩了——再用它不公平！

欠债的巧妙

我设想这些词语有那么深的意蕴，
把自己刻进石头以求永世长存，

宛如眼睛上方眉心的烦恼：

“务必在你的马死之前把他卖掉

生活的艺术就是转嫁损失。”

泰西封[1]曾是说这话的城市，

也许它凭借一阵子贸易和战争，

免于腐败衰退、积弱不振，

免于在它手上彻底崩溃完蛋，

但从它仅剩一点未倒塌来看，

甚至欠债的巧妙也未能

拯救它遭遇损耗的命运。

沙粒已经挤进那道方门

越过地板的棋盘形花纹，

只是休息，一条蛇下巴伏在地上，

满足于凝神观望，沉思冥想，

直到它在过道里鼓足气力，

对着墙上的铭文高高耸起。

1　泰西封（Taysifun）是伊拉克著名古城遗迹。亦译“忒息丰”。位于首都巴格达东南32公里处，滨底格里斯河左岸，当迪亚拉河河口。此地初为希腊人抵御塞琉古王朝的驻军之地。

给正常人

在我们实为一郡的某州，
有一片我欣赏的地区校舍
尤其是其位置得天独厚。
照我看来，在落基山脉这一侧，
很少有公共机构比它更高——
在海平面之上两千英尺。
因男女同校有两个入口。
但两道门似乎都紧紧关闭，
连同墙上打洞开凿的窗户，
好像在说纯粹的学问是魔鬼，
而这所学校将不再保留，
除非忏悔者们抢占了座位，
在门阶上，在神仁慈的脚旁，
弥补所缺少的沉思冥想。

＊ 尾声 ＊

选择像星星的事物

哦，星星（视野里最美的一颗），
我们承认你的崇高，你有权
睥睨乌云的阴暗——
对黑夜姑且不加以评点，
既然黑暗使你的光芒显现。
某种神秘成就骄傲。
但你完全沉默不语
那么严肃，并不允许。
请说点什么吧，我们用心
领会，在孤独时复述。
请说点什么吧！它说“我燃烧”。
但请告诉我燃烧的热度。
华氏温度，摄氏温度。
用我们能理解的语言。
告诉我们你混合了什么元素。
给我们一丁点奇妙的帮助，
但请最后再说某种事物。

像济慈所写的隐士[1]笃定如初，
甚至也不肯屈尊俯就，
对我们提出丁点儿要求。
它要求我们保持某一高度，
所以当偶尔民众左右摇摆，
过火地进行赞美和谴责，
我们可以选择像星星的事物，
让思想驻留并沉静下去。

1　济慈的十四行诗《灿烂的星》中，将星星比喻为彻夜不眠的苦修隐士。

永远终结

我所拥有的很多
应归功于昔日的过路者，
因为他们的往返
开辟了这条道路，
今天我欠他们更多，
因为他们已经离去

而且不会回来，乘骏马
和战车，斥责
我的缓慢，用他们的迅疾
把我惊吓得躲到一边。
他们已匆匆发现
别的景色和别的财产。

他们留下这条道路让我
行走，也许只对一棵树
在沉思里听不见似的
说着无用的话语，

“这条路接受你的
一件树叶做的外衣。

不久因缺少阳光，
前景一片白茫茫，
它将继续褪色，
但一件外衣那么轻
在雪的画笔下
将显露树叶之形。”

接着时令进入冬天，
连我也已不再出门
来路上留下脚印，
只有某些瘦小的野兽
那么胆小那么狡猾，
将代表我留下足迹。

✴ 理性假面剧 ✴

茫茫沙漠中一片美丽的绿洲。

一个男人背靠一棵棕榈树坐着。

他的妻子躺在他身边仰望着天空。

男人：

你没睡着吗?

妻子：

没有，我能听见你说话，干吗?

男人：

我刚才说那棵香树着火了。

妻子：

你是说“燃烧的荆棘”？

男人：

是圣诞树。

妻子：

我不该惊讶。

男人：

最奇怪的光！

妻子：

今天每件东西上都有奇怪的光。

男人：

没药树发光。闻到燃烧的松香味吗？
希腊工匠为阿历克塞皇帝
制造的装饰品，
伯利恒之星，石榴，鸟儿，
似乎一切跟天堂一起燃烧。
听，镀金釉的夜莺们在歌唱。
是的，看，那棵树被弄乱了。
有人被缠在树枝里。

妻子：

原来如此。
他出不来了。

男人：

他解开了，他出来了！

妻子：

那是上帝。

我是从到处都有的布莱克的画里认识他的。

现在他在干什么？

男人：

搭建王座，我猜。

在我们的环礁旁。

妻子：

有点像拜占庭风格。

（王座是一块预制胶合板景片，

上帝轻轻拉动铰链将它竖起，

站在一旁，在适当位置支撑着它。）

也许是为了一场奥林匹克锦标赛，

或爱情法庭。

男人：

更像是皇家法庭——

或法院，今天是最后审判日。

我相信今天是。正是在此我搁置

我对自己的不同评价，

而来静待正式裁定。
允许自己被赞美吧，我亲爱的，
正如沃勒所说的那样。

妻子：
或者不是赞美。快过去
趁别人未到先对他说。
告诉他，也许他记得你：你是约伯。

上帝：
哦，我记得很清楚：你是约伯，我的受难者。
你现在好吗？我相信你完全恢复了，
而且觉得我给你的苦难没有副作用。

约伯：
的确给了我：我喜欢这种坦白承认。
我是一个被蒙骗的知名人士。
不过是的，我很好，除了偶尔
风湿病复发的阵痛之外。
疼痛减少就天国似的。你也许会告诉我们
是否那一切就像是天国，
逃脱尘世上生命的如此巨大痛苦，

给人一种减少之感，觉得
可让一个家伙延续到永恒。

上帝：
是的，迟早。但先说件大事。
一千年来我一直把你放在心上
总有一天得感谢你曾帮助我
为所有人创立一种原则——
在他应得的惩罚和收获之间
没有人类能够推论的联系。
美德也许失败，邪恶可能成功。
这是我们推出的一个伟大例证。
我本应该早点说出我早已发现
我需要的道。你应该想到，
有人在鸿蒙太初就是道，
就处于能够支配它的地位。
我不得不像等人一样等待消息。
这声道歉我欠你太久了——
为了在过去那些日子里，你
被显然无意义的悲伤所折磨。
但那是审判所不可或缺的环节，
在那时你不该理解这一点。
为了有意义不得不显得无意义。

结果很好。我毫不怀疑
现在你认识到你扮演的角色
使《申命记》的作者显得荒谬可笑
并改变宗教思想的要旨。
我对你的感谢是为了你
在人类面前，将我
从道德束缚中释放出来。
起初唯一自由意志是人类的，
他们能自由选择行善或作恶。
我别无选择地跟随他们，
加之以他们能理解的惩罚和奖赏。
我必须惩恶扬善。
你改变那一切。你让我自由地主宰。
你是你的上帝的解放者，
而据此我擢升你为圣徒。

约伯：
你听见他的话了，推雅提拉：我们是圣徒。
对我们而言拯救有追溯效力。
我们得救了，我们得救了，不管它有没有别的意思。

约伯之妻：咳，在这么多年以后！

约伯：

这是我的妻子。

约伯之妻：

你是神我猜你是——

（我从到处都有的布莱克的画里认识你的）——

上帝：

有人告诉我，我一直占据最佳位置。

约伯之妻：我有一个抗议要向你提出。

我想问你这是否合乎道理：

女先知们应该被当作女巫烧死，

而男先知们获得荣誉。

约伯：

除了在他们自己的国家之外，推雅提拉。

上帝：

你不是女巫吗？

约伯之妻：

不是。

上帝：

你当过女巫吗？

约伯：

有时她以为她当过，并为此
感到激动。但实际上她没有——
据我所知，她不曾凭感觉预知过
任何一件发生过的事情。

约伯之妻：

隐多珥的女巫[1]是我的朋友。

上帝：

你不能说她表现得就很糟。
我注意到，当她召唤撒母耳时
他的灵魂必须来。显然，
在那里一个女巫比先知强。

---

1 隐多珥的女巫，亦称为隐多珥的灵媒，在《圣经·撒母耳记上》里，似乎能应以色列国王扫罗的请求召唤先知撒母耳的灵魂。

约伯之妻：

但她因为巫术被烧死了。

上帝：

在我的记事簿上

没有记录。

约伯之妻：

咳，她被烧死了。

我很想知道烧死她的理由。

上帝：

你在要求的东西，是我们

刚刚达成一致我不必给的。

（王座倒塌。但他拾起它来，

这次收起并丢下。）

最后半小时左右她都在哪里？

她想要知道为什么还有不公正。

我断然回答：就是这样，

并且表示我的意志承认它像麦克白[1]。

1　莎士比亚悲剧《麦克白》主人公。

我们还是回到开端为好，
在西割[1]的案例上寻求公正。

约伯：
哦，我主，别让我们追溯任何事情。

上帝：
因为你的妻子的过去不会受到调查吗？
在我们的伟大时刻你做过什么，夫人？
你曾想让你的丈夫说什么？

约伯之妻：
好，让我们别得过且过。我不在乎。
我支持约伯。我也许对你不满。
约伯抓挠他的疔疮，拼命去想
他为穷人做过和没做过的事。
那测试总是我们怎样对待穷人。
那时候国家对待穷人不像
救济院似的那么苛刻。

1 《旧约·历代志》中希斯仑的外孙，睚珥的儿子。希斯仑正六十岁娶了基列父亲玛吉的女儿，与她同房。玛吉的女儿生了西割。西割统治基列（《圣经》里古巴勒斯坦地方名）二十三座城邑。

这是又一件该列入你的日程表的事。
约伯不曾做完一件事，可怜的笨蛋。
我告诉他别抓挠：越挠越坏。
要是我说过一次我就会说一千次，
别挠了！这时候，像他的皮肤一样溃烂，
他的帐篷全都被吹成碎片，我每晚
拾起一些，给他做个狗窝帐篷
围绕着他，既不碰到也不伤着他。
我尽了做妻子的责任。我该发抖！
当渴望理由的人要求理由时
你能做的一切就是发脾气。
当然，抽象而高深的个别事物
没有任何普遍的理由：
而只有一个人会认为有。
你抓不住想成为柏拉图的女人。
一定还有许多无系统的
衰减理由散落的碎屑，
把它赐予守信者对你无害。
你认为人们会同意你无须给他们理由。
你以为可以随心所欲。我没有跟任何人
一起同意任何事情。

约伯：

算啦，算啦，
你去睡吧。上帝一定
等待事件和消息。

约伯之妻：

我是严肃的。上帝有多少
万岁了，但还是大多数女人
因预言被烧死，男人几乎从来没有。

约伯：

上帝像你和我一样需要时间
把事情做好。改革者没能看到这个。
她要去睡觉了。我发现，只有体力劳动，
才能让她睡不着。
试试给她念书，她立马倒头便睡。

上帝：

她很美。

约伯：

是的，她刚才在说

过了一千年，她现在
觉得比出生那天还年轻。

上帝：
我本应该说，
这八九不离十。你把你的年龄倒转了。
当时间被证明是一种空间维度时，
就可能像任何空间被翻转吗？

约伯：
是的，我俩：我俩一下子就看到了这一点。
可是，上帝，我要提一个问题，
（我妻子总是抢在我前头提问。）
关于理由这个问题我需要些帮助
趁我搞清楚它还不算太晚
我究竟要同意放弃多少理由。
我倾向于赞同推雅推喇。
天晓得——更确切地说，你知道（宽恕我吧上帝）
我为我受到折磨而放弃了理由——但是——
即便如此我还是有个问题要问——
私下地。这里只有她一个人，
而且她是个女人：她对一般的概念和原则

不感兴趣。

上帝：

她的兴趣是什么，约伯？

约伯：

女巫们的权利。

在这事上迎合她，不然她会更加怀疑

你不是男女平等主义者。

她相信，你总是跟女人过不去。

吉卜林祈求你时称你为“主人之主”。

她想知道你是否接受一个祈祷者

称你为“女主人之主”。

上帝：

我被她迷住了。

约伯：

是的，我看得出。

但请回答我的问题。我深受感动，

为你说的我们已经确立的东西。

在我们之间，你和我。

上帝：

要我让你明白吗？

要是像哥伦布就太糟了，

你未能明白你的成就的价值。

约伯：

你说是我的成就。

上帝：

我们一起摸索出的成就。

它显示出的任何独创性

我都归功于你。我的特长是真理，

或玄学，长期以来世人指责

永远在一个地方停滞不前；

而科学在进行不断的自我更新。

看我们已经落后于当前关于起源的

科学多么远。虽然在那里的智慧

只是跟我当初说出它时一样好，

但是，新奇无疑有种吸引力。

约伯：

所以谁先想到什么很重要？

上帝：
对于作者的名字我非常固执己见。
我发现凭借合适名字我能进行思考。

约伯之妻：
上帝，谁发明了地球？

约伯：
怎么，还醒着？

上帝：
它显示了任何独创性
都出自魔鬼。他发明了地狱，
错误的前提是所有
独创性的原型，罪孽
击倒天使们，沃尔西该已说过。
至于地球，我们一起把它摸索出来的，
虽然你的丈夫约伯和我一起
发现训诫人类需要大多数人
要学会服从于无理性；
而这符合人类和我的目的，
所以他不会觉得难以接受他的命令，

由于他智力的低劣
在战争与和平中——特别是战争。

约伯：
他不觉得他难以接受战争。

上帝：
你搞清楚了。我能告诉你的并不多。

约伯：
都非常精彩。我感到荣幸自豪，
一直跟你一道参与每件事情。
那是一个伟大的证明，要是你这么说的话。
可是顺带地，有时我想知道，
为什么这必须由我付出代价。

上帝：
这必须由某人付出代价。
社会永远想不出事情：
由演员表演出来它才能看见。
忠诚的演员们亏本——
我能抓住有才干的演员。

那是你的答复吗？

约伯：

不，因为我还要

问我的问题。我蔑视理由。

但它始终是我们最关心的。

有意志如发动机，也有意志如刹车。

我猜，理由是操舵装置。

刹车的意志不能使如发动机的意志

停止很久。显然我们必须行进。

无论以何种方式我们都要走，

不妨说一下我们前往何处；

正如我们无论采取什么方式交谈，

最好投入一点感觉。

那么现在让我们说吧。别因为我

允许你不告诉我你的理由，就以为

我认为你就不曾有过。但不是你正在

给我的这个。你说我们一起摸索出来这个。

但要是你原谅我不敬，

我听起来仿佛是你想出来的，

而且你为它费了功夫。对我似乎

是后来想到的，很久很久以后想到的。

至少我会给出一个预先的理由，
胜过你为神学家们捏造的
所有事后辩护的借口。
这门脸对任何人都不负责
我与你维护着面向公众。
但主啊，我们将它展示给他们。观众
全都回家上床了。戏演完了。
来吧，这么多年后——满足我。
我很好奇。我是个成熟的男人：
我不是个你可以摆脱的孩子，
用又一句“哦，因为”逗我干着急。
你将是最后一个想让我相信
你的所有效果仅仅是幸运的错误。
那将是不信和不敬神。
我内心的艺术家吁请设计。
魔鬼似的折磨人的独创性！
似乎不像你所为，我试图认为
有可能是由于别人的原因。
但没有你不在背后的事情。
那时我没问，但这么多年后，
似乎如今你可能会让我满足。
为什么你如此伤害我？我只想

直截了当问个理由——坦率地。

上帝：
我会告诉你，约伯——

约伯：
好吧，要是你不想就
别告诉我。我不想知道。
但这个秘密关系到什么？
我看不出，嘲笑人们永远
只能靠自己猜测、笨手笨脚地
摸索可能性，一个上帝能觉得
多么开心，多么满足。
很可能有那么多玄秘深奥的
借口，其费解就是什么
也掩盖不了的骗局。
我已倾向于认为没有所谓的隐藏价值的
价值追求。深入研究事物
就会发现与表面上相比
也没有更多东西。要是曾经有，
地下室很久以前就被希腊人盗窃了。
我们不知道我们在哪里，或我们是谁。

我们互相不了解；也不了解你；
不了解这是什么时代。我们不了解，不是吗?
谁说我们不是？谁激发这些疑虑?
哦，我们非常清楚要继续前进。
我是说我们似乎很清楚要继续行动。
其结果是对有孩子的智慧的
怀疑——在有了孩子之后，
我们对此无可奈何，只是警告
这些孩子他们也许不该有儿女。
你只需出来就可以结束这些，
并坦率明确地说明
是否人有某个部分能永生。
然而你不说。让傻瓜们使自己困惑
被存在的理由所难倒。
我厌恶这一整套伪造的难题。

约伯之妻：
你得不到上帝的答案。

上帝：
我的王国，怎样一种爆发啊！

约伯之妻：

约伯是对的。

你的王国，是的，你的王国降临尘世。

请告诉我那有什么意义？有任何意义吗？

也许有一天地球要裂开

像个大蛋，孵出所有死者的

天堂，并由他们的坟墓埋葬。

从王座发出一句简单声明，

就会结束这样离奇的胡说；

而且也照顾到当事人诉讼事件表上

二十四个自由中的二十个自由。

要不然只有四个？我附加的二十个

是提问题需要的自由。

（我希望你知道这叫做二十个问题的游戏。）

例如，有发展这样一件事情吗？

约伯说没有这样一件事情，尘世正在变成

人类更不容易拯救其灵魂的地方。

除了艰苦的地方可拯救灵魂之外，

一片试验的土地，在那里人能检验他自己，

并发现他是否有任何良善之处，

这应该毫无意义。还不如立刻

成为天堂并让它结束。

上帝：

两人这样颠三倒四快把我弄糊涂了。

请逐个说。我将首先回答约伯。

我正要告诉约伯为何折磨他

并相信这不会加重折磨。

我刚刚对魔鬼炫耀，约伯，

照原样在第一章和第二章里陈述。

*（约伯踱了几步。）*你介意吗？

（上帝焦虑地看看他。）

约伯：

不。不。我肯定不介意。

你真人性化。我原先所期望的

超过我能理解的，我得到的

几乎少于我能理解的。

但我不介意。让我们顺其自然吧。

这种观点我并不关心。

我坚持这一点。但请说说糊涂！

那是多么混乱吗，推雅推喇？

不过我想好像把我们弄糊涂的东西

并不是糊涂，而是形式中的形式，

是蛇尾黏住蛇咽喉，

这是永恒的象征，
也是万事万物转向的方式，
或者光线返照自身的方式，
还引用最伟大的西方诗人。
虽然我抓住衰减到一无所存的光线，
先白，后红，再紫红，最后消失。

上帝：
约伯，你必须理解我的刺激。
诱惑者来到我面前，我也受诱惑。
我早已忍无可忍他嘲笑
人类本性中我最重视的东西。
他自作聪明。他以为他能使我信服，
我的追随者与追随他的东西
没有不同。都是为图报酬。
公正无私从来没有存在过，
要是曾经有，它也不是美德。
两者都不会公平。你听过教义。
它正在增加。他无人可依靠：
那就是他当心的。我可以依靠你。
我想要他被迫这么承认。
我把你交给了他，但有保障措施。

我关照了你。我相信在你生前

我已说得很清楚，我站在你一边，

反对你的安慰者们[1]的争辩，

说你罪有应得，恶有恶报。

那是勃朗宁和清教的腔调。

约伯：

上帝，请，现在够了。

我没心情听更多的借口。

上帝：

我想说的是：

你的安慰者们错了。

约伯：

哦，那个委员会！

上帝：

我看出你不喜欢委员会。

下次你发现自己被塞进一个

1　据圣经记载，约伯的三个朋友以利法、比勒达、琐法为安慰约伯进行了三次车轮战，以“因果报应”来解释约伯所蒙受的苦难，反而激怒了约伯。

修订《祈祷书》的委员会，
即使没有准备也要将这点放进去：
救我们脱离委员会。这会提醒我。
我会为你做任何合情合理的事情。

约伯：
好的，好的。

上帝：
你似乎不满意。

约伯：
我满意。

上帝：
你很忧郁。

约伯：
哦，我在想魔鬼。
你一定记得他参与过这件事。
我们不能把他排除在外。

上帝：

不。不，我们不必这样做。

我们太好了。

约伯：

有朝一日我们仨应该

聚在一起好好开个庆祝会。

上帝：

为什么不马上？

约伯：

我们不能没有魔鬼。

上帝：

魔鬼从来没有远在天边。

他也近在身旁。

他必须露面。他将为我而来，

从沙漠空气里现形。

展示你自己，儿子。因此我想

我该回到王座上。跟他一起，

我觉得最好显出我的威严。

(魔鬼进来，像一只天蓝色胡蜂

扇动着云母似的翅膀。他举起一只手

擦去无礼的微笑。

约伯的妻子坐起来。)

约伯之妻：

好啦，是不是我们全都在场了，

包括我，这个唯一要扮演

难缠之人的剧中角色。

约伯：

我们把她惊醒了。

约伯之妻：

我一直没睡着。

我听到了你刚才在说什么——每一句话。

约伯：

我们说了什么？

约伯之妻：

你们说魔鬼在屋里。

约伯：

她总是声称她一直没有睡着。

我们还说了啥？

约伯之妻：

嗨，转到

什么——（三个男人大笑）

魔鬼是上帝最好的灵感。

约伯：

好，很好。

约伯之妻：

等我拿柯达相机来。

请你俩稍稍靠拢点好吗？

不——不，那不是微笑。那是咧嘴。

撒旦，你怎么啦？那著名的舌头在哪里，

尔，从前的健谈者之王？

这是你所在的上流社会

善恶混杂，好坏不分，

耳朵被借给任何诡辩，

除了礼貌一切都不要紧，

你看上去曾经希望或害怕过，
你过去比现在更犯有恶作剧的错。
直到现在什么也没说清，对我来说
我没做那种准备，约伯自己
也找不到一种应付的方法。

撒旦：
就像弥尔顿发现围绕他的失明
可糊弄自己。

约伯之妻：
哦，他说话了！他能说话！
再用点劲儿！给我说多些！
像异教寺庙的铜锣一样悦耳！
他在挖苦我们！哦，你碰巧
身边没带一个小苹果吧？
在圣诞节市场我看见过一整箱。
我将多么珍惜你亲手给我的一个。

上帝：
别挖苦了。他不快乐。教堂的忽视
和比喻用法已使他销铄成

他自己的影子。

约伯之妻：
这说明为什么他那么透明，
却容易被识破。可他去哪里？
我曾以为那里有某种
欢庆。我们可以玩猜谜游戏。

上帝：
他有他必须干的事。
约伯提到他，于是我就带他进来了。
多给他应得的真实性
胜过任何东西。

约伯之妻：
对我来说他非常真实，
而且将永远都是。请别走。留下，留下
我们将跟你一块去。
要是你现在走，谁也不会厌烦你。
瞧，他压根儿没挪脚步！
他不是真在走，但他在离去。

约伯：

（他一直站着，因新想法而恍恍惚惚）

他是在像墨西哥湾流那种趋势上，
只是沙子不是水，经过这里。
它有一种与周围沙漠
明显不同的速度；只是今天
我结结巴巴地说它，并被它绊倒了。

约伯之妻：

哦，是的，那种趋势！啊，别胡说了。
别让它把你带走。我厌恶
趋势。你一旦踏上一种趋势，
它似乎马上加速。
喂，牵着我的手。
（他牵起她的手，就像离开
自动扶梯，飞快地跨了三步。
那趋势，教堂中间过道上
一条又长又窄的剑麻地毯，
被舞台下面看不见的手拉动了。）
我希望你在我的小组里在王座旁边——
必须有你。你瞧，这才是正确安排。
现在有人点亮燃烧的荆棘，

并把镀金釉的人造鸟儿打开。
我认得它们。希腊工匠们
为阿历克塞·康尼努斯设计打造的。
它们不会在图画里展现。那太糟糕了。
我也不会展现，这也太糟糕。
现在要是你们仨解决了一切
在这场合与其皱眉不如微笑。

（《约伯记》第 43 章到此结束。）

✳

林间空地

✳

马利筋荚果

召唤各种各样的蝴蝶
——它们来源不明，漫无目的，
永远也不会返回居住的地方，
因为不像蜜蜂有自己的蜂房，
这棵马利筋给我门前带来
战争与和平中肆意浪费的旋律，
似乎它以前从未对我如此。
看来是一朵花含苞欲放，
若不跟它交谈就为它歌唱。
来自无限的无数翅膀
把寂静的喧闹笼罩于花朵之上。
无疑用它们的色彩弥补了
这浅褐野草所缺少的绚丽。
是的，虽然这朵花会流汁液，
但它的奶和蜜都十分苦涩，
当任何人折断它的茎秆，
敢舔那伤口就会尝到滋味。
它尝起来可能像鸦片。

但无论它还分泌别的什么，
它的花蒸馏出的蜜是那么甜美，
让蝴蝶酗酒似的痴狂迷醉。
沉浸于它的汁液不眠不睡。
一只敲得另一只离开黏附的地方，
它们敲落彼此翅膀上的染料——
怀着饥渴到顶点的欲望。
它们放纵狂饮，扬起一片云，
那蝴蝶和花粉混合的云，
明显地悬在这场地上空。
用香甜款待这些朝生暮死者，
这清醒的野草想方设法
在我们的三百六十五天里
创造出太香甜的一天，
给得以幸存的生命。
许多将离去，当竞争疲惫，
它们的霓裳羽衣耗损成灰，
以黎明时出生就有的霓裳羽衣，

在后来众所周知的失败里
错误地朝着一面窗玻璃
从早到晚徒然拍击。
但浪费是这设计的本质。
它们为人或上帝所做的好事，
对所有那些花儿热情地践踏
是留下荚果做它们的后裔，
连同遗传的不安宁的梦。
他用爪似的脚颠倒悬挂，
一副好奇的古怪姿态，
像危地马拉长尾小鹦鹉。
有东西逃避他。是可吃之物吗？
或是浪费有益的模糊秘密？
他几乎用爪子把它抓住。
那些花朵和蝴蝶都在何处消失，
科学或许已拿未来打赌？
他似乎在说，这就是为何那么多人
终将一事无成的原因，必须公正地面对。

离去！

现在我出门漫步
这世界沙漠，
我的鞋，我的长袜
并不伤害我。

我把好友们
留在身后城里。
让他们开怀畅饮
好好休息。

别以为我离开
是去向外面的黑暗，
像亚当和夏娃
被逐出伊甸园。

忘掉神话吧。
无一人相伴
与我一起放逐，

也未被驱赶。

要是我没错，
我只有服从于
一首歌的鞭策：
我必须离去！

要是不满意，
我也许返回，
带着从死亡里
学到的东西。

林间空地上的小屋

献给阿尔佛雷德·爱德华兹[1]

雾：我不相信睡在屋里的人
知道他们在哪里。

烟：他们在这里住得够久了，
把树林从房屋周围推得退后
还在树林中间开了条小路。

雾：我依旧怀疑他们是否知道在哪里。
我也开始担心他们永远不会知道。
他们维护那条小路，为的是拜访
那同样困惑的人，以得到安慰。
他们的近邻比远亲更是身处困境。

烟：我是守护幽灵般的星光之烟。
以千姿百态飘出他们的烟囱。
我不会让他们对幸福失去信心。

1　阿尔佛雷德·爱德华兹（1856—1914）法国新闻工作者和大出版商。

雾：没有谁——我也不会由于迷失
将他们放弃，只因他们不知道在哪里。
我是微湿的、与烟相对应之物，
夜里从花园土地上散发出来。
但升得还没有高过花木。
我喜欢他们的景致。这就是我。
我比你离他们的命运更近。

烟：现在他们一定学会了本地土语。
他们为何不问红种人他们在哪里？

雾：他们经常问，但还是一无所知。
因此他们也要求哲学家
离开讲坛顺便来看望他们。
他们会问这里能问的任何人——
在盲目信仰里累计事实——
将自行燃烧并把世界照亮。
学问已成为他们宗教的一部分。

烟：如果有一天他们知道他们
是谁，他们也许就知道他们在哪里。

但要相信他们是谁太吃力了——
无论对他们还是旁观的世人。
他们出乎意料地让你难以置信。

雾：听，他们在黑暗里低语交谈，
应该是一整天都在谈论的主题。
熄灯并没有熄灭他们的思想。
让我们假装成树叶上的露珠，
你和我偷听他们的不安——
一片雾和一缕烟偷听一团阴霾——
看能否从女高音里辨别男低音。

谁能比烟和雾更好地鉴定
一种内心阴霾的同类精神?

美洲难以洞悉

哥伦布也许已计算过风，发现
一条通往印度更好的新航线，
也证明了世界是球体，
但所需资金怎样呢？
不仅仅是为了科学发现，
女王才支持他去航行一番。

记得他做过这个试验
向西航行而将东方发现。
但他找到它了吗？他拿不出
一件来自霍尔木兹的小装饰品，
以把女王从家族责难里解救出来
——为她在他的冒险里的投资。

出过某些莫名其妙的差错，
因他试图沿每条海岸航行。
他能想象不毛之地一无所有。
不幸伴随着他这个水手。

他并非偏离仅仅一度，
他的计算偏离一个海洋。

而为了增强这戏剧化，
另一个水手达·伽马，
从同样常去的地方
就在那时驶入海港，
用手里的金子神侃胡吹，
声称它来自另一个俄斐[1]。

但哥伦布何曾充分了解：
他可能大胆地使得那悬崖
胜过达·伽马的金子，
他曾习惯于注视
种族未来试验之地，
人类一个新的开始。

1 《圣经·列王纪》中的盛产黄金和宝石之地。

他本可以愚弄巴利阿多里德[1]。
我就曾受骗于他做的一切。
如果我年轻时有过机会，
我就可能把哥伦布赞美，
像一个神，他给予我们的
胜过摩西的《出埃及记》。

但他做的一切是拓展了空间，
拓展了我们制定出法律
给彼此定罪的空间，
骗人接受这令人厌烦的时代，
——我们将要把我们的心思
用于不失仁慈地相互排挤。

为了这些不太显著的收获
他得到的只是地牢枷锁，
如此微不足道的身后名声
（一个国家、一个城镇
一个节日为他命名）纵然他在那里，
可能他也认不得他的名字。

1　西班牙北部城市。哥伦布发现美洲当时并未引起重视，在此贫困潦倒，郁郁而终。

他们说他的旗舰是未安葬的鬼魂，
仍在探索，把岩石海岸弄出凹痕，
怀着近乎憎恨的敌意，
因为团团打转在海峡里，
他已诅咒每一道河口，
从北纬五十度到南纬五十度。

我预言，海军总有一天，
会拖带这条漂流船，
并锁着他穿过古列布拉运河，
他的眼睛几乎就是闭着——
对所有人类的现代作品，
以及我们所谓的美洲人。

美洲令人难以洞悉。
因为部分证据，少于
他用一本本书所证实的
从外部他们看不清它——
在里面也同样如此。
我们知道唠叨的文字。

像我说的，哥伦布宁愿错失

他归功于手电钻和拖拉机犁
所带来的机智灵巧的一切。
由于他自己的意志之力，
或至多某次安第斯山地震，
他会归因于这崩裂的幸运。

高尚目的使得这英雄粗鄙：
他不会停下来接受感激。
但对他从不关心的那些，
就让他翘起骄矜的船尾，
除非那东西要挡他的道，
阻碍到中国搜寻财宝。

他将很晚才启航出发。
他将发现那个亚洲国家
大约厌倦了被抢劫掠夺，
它使其信仰也被激烈辩驳。
他不可能那么容易地袭击，
像科特斯对阿兹特克人干的。

希望的危险

它恰好就在这里，
介于两者之间，
在光秃秃的果园
和青绿的果园之间，

每逢枝头花朵
爆发似的盛开，
粉红夹着雪白，
就是我们最担忧的时刻。

因为所有地方
都会不惜代价，
趁这个时候
下一夜寒霜。

为约翰·肯尼迪的就职典礼而作

“彻底奉献”之彻底奉献

（一段有韵的刚刚开始的历史）

在国家的庄严场合里，
召唤艺术家们来参与，
看来是艺术家们应庆祝的盛事。
今天对我的事业是最重要的日子。
而他对诗歌的称赞是理解的称赞，
谁第一个想到这一点。
我为答谢带来的这首诗
将从几个世纪以来形成的趋势
追溯到有今天结果的开始；
一个现代历史的转折点。
殖民曾经和伟大的争端
一样长久，直到看出
根据本地特点、语言和民族特性，
什么样的国家才能统治
哥伦布发现的新大陆。
法国、西班牙和荷兰相继沉沦
并宣告失败。丰功伟绩已经完成。

伊丽莎白一世和英格兰赢得胜利。
现在已产生这个时代的新秩序，
在我们创业先贤们的拉丁文里，
（不是还印在我们随身携带的
手提袋和口袋里的美钞上吗？）
上帝也同样点头同意。
那些英雄们知道和懂得那么多——
我是说四位伟人，华盛顿、
约翰·亚当斯、杰弗逊和麦迪逊——
他们知道那么多，像神圣的预言家，
他们必已预见今天出现的景象，
他们会使周围那些帝国沦亡，
以我们的《独立宣言》为范例，
把一个人人需要的国家建立。
这绝不是一个贵族式笑话，
以微不足道的民众为代价。
我们看见各个种族多么严肃地
聚集起来争取主权和政体。

他们是我们的选区，我们认为
在某种意义上暂时达成一致，
必须教他们懂得民主的意义。
我们是不是说过“时代的新秩序”？
要是今天看起来没有一点秩序，
那就是我们刚开始时的混乱，
所以必须在其中充当勇敢的一员。
没有一个正直的人会称赞
一个统治者假装不喜欢
一种他战胜过的动荡骚乱。
人人皆知那兄弟二人的荣誉，
他们给美国制造了飞机——
以叱咤风云、电掣风驰。
一个可怜的傻瓜说，在他心里，
生命和艺术的光荣已经过时。
我们冒险革命，被视为非法，
在自由故事中已证明自己，
直到今天荣誉仍然锦上添花。
刚从一场选举中出来，像落在最后，
那最伟大的一票一个人已投，
如此紧密，但一定要坚持，
我们兴高采烈也就不足为奇。

在令人振奋的空气中，勇气
胜过一切假使和如果的僵持。
曾有部人物传略称赞
受到鼓舞的政治家们敢于
跟错误时的追随者决裂，
一种健全的民众独立性，
一种公正神圣的民主形式，
让统治首先适合高尚目的。
有一种对生活更加严峻的呼唤，
劳动者、学习者和渴望者要更勇敢，
对比赛场地少些批评，
对运动更多聚精会神。
这使我们中的先知都预感到
下一个奥古斯都时代的荣耀，
一种权力来源于力量和自豪的荣耀，
青春抱负渴望被检验的荣耀，
毫不气馁地坚定我们的自由信仰，
无论哪个国家想要挑起任何较量。
一个诗和力量的黄金时代
就在今天中午开始到来。

彻底奉献

土地属于我们，在我们属于土地之前。
她属于我们的土地超过一百年，
在我们成为她的人民之前。她属于我们，
在马萨诸塞州，在弗吉尼亚，
但那时我们属于英格兰，依旧是殖民地居民，
我们拥有的还未把我们拥有，
现在我们不再拥有的却把我们拥有。
我们曾保留的某种东西使我们软弱，
直到发现那就是我们自己
对赖以生存的土地有所保留，
而一旦放弃保留便立刻得救。
我们就是这样，我们彻底把自己
（这奉献的功绩是战争的许多功绩）
奉献给模糊认识的西部土地，
她未载入史册、浑朴未琢，
她过去如此，将来也会如此。

一束信念

永远无用之歌

从不曾有无，
永远有思想。
但最初注意到时
它简直是爆发
成为有分量之物。
它曾处于一种
原子一体的状态。
物质是开始——
其实完成，
它和仍离散的
冲突并配对。
一切在那里
每个单独的东西
都在等待着
要完全无保留地
从氢里带给人类。

它是唯一的树并将永远是，

树干、树枝和根

小巧玲珑。

这一切的关键

是那么微小，

小得让我们的眼睛

看不见它的外观。

显示为无

这整棵乾坤树[1]。

在开始以外

在存在之内！

于是这画面被捕捉

几乎接近于无

只是思想的力量。

一个自己想出的概念

要求人人必信的最新教义

收入孩子的教义问答书，

即所谓一切是自己想出的概念，

1　北欧神话中一种盘踞在天界、地界和下界的大白蜡树，是新世界的擎天柱。

这不过是古代的泛神主义。

这种恢复信心的回忆真是了不得。
为什么继续用令人困惑的声音说
上帝要么在一切之上，要么就是一切?
规矩是绝不让孩子做一个选择。

啊，上帝，原谅我给您开的小玩笑
而我也会原谅您对我开的大玩笑。

基蒂霍克[1]

1953年随亨廷顿·凯恩斯夫妇返回那里
(一只云雀用三拍子乐句为他们歌唱)

第一部

征兆、预感
和预先警告

基蒂霍克，啊，基蒂，

1 美国北卡罗莱纳州一小村庄。

从前有一首歌，

谁都知道很美妙

那象征性的小调，

我可能也唱过

在 *60* 年代前

当年轻的我出门南下

经过伊丽莎白城

来到这里的时候。

诚然，我曾经

命运不济，心烦意乱，

独自在人世

踯躅徘徊，

你也许认为我

过于懦弱，不关心

我是谁，或我

被风吹到何处

比我的脚步更迅疾——

像那封被揉皱、最好

未写就被扔掉的信，

我读过后弃若敝屣。

哦，可并非自吹自擂

自从纳格斯海德

让我的心情好转，

称不上兴高采烈，

那狂风让一种需要

充满我，让我对

说什么不知道

爱的真谛

那阴郁的哀号

喊出简要尖锐的回答。

诗人们知道很多，

当白羊座和金牛座

双子座和巨蟹座

冷酷地齐声

嘲笑我的答复时，

我也从来不曾

不给黄道十二宫

一个答复。

它曾在我的舌头上

要上升并歌唱

也许现在我能看见

应该是我自己的

最初的飞翔——

飞进未知，

飞进崇高，

远离这些时间之沙，

时间曾看见

出自沙漏的堆积。

我曾告诉大师，

当后来我们相遇时，

我在这里待过一夜，

像年轻的阿拉斯托耳[1]

早在他飞行之前

这场地就为某种飞行

布置停当。

不过请设想一下——

就此我若击败他，

就是人们所说的

原型吗？

为何如此非常

非常需要

成为第一？

他不是第一的谎言

你认为如何？

我很高兴他笑了。

1 希腊神话中复仇神。

曾有这样一个谎言
金钱和诡计
让它久久流传
直到赫伯特·胡佛[1]
竖起这座塔柱
才消灭这个错误。
所有罪行里罪大恶极的
是偷窃伟人
和勇士的荣誉，
甚至比盗墓
更受诅咒。
但这个可悲的故事
早已被纠正。
而至于我的玩笑，
只有我曾经歌唱，
我就要求获得
跑道的名声，
那是我的全部语言。
我无法让它看上去
多过我的主题

1 赫伯特·克拉克·胡佛（Herbert Clark Hoover，1874—1964）美国第31任总统（1929—1933）。

那可能是一个梦的主题

梦见黑暗的哈特勒斯[1]

或悲哀的罗诺克[2]。

又一声深长的叹息

叹人类的种子

被罗利[3]徒然地播撒，

披着斗篷的罗利

又一番劳而无功。

受到太友善的关照，

常常，结束

我本可以唱完的

任何忧郁的

诸神的黄昏，

我跌入来自

伊丽莎白城的

某个委员会中，

他们每人

携带着一杆枪

---

1 是美国北卡罗来纳州外滩群岛 (**Outer Banks**) 哈特拉斯岛上一狭长、弯曲的沙洲形成的岬角，长 **113** 公里。

2 美国弗吉尼亚州中西部城市。

3 沃尔特·罗利爵士(约 **1552—1618**)，英格兰探险家、航海家、作家，组织数次航海探险，并在美洲拓展殖民地，将烟草和马铃薯引进英国。

或一只小口大酒瓶。
（需要一个人问
那是不是长颈瓶？）
打算射杀一只野鸭
或一只飞越
裘瑞塔克[1]的天鹅。
那不是他们杀害
任何东西的日子，
除非他们自相残杀。
但他们的不走运
仍然使他们快活，
也不失彬彬有礼。
他们也让我
像一个小兄弟
加入狂欢盛宴——
所有人对我的天真
表示关切和担心，
为了礼貌的缘故，
对此，无论如何
我都应该小心珍惜。
即使他们温文尔雅，

1 北卡罗莱纳州的一处海湾。

也是多愁善感的。
一个人为他的母亲干杯时，
另一个人就哭泣。
他们不得不让自己
为他们毫无用处而高兴，
而我无此必要，
让我有几分难过。
很难不失礼，
但那晚我偷偷溜去
那广阔无垠的海滩
整个太平洋都在那里
砰訇拍击。
在那里我又偶然碰见
一个午夜巡逻的
孤独的海岸巡防队员，
他从宗教派别
问到我的灵魂，
还问我过去一直在哪里。
至于罪孽，
我回想起
那些肇事者怎样毁灭了

西奥多西娅·布尔[1]
就在这条海岸边？
那是为了惩罚她，
但更是为了她父亲——
我们不知道为什么：
没有过忏悔。
他们认为她穿戴的东西
有时仍然出现于
基蒂霍克当地
某人的财产里。
我们无法弄明白
布尔因他的女儿
而有的奇怪虔诚：
他太虔诚了。
就这样在交谈中，
我们久久地漫步，
一边是海洋，
另一边是水一般
内心的声音；
“而且月亮圆了”，

1　西奥多西娅·布尔（1783—1813），美国副总统艾伦·布尔的女儿，丈夫约瑟夫·阿尔斯通为南卡罗来纳州州长。早慧神童，长大后亦聪明过人。二十九岁时乘“爱国者”号纵帆船从乔治城启航，在海上神秘失踪，该船与所有船员从此杳无音信。

当这位诗人说话时，
我便适当地引证。
它圆满，
正当空，
小，却亮而圆，
用它的潮汐引力
让万物圆满。
基蒂霍克，哦，基蒂，
又在此地
在同样一天，
我与人们争执
要求他们的怜悯，
同样深切地
为一个迷路的儿子
和一个淹死的女儿。

第二部

当机会错过时，
我的缪斯未能
从这条海滩跑道起飞
像一个比喻

在语言的飞行中，

我难以想象

人们有一天会

把天空视为舞台

像成千只鸟儿一样。

不是你也不是我

曾经想过飞。

哦，我们飞过，

的确飞过。

尽管这只不过是因为

我们是小人国居民

被卡图卢斯[1]称之为

某物（aliquid[2]）。

请注意，我们是精神。

我们不是那种

也受局限的东西。

在用双脚慢慢

走遍这地方之后，

在尽了自耕农

1　卡图卢斯（公元前约87—约54），古罗马诗人。出生于意大利北部的维罗那，青年时期赴罗马，殷实的家境使他在首都过着闲适的生活，并很快地以诗才出了名。他传下一百一十六首诗，包括神话诗、爱情诗、时评短诗和各种幽默小诗，至今还被广泛阅读并影响着一代代诗人。

2　拉丁文，意为“某物”，出自卡图卢斯的《歌集》第一首。

待在原地的本分之后，
我们从那里起飞，
我们登上一架飞机，
于是平静的空气
像一阵飓风
差点儿拔掉我们的头发。

然后我看见了这一切。

说教者们会谴责
我们本能的冒险
进入他们所说的
物质世界，
当我们接受来自
苹果树的那种坠落。
上帝自己下降
在肉体中，就是要
作一个示范：
最高的功绩
在于冒险精神
在于实证。
西方人继承

更深入物质的
生活设计——
并非没有应该念叨的
巨大忧虑。
所有科学的强烈兴趣
得以实现，
都凭借穿透
地球和天空
（别忘记后者
不过是更远的物质）
一直在西北之西。
假如这不明智，
告诉我为什么东方
看来好像已结束，
它只是在冥想中的
漫长的停滞。
要迎头赶上我们的
所有那些忙乱
是怎么回事？
它可以用竞争
来恭维我们？

精神进入肉体
因为这一切值得
闯入尘世
在一次次诞生中
永远新奇、新鲜。
我们可以这么看
它那种大体被认为的
大胆行动
是一次强有力的冲锋
依附于我们的人性
灵魂缥缈的
融入物质。
在起步奔跑时
那条起跑线仿佛画在
（我们会说）某块
位于或接近摩押的
玄武岩石板上，
在一场跳高比赛中
意图一跃而过，
绝不介意对手是谁——
（我相信，无人，
只是我们自己——人类，

在爱与恨
对抗中结合）
曾有家电台
广播说：“预备开始
学字母表，
那是ABC，
有一天它们
会在大学门上
与一二三押韵。”
接着那家地区
电台又说：“去，
去继续了解
多过你会唱的。
没有圣徒害怕
任何被禁之物
只因为它被隐匿。
侵入和侵占
一个又一个领域
毫不自责。”
于是年复一年，
连绵千里，
穿过爱琴海群岛，

雅典罗马法兰西不列颠，
永远是西北之西，
像我尚未写下的，
直到长久保留的意图
在我们的跳跃中
得到表达。
而这家电台喊叫：
“飞跃——飞跃！”
它属于美国，
而非我们的朋友俄罗斯，
要跑完这个项目
比赛的全程
并赢得王冠，
或让我们说奖杯，
不过上面和日期
一起刻的铭文是：
“能上升者
必将落下。”
泥土仍然是我们的结局。
我们夜里欣赏
上升的景象
不是数绵羊

而是在数星星，
不去睡眠，
而是保持清醒，
为美好高尚的目的，
给星星另外命名
为木星和火星
以避免错误，
正如取名普尔曼车厢[1]，
那并非无用的消遣。
有人已鼓吹和传授
曾经思考的一切
就是凭借某种命名法
征服大自然。
但这若非一条法则，
那就是可预知的终结，
任何事物我们见过
就要强加于它
一个绰号，
我们还想去照料——
我们还想去触摸
更不用说企图抓住。

1　有个人房间的火车车厢。

高谈阔论

有人说上帝说
我们向前探求
它本身就是报酬。
可人们想知道
上帝在哪里说的。

我们不大喜欢这话。

让我们明白我们在哪里。
远处雾中那团硫黄色
模糊的东西是什么?
去查阅航行日志。
那是某座城镇,
但不是纽约。
我们从所在地出来
还不很远。
还在基蒂霍克。

我们本该走远些
即便步行。

你别让我坠落。
虽然我们的风筝船
证明只是出自
科学商店的飞行碎片，
一旦发动机熄火
它们就会掉落，
到不了任何地方，
虽然我们的空中飞跃
就像一只蚱蜢
从草地上蹦跳
证明是徒劳，
别低估我们的力量；
我们已向无限
展开探求，
可以说，是创造它，
理性地，我们的追求，
朝着最遥远的旋涡
那霓虹灯似的
漂浮的粒子。
我们的探求是去开拓
曾长久面临的东西

如同荒废的事实
和名义上荒废的事实。

这就是我们变成的样貌，
虽然地球这样小，
理所当然闻名天下，
仿佛是宇宙的首都。
我们并不自负于
从这个石球上
发射了可以称之为
自己的光线，
我不认为任何东西
新鲜得不能提及。
我们所做的一切是从
我们的岩石上反映，是的，
同样从我们头脑里反映。
而更好的部分
是我们从这头脑
和心里发射的光线，
心之思[1]。

---

1 原文 **mens animi**，拉丁语，出自卡图卢斯的《歌集》第六十五首。

直到我们形成之前
空间的任何地方
都不曾有过
有思想种族的踪迹。
我们知道没有星球
被迫周而复始地
旋转不息，围绕着
一轮太阳的冰球场
（免得坠落），
没有一个星球
想过要思考。

整体之神圣

飞行员，虽然你的飞行
顶多只是一个姿态，
而你的上升和俯冲，
不过是翻筋斗，
从不比一道闪电
更高的天空里，
重重地落在某人身上

在他自家的后院。

我不说延迟。

继续升高吧。

但同时请考虑

我们不能或能做什么

让我们在皇室角色中

一直扮演主角。

创造最小的胚芽

或煤炭，永远

不会是他的事。

这两件事我们都不能。

但安慰是

在盟约里

我们可以控制

如果不是整体

至少也是某部分

在不太无边无际的地方，

那么凭工艺或艺术

我们就能将部分变成

某种意义上的整体。

最成就我们的

适当的恐惧

就是唯恐习惯于
受生活垃圾困扰，
受我们挣得的废物堆
和学问垃圾场的困扰，
我们近乎找不到地方
让思想得以表达。

搅拌工

这无边无际的飞行
我们向星星或月亮挥手
意思是我们赞成
它们运动。
我们要的是表现得
像泰坦尼克大小的
一只厨房的勺子
不停地把万物搅动。
用一名搅拌工的话说
那就是和谐，
那就是一锅面糊糊！
物质绝不能凝固，

不能分离、沉淀。

行动就是言语。

自然从不确信

在她模糊的构思里

她没有犯过错误，

直到某个良宵

我俩来飞行

像国王和王后

并凭神圣的权力，

挥舞着王杖，

承诺告诉她

由现有的星星构成

她猜得到意味着什么。

机器的上帝，

外来的机器，

有人还以为是撒旦，

为这象征性的飞行

向你们致以谢忱，

多谢你们，多谢

莱特兄弟——

在他们的家乡达顿
像达柳斯·格林[1]
一度被认为是怪人。

结束

那亮堂的屋里的高声交谈
让路过的我们磕磕绊绊。
哦，那儿曾有过最初一夜，
今宵却是最后一晚。

他也许说过所有事情，
真诚或是不真诚，
他从未曾说她不年轻，
以及不是他亲爱的人。

哦，有人宁愿抛弃一切
就像抛弃一部分东西。
有人会信口开河天花乱坠，
有人言出必行表里如一。

1 见约翰·特罗布瑞智（1827—1916）的诗《达柳斯·格林和他的飞行器》。

探询的表情

那只冬枭及时侧身飞过，
以免自己把窗玻璃撞破。
她的翅膀突然竭力伸展开来
抓住最后一抹傍晚的色彩，
给趴在玻璃窗里面的孩子们
做一次炫耀翎羽的超低空飞行。

我们的厄运要开花

“闪耀吧，死亡的共和国。”

罗宾逊·杰弗斯[1]

库米的西比尔[2]，迷人的女怪物，
什么才是真正的发展进步？
我可以跟顾客商谈商谈

1 罗宾逊·杰弗斯（Robinson Jeffers，1887—1962 年），1914 年后一直居住在加利福尼亚沿海地区。其诗歌创作刚劲有力，富有感情。1924 年因发表《泰马及其他诗篇》而一举成名。主要作品还有《罗恩·斯托林》(1925)、《双斧》(1948)。曾改写希腊悲剧《美狄亚》(1947) 和《克利特岛的女人》(1954)。20 世纪最有争议的美国诗人之一，认为人事无常，仅上帝除外，人生不过感情罗网中一场狂暴而可鄙的斗争。

2 库米（Cumaean）意大利西南部的一个古城，位于坎帕尼亚海岸；据信是意大利或西西里岛最早的希腊殖民地；西比尔（Sibyl）这个词来自古希腊文 sibylla，意思是女先知。由于库米挨近罗马，故其先知闻名罗马。意大利绘画大师古耶奇诺有多幅画作描绘其形象。

用信心来进行这种交换?
西比尔说:“回罗马去,
告诉你家里的那些主顾:
假如这不仅仅是幻觉,
有关它的一切就是传播——
给全人类外套、燕麦和选举权。”
在幸存的书[1]中我们发现
产生自由派或保守主义
就是国家的功能之一。
这朵蓓蕾必定开花,直到花瓣
被吹得松弛蓬乱,随风飘散;
而这是一种不可逃避的命运,
除非它宁愿枯萎也不凋零[2]。

---

1 相传古罗马王政时期,女先知西比尔曾拿着九本预言书向当时的国王卢修斯(**Lucius Tarquinius Superbus**,?—前**496**年)索取天价,国王因先知索价过高,断然拒绝,女先知竟立刻在国王眼前烧毁其中三本,以剩下的六本预言书向国王索取九本的价钱,在看出国王犹豫的眼神后,女先知立刻又烧毁其中三本,再次以原价向国王索价。国王眼见治国的方策就要付之一炬,只好答应女先知,以原来三倍的单价,买下剩下的三本预言书。可惜,这三本书并未助国王创功立业,公元前**509**年,卢修斯便因暴政而被推翻(根据记载,余下的三本预言书原藏于罗马丘比特神殿,可惜于公元前**80**年因神殿失火付之一炬)。

2 传说太阳神阿波罗为女先知西比尔的美貌倾倒,答应让她长生不老,只求一亲芳泽。谁知,女先知得到了永恒的生命后,却不遵守约定。阿波罗恼羞成怒,长生不死,从此成为女先知的诅咒,女先知虽然永生不死,却无法青春永驻,随着光阴的流逝,不断老去,最终身体萎缩,只能塞进一口瓶子内,悬挂在树上,有气无力吐出神谕。艾略特在《荒原》长诗的第一行写下:“四月是最残酷的季节……”(**April is the cruellest month**…)。为什么四月是最残酷的季节?每年冬去春来,大地复苏,女先知却只能年复一年,拖着干枯萎缩的不死之躯,看着一片繁华,无力地悬挂在树上,啃噬着自己因背约所招来的诅咒。长生不死成为女先知“求生不得,求死不能”的悲剧。

在伟大成功的前夕沮丧中写下的诗行

我曾有头跳过月亮的奶牛，
不是跳向月亮，而是跳了过去。
不知什么使她苍白得像妓女，
她一直吃的全是紫花苜蓿。

那是教母古斯在世时的事情。
如今我们更像鹅似的呆笨，
所有人都灌满矿物饮品，
怎么也追不上我的奶牛。

附言

但如果我曾想要越过月亮
而且抓住我的奶牛尾巴，
我敢打赌她会发出悦耳的低哞
并把她的脚在桶里放下；

这可比任何无礼的行为更糟。

一头奶牛竟对人这般狂傲，
他从挤奶凳上起身，咒骂并
吼道：“我要抽得你痛得惨叫。”

他找不到一把干草叉打她，
也不能用叉尖戳她一下，
于是他跳到她毛茸茸的背上，
咬得她脊柱骨髓白花花。

无疑她觉得还是叉子更好，
她发出一阵愤怒的号叫，
那号叫声远在纽约都能听到，
登上报纸的头版头条。

他冲她吼：“嗨，谁挑的头？”
那就是在一场战争之后，
我们会说的话——不问谁是赢家，
也不问曾经为什么战斗。

窘境

咏铁

工具与武器

给艾哈迈德·S. 博克哈里

天性在她的内在自我里分裂
以至不得不有所偏袒而让人担心。

有四间房的棚屋高高地
举起一只天线杆细瘦的手臂
寻求天空里的幻影
幻影盲目地滚滚流逝。
耳闻目睹的一切
都是要购买的东西。
希望你心满意足地持续。

当选佛蒙特州桂冠诗人有感

当植根土地的吟游诗人
发现故乡和父老乡亲
懂得并欣赏他的诗韵，
他岂能不心生感动之情？

需受过校内校外的各类教育
才能习惯于我这种戏谑。

冬天独自在树林里，
我去跟那些树作对。
我给一棵枫树打上标记
然后将它砍倒在地。

四点钟我肩扛斧头
披着晚霞归去。
我留下一条幽暗的踪迹，

穿过淡淡晕染的雪地。

我看到大自然没有战败
在一棵树的翻倒里，
或者看到自己撤退
为了另一种袭击。

图书在版编目（CIP）数据

未选择的路 ： 弗罗斯特诗选 / （美） 弗罗斯特(Robert Frost)著；远洋译. -- 长沙 ： 湖南文艺出版社， 2019.1（2023.2重印）
（诗苑译林）
ISBN 978-7-5404-8722-5

Ⅰ. ①未… Ⅱ. ①弗… ②远… Ⅲ. ①诗集－美国－现代 Ⅳ. ①I712.25

中国版本图书馆CIP数据核字(2018)第106521号

未选择的路 ：弗罗斯特诗选

WEI XUANZE DE LU：FULUOSITE SHIXUAN

作　　者：〔美〕弗罗斯特
译　　者：远　洋
出 版 人：陈新文
责任编辑：耿会芬
整体设计：天行健设计
内文排版：钟灿霞

出版发行：湖南文艺出版社
（长沙市雨花区东二环一段508号 邮编：410014）
网　　址：http://www.hnwy.net
印　　刷：长沙超峰印刷有限公司
经　　销：新华书店
开　　本：880mm × 1230mm 1/32
印　　张：18.75
字　　数：336千字
版　　次：2019年1月第1版
印　　次：2023年2月第3次印刷
书　　号：ISBN 978-7-5404-8722-5
定　　价：72.00元